ANDRASANA

TOME 1 : **L'ATTENDU**

L'histoire de la piraterie dépasse la fiction…

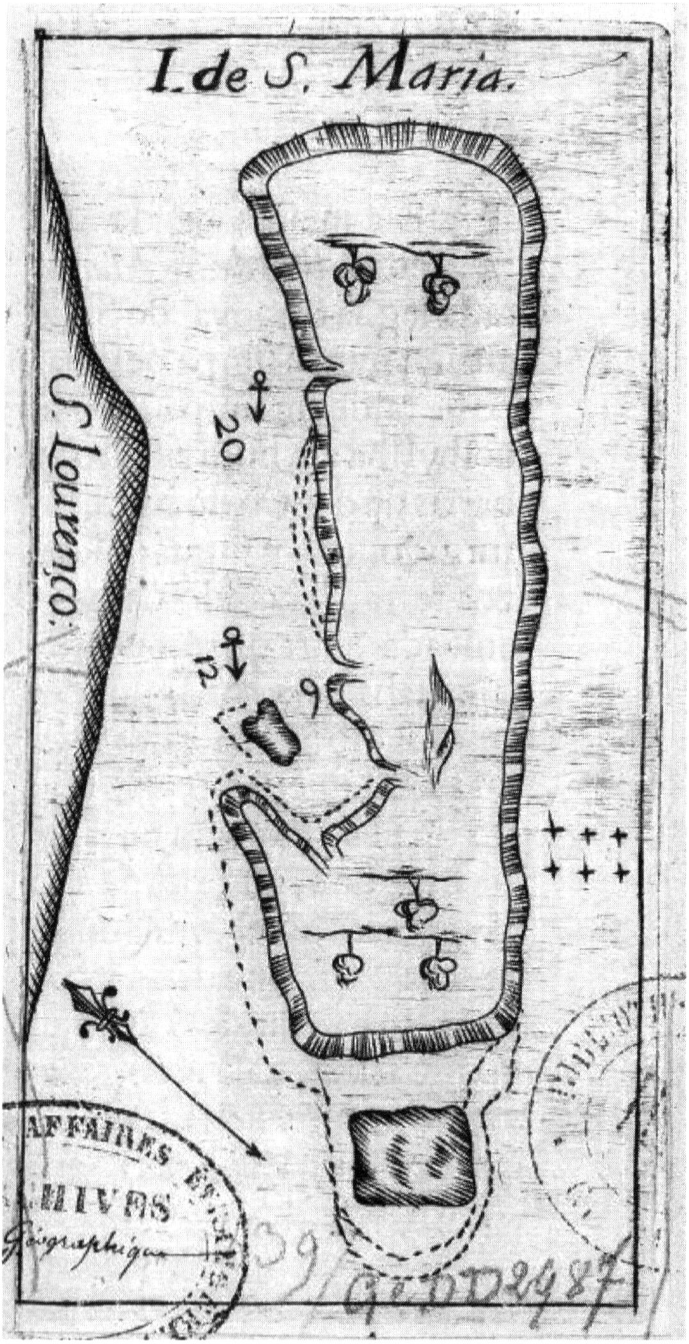
I. de S. Maria.
S. Lourenço.
20
12
9
AFFAIRES
ARCHIVES
Géographique
GE DD 2987

LE DÉPART

En entrant dans ce bureau légendaire, je m'attendais à autre chose. Il était assis en tailleur à même le sol, dos à la porte. On s'imagine toujours les choses à sa manière : construites d'images stéréotypées vues à la télévision ou ailleurs. Pourquoi faudrait-il qu'un lieu mythique soit particulier : un grand bureau, immense, froid, moderne avec l'habituelle vue panoramique à travers une baie vitrée format cathédrale donnant sur un décor unique ?

Non, en entrant dans ce bureau, je n'imaginais pas une pièce simple, encombrée, mal rangée, plutôt obscure avec un homme assis par terre. On ne distinguait qu'avec peine le parquet au milieu de ce chaos, des feuilles, articles de journaux et autres papiers éparpillés, les boiseries se cachaient timidement derrière des photos, cartes, dessins et autres documents scotchés un peu partout. Les meubles portaient chacun leur lourd fardeau d'objets hétéroclites, voire inutiles.

Après quinze heures d'un trajet éprouvant, j'avais fantasmé cette rencontre. Onze heures d'avion vous laissent le temps d'inventer votre idole, une demi-journée sans dormir vous met face à la réalité. Il n'était qu'un homme dont je ne voyais pas encore le visage. Une silhouette recourbée sur des papiers étalés devant elle à même le sol.

Je m'étais pourtant préparé, on ne peut pas arriver sans filet pour ce genre de rendez-vous. J'avais lu tout ce que mes yeux avaient accepté de lire, je m'étais informé jusqu'à l'excès, l'overdose de connaissances. Depuis un mois, je ne vivais qu'à travers des dates, des événements passés, une partie de sa vie. Depuis trente jours, je commençais à comprendre une des révolutions essentielles du XXIe siècle. J'étais passionné, habité même, tous les jours un peu plus. Je découvrais un personnage majeur, dont je n'avais, jusque-là, pas vraiment compris l'importance. Depuis dix secondes, je restais debout à regarder un vieil homme assis en tailleur, immobile. Quelle présomption, je n'étais pas prêt du tout… Un mois que je ne pensais qu'à cet instant, et je n'osais pas bouger.

Une éternité depuis ce mail : « Vous me connaissez sous le nom d'Andrasana, pourtant mon premier prénom est Malo. J'aimerais vous expliquer comment et pourquoi mes prénoms, ainsi que ma vie, ont basculé. »

❖ ❖ ❖

- On a été adoptés ?
- Adoptés ?

Ma petite sœur a toujours été plus maline que moi. Elle a le don de poser les bonnes questions. Quand cette vieille dame avait félicité mon père de son dévouement, expliquant qu'elle regrettait de ne pas avoir eu le courage de faire la même chose, j'avais pensé comme ma sœur mais je n'avais pas su poser la bonne question.

- Mais non, vous n'avez pas été adoptés, enfin. C'est quoi cette question ?
- C'est ce que pense la vieille dame.
- C'est vrai… Tu sais, il y a des personnes tellement enfermées dans leurs pauvres certitudes qu'elles ne peuvent pas comprendre la chance que nous avons !
- Quelle chance ?
- Mais le métissage, bien sûr.

Je suis franco-malgache. Je vivais en France avec mes parents et mes grands-parents dans une culture classique riche de

souvenirs, d'histoires. Mais le métissage m'offrait le cadeau d'une deuxième vie imaginaire, ou en tout cas rêvée, à partir des histoires et des souvenirs de la famille. Cette vie là-bas dans l'autre chez-nous, dans l'autre maison, celle qu'on ne connaît pas vraiment mais que l'on fabrique, qui nous permet de nous évader quand ça ne va pas. Ce petit jardin secret que l'on cache bien au fond de sa tête, et où l'on va se promener quand on se sent seul, mal ou fatigué. Pour moi comme pour beaucoup d'enfants métis, ce jardin est un pays immense de décors, de sensations et de cultures. Un trésor caché, inestimable qui nous rend plus fort. La mystérieuse croix rouge tout au bout de la carte, celle qui indique le lieu du trésor, de notre propre trésor, notre monde d'évasion.
C'est une chance merveilleuse d'avoir deux vies, deux cultures, deux manières bien différentes de comprendre ce qui nous entoure.
Quand on a appris que tout le monde ne pense pas de la même façon, on accepte plus facilement de voir les choses autrement, et on découvre parfois que le monde qui nous entoure est bien plus riche qu'on ne le croit. Cette enfance caméléon m'a appris l'existence de l'inconnu, de la différence. Le monde ne s'arrête pas à ce que l'on maîtrise, il commence à ce que l'on ne connaît pas. C'est le fameux « pourquoi ? » qui ouvre les portes vers les rêves de tous les enfants.
Je crois que j'étais déjà, à dix ans plus souvent dans mon univers imaginaire que dans la vie réelle, ou plus exactement, j'apprenais patiemment à vivre dans les deux univers à la fois. Parfois je me demande si tout ce que je vais vous raconter aurait pu m'arriver sans ce pouvoir offert par le mélange.
- Mais pourquoi elle croit qu'on est adoptés alors ?
- Elle doit penser que des personnes de culture et de couleur différentes ne peuvent pas s'aimer.
- Elle est stupide !
- Peut-être, Nomena, ou ignorante ?
- Idiote, même !
- Moi je crois plutôt que vous devriez la faire changer d'avis tous les deux.

- Comment ?
- Nous allons partir à Madagascar, peut-être pour la vie entière, là-bas aussi vous serez métis. Alors quoi, vous allez laisser les gens penser que vous êtes adoptés ou vous voulez changer les choses ?

Madagascar, si vous faites attention en le prononçant, vous verrez vite que la résonnance même du nom est mystérieuse, Ma… da… gas… car… On a envie de prendre une voix rauque et chuchotante pour que les syllabes se détachent et partent se cacher dans des recoins sombres.

On y trouve des campagnes féeriques où des rizières s'accrochent au relief des collines. Des maisons en terre rouge ponctuent des plaines à perte de vue. De grandes forêts où l'on peut voir des lémuriens sauter de branche en branche d'arbres aux plus belles essences connues, ébène, palissandre, bois de rose… On peut y croiser des crocodiles dans les zones humides. Là-bas, la mer ne réagit pas comme en France. Le rythme des vagues est plus lent, plus ample avec un son moins cristallin, je crois que l'océan Indien parle le malgache. Cette île a, pour un enfant de France, quelque chose d'envoûtant. Tout événement semble curieux, sorti de l'imagination d'un obscur scénariste. Une fois sur place, on est comme dans un film, acteur d'une histoire fantastique dont on ne connaît pas la fin. Tintin, Indiana Jones, Livingstone ont à peine connu autant d'histoires qu'un enfant de dix ans qui rêve de Madagascar.

Nous allions nous installer à la capitale pour le travail de Papa et Maman, j'étais inscrit à l'école et nous avions déjà une maison qui nous attendait.

Mais avant la rentrée des classes, on allait prendre deux mois de vacances pour faire une grande visite de notre nouveau pays. Deux mois entiers juste entre nous, pour tout voir.

- Moi, je vais devenir cheffe de Madagascar ! Et toi, Malo tu seras mon général pour faire la guerre.
- Tu vas faire la guerre à qui ?
- À tous ceux qui ne veulent pas changer.
- On va changer quoi ?

- Tout ! Il n'y aura plus de métis car tout le monde sera métis !
- Oui, et il n'y aura plus de chefs, tout le monde pourra donner son avis et décider.
- Eh bien, les enfants, ça va être un sacré travail, ça ! Vous savez, là-bas aussi, il y a des habitudes, il va falloir vous renseigner. Vous devriez en parler à « Dada-bé ».

Mon grand-père était très ému de ce départ et nous en avions beaucoup discuté tous les deux.

Je m'apprêtais à refaire son voyage à l'envers. Lui, l'enfant malgache qui était venu vivre à Paris, saisissait parfaitement ce qui m'attendait. Lui, le déraciné, connaissait les épreuves d'un tel voyage ; la distance importait peu, les kilomètres ne comptaient pas, non, c'était bien le changement d'univers qui était en jeu. C'est lui qui m'avait guidé et prévenu de ce que j'allais vivre, je n'avais pas compris tout de suite l'importance de ce qu'il m'expliquait, pourtant je savais qu'il me faisait un cadeau important en se livrant à moi. Je me rappelle très bien ce qu'il m'avait dit.

- Tu es content, j'espère, Malo. Tu sais, c'est vraiment bien que tu partes à Madagascar tu vas pouvoir revoir « Mama-bé » et tout le monde.

Ma douce grand-mère était partie trop tôt laissant tout le monde orphelin de tendresse. Je ne saisissais pas bien ce qu'il voulait dire par là. Elle était loin, morte six ans plus tôt. Nous étions tous allés la raccompagner à Madagascar dans ses terres, rejoindre sa famille. Mais je ne comprenais pas vraiment comment je pourrais la revoir.

- Tu ne te rappelles pas ce que je t'ai dit quand Mama-bé est partie ?
- Si, tu m'as dit : « Ne sois pas triste, elle sera toujours avec toi, il suffit que tu penses à elle, et elle sera près de toi. »
- Exactement ! Pour nous, tu sais, c'est important, c'est même essentiel ! On dit à Madagascar qu'on ne meurt pas, on devient ancêtre. Les morts n'existent pas, ce qui compte, c'est leur esprit qui reste toujours parmi nous. Si nous avons besoin d'eux, alors il suffit de les solliciter. Tant que tu penses à une personne, elle

reste près de toi et tu peux compter sur elle. Un dicton dit : « Si un ancêtre ne bénit pas, qu'on le réveille pour cultiver des patates douces. » Mama-bé est avec tous tes autres aïeuls, ils sont tous là-bas, tu peux compter sur eux. Je ne sais pas si c'est possible ici, mais chez nous c'est vrai. Tu verras tout plein de choses qui te feront penser à Mama-bé, elle sera près de toi ; elle, ainsi que la famille seront là à ta disposition si tu sais regarder et écouter.

Mon Dada-bé m'a toujours parlé comme ça. Un peu sous forme d'énigme, on ne savait jamais trop ce qu'il fallait penser à la fin. C'est peut-être parce qu'il voulait que je réfléchisse par moi-même. Ou parce que, malgré les mots français qu'il utilisait, malgré les quarante années passées en France, mon Dada-bé pensait toujours en malgache. Ce n'est pas la langue, l'accent, ou les mots qui comptent, mais bien le message. On appelle ça le « choc culturel » !

Pendant des heures, nous avions parlé. Il m'avait décrit ses parents, ses sœurs, et la famille de Mama-bé aussi. Au fur et à mesure, j'avais l'impression de me retrouver avec eux. Je trouvais toute cette histoire merveilleuse, un vrai conte. Ce n'était pourtant que l'histoire d'une famille malgache des hauts plateaux. Je comprenais progressivement l'immense différence d'une vie ici, et d'une vie dans cette île, qui devenait de plus en plus mystérieuse et magnifique.

Quelle chance avaient eue mes grands-parents de vivre dans cet univers ! Car, pour moi, ce n'était pas une simple vie, c'était une aventure extraordinaire à venir.

❖ ❖ ❖

Ses mains étaient étonnamment longues un pianiste aurait celles d'un enfant en comparaison, les paumes étaient décharnées et anguleuses ... Les mains d'un bureaucrate qui a pétri inlassablement ses pensées. Elles étaient posées sur le plancher ; comme un caméléon, elles semblaient se noyer dans la même couleur miel et chaleureuse du bois ; les sillons du temps

gravés dans la peau tannée s'entremêlaient avec les veines du précieux palissandre. Les doigts, longs et très fins, se finissaient par des ongles sombres et abîmés, striés de liserés noirs... des doigts aristocratiques qui se terminaient comme ceux des paysans. Ils caressaient négligemment le parquet me faisant penser aux pattes de ces grandes araignées inoffensives que l'on trouve dans toutes les maisons de campagne au printemps. Comme ces faucheuses, elles se déplaçaient sans aucun bruit, à peine en contact avec le bout de la pulpe des doigts.
Ces mains avaient rédigé et signé les accords internationaux les plus importants des cent dernières années. Elles s'étaient jointes à toutes celles des principaux chefs d'État de la planète. J'allais les serrer dans les miennes, sentir la peau sèche et rugueuse qui avait connu tant de sensations extraordinaires. Si la peau a une mémoire, ces mains connaissaient plus de choses que je n'en découvrirais jamais. Mais elles étaient pour le moment posées sur le parquet, caressant le relief boisé avec tendresse. Je restais immobile à fixer ces extrémités frémissantes d'avant-bras immenses et longilignes. Musclés, veineux, secs et marqués comme de vieux sarments de vigne. Immobile, j'observais en attendant que mon hôte se décide à se retourner. Devais-je avancer vers lui, me présenter, lui faire remarquer ma présence tout au moins ? Il y avait peut-être une bienséance à respecter. On m'ouvrit la porte et puis rien de plus. Je n'allais pas tarder à faire partie des meubles, sauf si mes jambes fatiguées d'un trop long trajet décidaient de m'abandonner. Savait-il au moins que j'étais là, avait-il entendu la porte, concentré sur ses papiers en caressant le parquet ? Tousser, s'éclaircir la voix, voilà peut-être la manière la plus cavalière, mais la plus répandue pour signaler sa présence quand on n'a rien à dire...

◆ ◆ ◆

Il n'est pas facile de se transposer dans un autre monde pour qui ne le connaît pas, Madagascar est une autre planète.

Je ne sais pas si vous avez déjà passé l'équateur mais je peux vous promettre qu'en dessous de cette ligne plus rien ne fonctionne de la même manière. Les couleurs n'ont pas la même puissance ni la même odeur. Il y a comme un filtre orangé et lumineux sur toutes choses, qui donne une senteur sucrée indéfinissable à la moindre particule. Le sol rouge, la brique brune, le vert flamboyant et la lumière citronnée vous font vivre dans une gigantesque salade de fruits. Inversement les odeurs n'ont pas non plus la même couleur. La rue sent la vie, les marchés sentent la mort, les épices sont brûlantes, les fruits scintillent comme des étoiles. Le soleil, quant à lui, se promène à l'envers, il éclaire par la gauche : c'est peut-être pour ça que tout est différent. Les fleurs ont de drôles d'allures : petites et vives, elles se cachent dans un monde d'épines, grandes et majestueuses, elles trônent comme des reines. Les vaches ont des bosses sur le dos, les poules des pattes d'athlètes de haut niveau, la poussière ne vole pas, elle plane, et la pluie ne mouille pas, elle lave.

Et les gens, comment dire, les gens sont doux. Sur cette terre plantée au large d'une Afrique trop grande, la population a suivi sa végétation et a décidé de vivre autrement. Ils ne vont pas vite, ils n'ont pas de montre. Le temps ne se compte pas en jours mais en actions. Une semaine n'est pas cinq jours de travail et deux jours de repos, c'est une période indéfinie où l'on pourra survivre. En malgache, on ne dit jamais non, et on ne dit jamais oui non plus, comme ça au moins il n'y a pas de dispute. Rien n'est définitif, on peut changer d'avis, argumenter, transformer. Seul le passé est précis, l'histoire est la référence, la sagesse.

On m'a dit que c'est le pays du *mora mora* : cela veut dire plus ou moins le pays où la vie est douce. Le rythme malgache est endémique. On prend le temps d'attendre que les choses se produisent, plutôt qu'user une énergie folle à les provoquer, puisque le résultat sera le même. Être sur une île oubliée jusqu'au XVIIe siècle a sûrement permis de préserver cette manière d'être et de vivre. Mais je crois que rien n'y fera jamais, l'île est sûrement responsable de cet état. Aucune influence n'arrive à modifier ce doux tempo. L'île et ses habitants forment un tout à part, entièrement indissociable. L'une ne vit pas sans les autres, et les habitants finissent toujours par y revenir, ils ne peuvent s'en séparer. La terre rouge, on doit la rejoindre pour y commencer sa vie d'ancêtre.

Juste avant mon départ, mon Dada-bé m'avait donné quelques derniers conseils. Si je voulais en savoir plus sur la famille, connaître l'histoire des ancêtres, il fallait que je demande aux anciens. Comme dans beaucoup de pays, à Madagascar les anciens sont la mémoire collective aussi bien d'une famille que d'un pays tout entier. Il m'avait expliqué que je comprendrais mieux si j'étais sur place, dans l'ambiance. Et puis, je crois qu'il voulait que je découvre tout seul, si j'en avais vraiment envie, toutes les subtilités de ma culture. Je savais ce que j'avais à faire, à qui m'adresser. Les anciens, c'est une manière polie de dire les vieux.

À cette époque, « au commencement », comme on dit souvent quand on raconte une histoire, j'étais petit, comme disent les grands. Mais j'étais déjà grand, très grand pour un petit. C'est toujours difficile de parler de soi et de se décrire, avec le recul je n'y arrive toujours pas. Malgré les photos que j'ai conservées, j'ai du mal à décrire cet enfant brun que j'étais. D'après Papa, j'étais un héron : que des jambes. Comme beaucoup d'enfants de dix ans, j'étais mince, voire franchement sec et plus grand que la majorité des enfants de mon âge.

Je suis né grand et je le suis toujours resté.

Jusqu'à mon départ pour Madagascar, tout le monde m'appelait Malo. Désormais, pour la majorité des gens, je suis « Andrasana ». Ce deuxième prénom s'est imposé au fur et à mesure où ma sœur et moi avons essayé de réinventer ce monde qui ne nous convenait pas.

ANTANANARIVO

Six heures du matin, aéroport d'Ivato. Il faisait froid et j'avais sommeil. Pendant que Papa essayait de réunir les valises avec beaucoup d'énergie et peu de résultats, Maman avec ma sœur Nomena blotties l'une contre l'autre attendaient calmement, assises sur un banc en bois qui devait être plus vieux que l'aéroport lui-même… le fameux mora mora, je pense.
Moi, j'étais très impatient, je voulais déjà avoir vu tout ce qu'il y avait à voir. Je ne dois pas être si malgache que ça, je n'arrivais pas à rester calme comme Maman et Nomena, attendre l'étape suivante.
Finalement, nous réussîmes à sortir de l'aéroport avec toutes nos valises, on finit toujours par y parvenir de toute manière, la question est plutôt quand. L'arrivée à l'aéroport était une épreuve sportive et psychologique difficile. C'est là qu'on apprenait si on pouvait survivre à Antananarivo ou pas. Tout se jouait sur ces quelques mètres entre la piste d'atterrissage et le parking des arrivées. Il y avait plusieurs étapes à franchir, un parcours du combattant.
D'abord la barrière administrative. Comme dans toute administration, la lenteur et l'incohérence du protocole sont paniquantes, et d'autant plus à Madagascar. On doit faire la queue. Il est très important de faire la queue, à chaque nouvelle étape il faut beaucoup attendre. Cela permet sûrement de se remettre de l'étape précédente ? Et puis, faire la queue permet à ceux qui ne veulent pas la faire de tricher. Cela montre aussi

l'importance du fonctionnaire qui est tout au bout de la file, il a la toute-puissance, la maîtrise du temps, à sa guise il l'agrandit ou la réduit selon son rythme de travail. On fait donc une première queue pour remettre des petits papiers sur notre état « sanitaire ». Ça veut dire qu'on affirme à un questionnaire que tout va bien, sur une feuille trop petite que personne n'arrive à lire. Une femme en blouse blanche (sûrement pour des raisons sanitaires) met un coup de tampon sur la feuille. Grâce à cela, on peut reprendre une nouvelle file pour obtenir son visa. La première queue vous amène à un douanier (fini les blouses, on passe aux uniformes) qui vérifie que vous avez tous vos papiers et frappe le premier tampon. La deuxième vous conduit à un douanier qui remplit votre visa sur votre passeport, ensuite on va à une file de relecture par un autre douanier, puis encore une nouvelle file pour avoir d'autres coups de tampon. On s'assure que tous les papiers nécessaires ont été tamponnés. Et pour finir, un chef vérifie d'un œil averti la qualité du tamponnage administré sur nos pauvres passeports molestés et nous appelle les uns après les autres pour nous remettre en main propre notre passeport gratifié d'un visa touristique.

Si vous passez ce premier barrage sans dommage, suit l'épreuve des valises. Le but est simple : arriver dans une désorganisation totale à récupérer vos sacs, sans perdre votre chariot à bagages. La mission est éprouvante, mais réalisable. Il n'y a rien de stratégique, l'épreuve est physique : endurance et force pure. D'abord, trouver un chariot qui a toutes ses roues et qui n'est pas déjà dans les mains d'un monsieur avec un gilet jaune qui veut absolument le conduire pour vous. D'après ces messieurs, on ne peut pas conduire les chariots sans une formation minimum et un gilet jaune. En fait on peut, mais comme ils se font payer pour conduire le chariot... Bref, une fois un chariot en main, il ne faut pas le lâcher et il faut essayer de récupérer ses valises sur un tapis roulant qui ne marche pas très bien. C'est très difficile de s'approcher du tapis puisque tout le monde tient son chariot d'une main et essaye d'attraper sa valise de l'autre, une mêlée...

Passé ce cap, il reste le filtre de la douane. Face à un fonctionnaire aux allures extrêmement sévères – ils suivent sûrement une formation pour avoir une allure pareille –, vous devez prouver que vos slips, chaussettes et autres affaires personnelles ne méritent aucune surtaxe inexplicable. Comme vous n'avez rien à déclarer, vous allez dans la file « Rien à déclarer ». Mais, malheureusement, il semble que tout doit être déclaré, de la lampe de poche à la trousse à pharmacie en passant par les possibles petits cadeaux rapportés à la famille. Il y a alors une fine partie de négociation qui se finit souvent bien, là encore c'est une question de temps.

Enfin, la porte de sortie approche, la dernière épreuve d'Ivato, la plus périlleuse : rejoindre une voiture, ou un taxi, sans se faire dévorer par les porteurs de sacs. C'est une corporation étonnante, les porteurs de sacs. Sûrement proches des conducteurs de chariot, ils ont eux aussi des gilets jaunes. Leur mission consiste à vous arracher vos bagages et à ne vous les rendre devant un coffre de voiture que contre quelques pièces. Si jamais ils attrapent un sac ils ne le lâchent plus, c'est extraordinaire cette capacité à rester attaché à un sac. Il faut s'interposer entre eux et le sac avec courage et autorité, avec un regard de celui qui sait ; s'ils n'ont pas pu toucher le sac, alors c'est gagné, vous passez. Sinon, ils apportent le sac jusqu'au coffre de la voiture, c'est la règle. Les rares personnes qui ont survécu à ce cauchemar peuvent fièrement atteindre la capitale par la route dite « de la digue ». Encore faudra-t-il qu'ils trouvent une voiture capable de faire le trajet sans panne.

C'était un cousin de Maman qui nous a récupérés dans une grosse « auto-pistala » d'aventurier comme il se doit. C'était parti pour de vrai maintenant, l'aventure pouvait commencer.

Nous allions passer quelques jours à Antananarivo avant les vacances, pour voir la famille ; et puis les parents avaient des choses à faire pour leur travail. Nous allions loger pendant notre début de séjour chez un grand-oncle de Dada-bé.

J'adorais cet oncle, c'était un « ancien », il avait les cheveux tout blancs, le visage tout rond, les yeux qui pétillaient et un petit sourire coquin en permanence Il avait aussi, comme beaucoup de personnes âgées, cette attitude calme et sereine de quelqu'un qui savait et ne s'inquiétait plus de ce que serait son lendemain.

◆ ◆ ◆

Il était neuf heures du matin, heure locale, à mon atterrissage à Madagascar. J'étais crevé, pas fermé l'œil du trajet, je n'aime décidément pas l'avion, j'avais ruminé cette rencontre à venir. L'aéroport est extrêmement moderne, le dernier cri des aéroports internationaux. Ivato est un modèle du genre, le seul aéroport au monde sans confusion ou agitation superflue. À l'image de son pays, il est paisible, accueillant et en paix. À votre arrivée, vous rejoignez le salon d'accueil de votre vol : salon climatisé et confortable sans luxe excessif, disponible aussi bien pour les éco et les affaires. Des hôtesses viennent rapidement vous chercher, une fois les paperasseries douanières effectuées et vos valises rangées sur un chariot qui vous attendent avec un porteur attitré. Il n'y a ni queue, ni problème, ni attente debout épuisante. Ne plus passer par la douane est tout simplement miraculeux, je ne comprends toujours pas pourquoi tous les aéroports du monde ne sont pas organisés de la même manière. Chaque voyageur attend, confortablement installé, que ses valises soient enregistrées, vérifiées. Il n'y a pas d'enfants excités, de vieillards épuisés, d'hommes d'affaires stressés. En entrant dans le salon, l'hôtesse scanne votre passeport et votre billet, puis, dans les quarante-cinq minutes maximum, on vous appelle pour vous remettre votre visa et vos valises. C'est calme, reposant, on se laisse bercer par la musique d'ambiance en patientant tranquillement. Il est agréable d'attendre calmement que les choses se fassent sans vous. C'est un concept difficile à accepter au début mais absolument génial.

Personne ne devait venir me chercher. J'avais transmis mes horaires de vol, après avoir accepté l'invitation, rien de plus. Il n'y a pas de protocole particulier pour le rencontrer, il suffit d'y être invité, apparemment. La chaleur de ce mois de décembre était très supportable, en revanche, le ciel plombé et le taux d'humidité à son maximum finirent de m'épuiser. Seul sur le parking avec mon sac à dos, je ne savais pas du tout où aller, ni qui contacter. Le taxi qui m'avait secouru n'avait pas la climatisation, et mon dos restait collé au revêtement simili cuir de la banquette. Pendant que le chauffeur me vendait, dans un français très correct, les nuits de la capitale, je regardais les rizières qui entouraient, à perte de vue, les collines sacrées d'Antananarivo. Une mer vert clair et scintillante sous la grise lumière du ciel avec, posées comme une île, les collines de la capitale. « Tana » ville d'altitude, me faisait plutôt penser à une petite île perdue au milieu d'un immense marécage. La route était fluide et agréable, assez peu de voitures, surtout des bus utilisaient cet axe.

Mon taximan avait vissé sur sa tête une casquette de lin digne d'un chauffeur de taxi parisien des années cinquante. Comme tout bon professionnel, il était capable de conduire sans regarder la route, passant son temps à m'observer dans le rétroviseur. Je ne connaissais même pas l'adresse exacte où je devais me faire déposer pour mon rendez-vous, et n'avais prévu aucun point de chute dans un hôtel. Comme je l'avais escompté, le chauffeur me regarda avec de grands yeux écarquillés jusqu'à l'excès quand il sut qui je venais voir. Au moins, il semblait sûr de la destination où me déposer. Il arrêta son discours et se contenta de conduire, jetant de temps à autre un regard étonné mais complice sur mon allure endormie et patibulaire, se demandant qui était ce client à l'air de touriste qu'il avait chargé à l'aéroport.

❖ ❖ ❖

Nous arrivâmes pour le petit déjeuner chez tonton. Le trajet depuis l'aéroport n'avait duré que deux heures et demie. Les embouteillages de Tana sont légendaires. Beaucoup de voitures, peu de routes et en très mauvais état suffisent à créer des difficultés. Mais il faut ajouter à cela des voitures proches de l'épave la plupart du temps, des chariots à zébus et une densité de petites échoppes et de piétons partout sur les routes. Ma sœur et moi n'avions pas dit un mot du trajet, chacun de son côté collé à la fenêtre de la voiture pour observer le décor. D'abord des rizières à perte de vue, séparées par des petits chemins de terre surélevés où marchent des hommes et des femmes chargés de leurs enfants ou d'immenses sacs sur la tête ou encore de leur petite pelle indispensable au travail de la rizière. Puis, plus on s'approche de la ville et plus les quartiers se densifient, des maisons de bric et de broc, en tôle, en bois, en brique comme dans le conte des trois petits cochons. Des étals partout vendant des fripes posées en tas qu'il faut fouiller, des babioles en plastique de toutes les couleurs et de qualité déplorable, des légumes présentés en pyramide, des chaussures d'occasion attachées à des ficelles comme des guirlandes, des *mofos*, sorte de petits beignets, de toutes les saveurs possibles. Et au milieu de tout cela, des enfants courant, se poursuivant, évitant de justesse les voitures et les insultes des vendeurs ambulants. Ils avaient l'air tellement contents que je rêvai tout le trajet d'avoir leur vie.

Quelle joie de les retrouver quasiment comme nous les avions laissés à notre dernière visite. Mon oncle et ma tante se tenaient par le bras tous les deux devant la porte de leur cuisine, au même endroit et dans la même position qu'à notre départ des années plus tôt. Il y avait une porte principale à leur maison mais tout le monde passait toujours par celle de derrière la cuisine. J'ai observé cela chez plein de gens, il y a des belles portes d'entrée avec un perron et des fleurs mais personne ne s'en sert, préférant passer par la cuisine, pour montrer que l'on connaît peut-être, ou alors pour gagner du temps, car on finit toujours par aller traîner dans la cuisine.

En tous les cas, nous, nous allâmes directement dans la cuisine, ils étaient en peignoir en train de s'affairer à préparer un bon petit déjeuner, avec ce déplacement de petits pas propres aux personnes âgées. En vieillissant, les gens lèvent de moins en moins les pieds et font des plus petits pas. Ils dodelinent typiquement comme des petits lutins un peu penchés en avant. La cuisine sentait bon le pain grillé et le riz. On mange une soupe de riz au petit déjeuner chez les Malgaches, moi je n'aime pas trop. C'est une sorte de soupe, ou de riz trop cuit avec beaucoup d'eau, dans laquelle sont ajoutés des légumes, du gingembre et tout plein de petits trucs qui traînent dans la cuisine et le frigo. Il n'y avait pas de grille-pain, mais on passait toujours le pain à la flamme avant de le manger, à cause des microbes je crois. Je ne sais pas vraiment si c'était utile, mais on obtenait une délicieuse odeur dans la cuisine.

Le petit déjeuner terminé, je sortis jouer avec ma petite sœur dans le jardin pour lui faire découvrir ses merveilles, pendant que les grands parlaient ensemble.

Ce terrain était régi par des règles très précises. Tout d'abord près du portail, juste après la descente pour les voitures, il y avait la cage du chien Gros Bill. Première spécificité de ce jardin, Gros Bill était un adorable bâtard de cinquante kilos d'une couleur indéfinissable, entre lit de poussière et croûte de boue, parsemé de taches allant du noir au blanc en passant par tous les marrons connus. Il avait une truffe particulièrement rose pour un chien de cette taille, lui donnant un air de clown ou tout au moins un manque de sérieux contrariant pour un chien dit « de garde ». Il vivait dans une cage, avec niche s'il vous plaît, pour faire croire qu'il était méchant aux gens qui auraient voulu entrer dans le jardin. Si on l'avait sorti de sa geôle, tout le monde aurait vu qu'il ne voulait que des caresses. Mais dans sa forteresse il prenait des allures de fauve, c'était un très bon comédien.

En face de la cage, il y avait le petit jardin secret de ma tante. C'était un espace clos d'un muret de trente centimètres, coincé entre le chemin pavé pour les voitures et la maison. On y trouvait des petites allées avec des bancs pour s'asseoir à l'ombre de palmiers de différentes espèces dans lesquels s'imbriquait un gigantesque bougainvillier. Des tortues se promenaient ou faisaient la sieste au milieu d'une multitude d'orchidées de toutes les couleurs. Ces petites allées, son mur, donnaient à cet

espace des allures de jardin « à la française » tropical.
Derrière la cage de Gros Bill, le jardin dévalait la colline. Il y avait un grand escalier très raide qui menait au potager et aux arbres fruitiers en contrebas. Imposant avec une rambarde de chaque côté, cet escalier tout en pierre et ciment donnait l'impression d'accéder à un palais. Le bas-jardin était un peu effrayant, il y avait la vieille maison abandonnée sur la gauche, une cabane qui servait à ranger les outils, faite comme un torchis en latérite avec un toit de chaume. À droite, parmi les arbres fruitiers, le puits à ciel ouvert, seulement protégé par la peur légendaire d'y tomber. Normalement, il ne fallait pas descendre tout seul mais c'était plus excitant d'aller chercher son goûter sur un arbre sans en avoir le droit, le fruit est dans ces circonstances bien plus sucré. Le reste du jardin du haut faisait le tour de la maison, formant une vaste terrasse de pierres sèches jointes entre elles par le temps.
Dernière particularité de ce microcosme, les araignées du jardin, car il y en avait des araignées ! Elles étaient immenses, plus grandes qu'une main d'adulte avec une sorte de carapace sur le corps et les pattes. On avait l'impression qu'elles portaient une armure d'un blanc nacré sur l'abdomen. Il y en avait partout en hauteur sur les arbres, il était interdit d'abîmer leurs toiles ou de les déranger. Elles formaient une sorte d'armée du ciel, leur mission était de protéger la maison des moustiques, c'était un accord entre elles et mon oncle. En échange, elles pouvaient vivre tranquillement dans son jardin. Je vous l'avais dit, il était particulier cet oncle.
Pendant que mes parents étaient occupés par l'organisation générale de notre future vie, Nomena avait vite trouvé son rythme dans ce jardin, elle passait son temps avec Gros Bill à lui parler pendant des heures ou à jouer avec les tortues, sans aucune peur des araignées qu'elle trouvait belles et gentilles.
Moi, je profitais de mon oncle pour qu'il réponde à toutes les interrogations suscitées par mes conversations avec Dada-bé.
- Tes questions sont difficiles, Malo. Je ne peux pas te répondre ; enfin pas à tout. Laisse venir, observe et peu à peu les choses

s'organiseront autour de toi. C'est ça être *mora mora*, c'est laisser l'île te parler. Pourquoi vouloir toujours maîtriser les événements ? Qui te dit que les choses s'organisent autour de toi ? Tu ne crois pas que c'est peut-être toi qui es parmi les choses ? Regarde ta petite sœur, elle ne se pose pas de questions, elle utilise les réponses. Par exemple, puisque c'est possible, semble-t-il ici, eh bien elle parle au chien et aux tortues.
- Tu leur parles, toi ?
- Bien sûr que non, Malo. Comment veux-tu parler aux animaux ? Mais ta sœur ne se pose pas la question, c'est pour ça qu'elle y arrive. Elle laisse la porte ouverte si tu veux. Elle ne s'interdit rien. Après tout, pourquoi on ne pourrait pas parler aux animaux ? Tu n'as jamais essayé, toi ?
Je l'avais dit, il était terrible ce tonton. Il garda son petit sourire et il partit après un clin d'œil, petits pas et tête bien droite, il devait s'occuper de la maison. J'allai rejoindre ma sœur près des tortues. Elle était accroupie dans le jardin de ma tante. Devant elle, il y avait des feuilles, quelques pétales de fleurs fanées et divers petits bâtons et cailloux. Les tortues formaient un arc de cercle devant elle.
- Tu fais quoi ?
- On joue à la marchande.
- Je peux jouer avec vous ?
- Oui, moi je suis la marchande et elles viennent acheter des légumes pour préparer le dîner. On dirait que t'es leur papa, d'accord ?
- OK.
Nous jouâmes jusqu'au retour de Maman et Papa. Ces tortues étaient beaucoup plus amusantes que je le croyais.
Ce soir-là, avant de dormir, je ressortis dire bonne nuit à Gros Bill. Étrangement, j'avais besoin de le voir. Il était assis de travers sur une patte arrière. Il semblait m'attendre. Nous nous regardâmes dans les yeux un long moment, puis je lui fis un câlin comme il aimait. Il fallait lui gratter vigoureusement l'arrière des oreilles, de manière symétrique si possible. Il se raidissait de bonheur et frissonnait de plaisir en faisant une sorte de

grognement sourd. Très vite, le bout de mes doigts avait noirci de la poussière incrustée dans ses poils.

Je me retournai une dernière fois vers Gros Bill avant d'aller me coucher. Il ne me semblait plus vraiment comme avant. Il était assis, l'air fier, il regardait vers l'est, digne, concentré. Son nez rose pointé droit devant lui n'avait plus rien de ridicule, bien au contraire il lui donnait une certaine noblesse.

- Ben qu'est-ce que tu as, tu as l'air bien sérieux ?

Je lui avais ouvert sa cage, car la nuit on n'attendait pas d'invités, il n'était plus nécessaire de faire croire qu'il était méchant. Je me demandais d'ailleurs ce qu'il se passerait s'il y avait un voleur la nuit.

Il alla en trottinant au bout du jardin dans la direction qu'il observait. Il s'assit lourdement et de travers de nouveau, et il me regarda, m'appelant à le rejoindre. Le jardin était sombre et silencieux. Pour le rejoindre, j'avais l'impression d'emprunter une allée couverte que les araignées avaient créée avec leur toile. Leurs abdomens étaient phosphorescents sous la lumière encore timide de la lune, éclairant ce couloir féerique.

Là, au bout du jardin, on était en hauteur par rapport à la vallée et ses rizières, la vue était belle et longue. Je regardai quelques minutes l'horizon, Gros Bill, lui, m'observait attentivement. Je ne sais pas pourquoi je lui posai cette question.

- C'est par là ?

Il soupira d'un air entendu et s'allongea, après s'être calmement gratté le flanc. Le regard lointain dans cette direction, vers l'horizon, l'est, il bâilla, comme seuls les chiens savent le faire avec un petit son aigu, et croisa les pattes avant avec beaucoup d'élégance.

- OK mon gros mais il y a quoi par là ? Tu me montres quelque chose ou c'est juste toi qui aimerais bien aller te balader ?

Tandis que je lui grattais la tête, il regardait impassible vers l'est.

- Bon, je vais aller dormir, on en reparle demain ? Bonne nuit, Gros Bill.

Mon oncle avait raison, je parlais aux animaux.

À mon réveil, j'étais retourné au même endroit. De jour, les longues toiles d'araignées traversant d'un arbre à l'autre étaient moins magiques, mais la vue restait vraiment magnifique. Tout le bas de la vallée était plein de rizières, dans lesquelles le soleil scintillait. Des hommes et des zébus s'y affairaient. Vu d'ici, on avait l'impression d'observer une fourmilière. Les collines à droite étaient couvertes de maisons aux toits de tôles multicolores qui résonnaient de millions de sons différents les jours de pluie. La capitale, et son labyrinthe de rues serpentant au gré du relief, vivait une journée banale et agitée. Au loin, on voyait en perspective l'horizon se découper dans le relief à l'infini. On percevait peu à peu la ville qui laissait la place aux grandes étendues comme une invitation au voyage et aux rêves. Je restais là tranquillement au soleil, sans vraiment m'occuper de rien.

Mon oncle était parti faire des courses en centre-ville avec sa belle 403 beige clair achetée en France pendant ses études, très longtemps auparavant. Ma tante était en train de soigner ses orchidées avec Nomena et les tortues.

- Viens nous aider, Malo !
- Vous faites quoi ?
- On s'occupe des fleurs. Tu as vu, on dirait des princesses avec une belle robe, une couronne et un grand sourire.
- Mais ce sont des princesses, Nomena, nous dit ma tante. Les orchidées sont des fleurs très particulières. Moi je n'en ai jamais vu d'aussi belles qu'elles. Elles ont chacune leur robe, pleine de détails et de raffinements comme pour un concours de beauté. Et, comme les princesses, elles ont besoin de beaucoup d'attention pour s'épanouir. Sans l'aide de leur entourage, elles ne pourraient ni se développer ni même survivre très longtemps. Elles vivent souvent sur une autre plante pour subsister.
- Elles font partie de l'île, et ne peuvent pas exister sans elle.
- C'est vrai, Malo, je vois que tu as compris ce que t'a expliqué tonton. Les habitants de Madagascar, qu'ils soient hommes, animaux ou plantes, sont comme les orchidées, et l'île, l'arbre

sur lequel ils vivent. Ils ne peuvent pas rester longtemps éloignés sans danger.
- C'est pour cela qu'on a ramené Mama-bé.
- Oui. Madagascar est appelée « l'île des esprits ». Ici personne ne meurt vraiment. L'esprit se sépare du corps à la mort, mais l'être reste toujours parmi nous. Même si tu ne communiques pas avec Mama-bé, elle est là, elle te surveille, te guide. Ta grand-mère est un esprit apaisé, calme, elle n'a pas besoin de se manifester pour être près de toi. C'est ainsi avec tous les êtres chers qui nous quittent, ils nous accompagnent, tendrement, et nous aident. Comme l'orchidée, ils rejoignent l'île et vivent à travers elle. Seul un ancêtre en désaccord avec les vivants trouvera le moyen de te parler pour te guider vers le bon choix !
- Toi, tu crois qu'ils sont près de toi et qu'ils peuvent t'aider ?
- Je ne crois pas Malo, je sais.

En l'écoutant, je me rendais compte de ce qui m'avait le plus troublé avec Gros Bill la veille. J'avais eu l'impression que ce n'était pas lui qui me montrait l'est du bout du jardin, mais plutôt qu'il accomplissait la demande de quelqu'un d'autre.
- J'ai l'impression qu'hier Gros Bill a voulu me dire quelque chose.
- Ce sac à puces est comme les orchidées et tout ce qui nous entoure. Il faut les écouter, les observer, ils peuvent avoir des choses à nous apprendre. Ils peuvent être le lien.
- Le lien ? avec les ancêtres ?
- Oui, pourquoi pas.
- Mais je ne suis pas sûr pour Gros Bill, c'est peut-être mon imagination.
- Gros Bill ne m'a jamais rien dit à moi, Malo. Si c'est à toi qu'il veut parler, c'est à toi de comprendre. Je sais pourquoi c'est toujours moi qui m'occupe des orchidées ici, les autres ne les comprennent pas, c'est à moi qu'elles parlent, d'une certaine manière. Gros Bill n'est par contre qu'un brave chien pour moi, rien de plus. Il vient me voir pour une caresse, récupérer une miette et je crois pour essayer d'obtenir l'autorisation d'entrer dans mon parc à orchidées. Mais cela ne veut pas dire qu'il n'est pas beaucoup plus que ça pour toi.

Ma tante repartit à ses occupations jardinières. Son dos voûté lui permettait de tenir la main de ma sœur sans se baisser. Elles avaient la même démarche dodelinante toutes les deux, l'une par sa jeunesse, et l'autre à cause de son âge. Elle restait malgré sa longue vie aussi élégante que ses orchidées. Toujours impeccable, une belle robe bien repassée, ses cheveux tout gris parfaitement rassemblés en une tresse traditionnelle. Je ne l'avais jamais vue coiffée autrement, deux tresses classiques avec une parfaite raie au milieu, qui se rejoignaient derrière pour former un chignon en les enroulant ensemble ; le *tana ivoho*, ça s'appelle. Énormément de femmes se coiffent ainsi à Madagascar. Son visage ridé me faisait beaucoup penser aux images de femmes sioux qu'on voyait dans les documentaires sur les États-Unis. Mais je ne croyais pas du tout que ma tante était indienne pour autant, elle avait cette même forme de visage plein de sagesse et de bienveillance propre aux Malgaches. Près d'elle, on se sentait bien au calme, un peu comme au coin du feu. Ma petite sœur, à ses côtés, était parfaitement sereine. Comment pouvait-elle être aussi sûre d'elle ? Je devais avoir raté un épisode, depuis que nous étions arrivés, elle ne semblait pas avoir la moindre difficulté à s'acclimater. Elle donnait l'impression de tout connaître, d'avoir toujours vécu ici. Rien ne l'étonnait, elle se laissait porter paisiblement. Elle, qui n'aime pas le changement et qui veut toujours tout maîtriser, avait complètement lâché prise ! Trop jeune et trop naïve, sûrement.
Des fleurs, des tortues, des chiens, des araignées et maintenant des esprits, on ne pouvait pas se sentir seul ici. Je commençais à regarder un peu trop souvent derrière moi pour voir si je n'étais pas observé.

◆ ◆ ◆

J'ai toujours été passionné par les destinées des grands personnages. Pourquoi, et comment, des hommes apparemment comme tout le monde finissent-ils par devenir des légendes ?

Je ne crois pas à la fatalité, au trajet déjà prévu par un être supérieur. Est-ce l'instant, l'endroit, qui fait d'un homme un mythe ? Secoué à l'arrière de mon taxi, je repensais à toutes mes recherches sur les héros du XXe siècle : les anonymes, qui, par leur courage, ont changé l'histoire ; les gens célèbres qui ont entraîné derrière eux des nations entières. Avaient-ils conscience des répercussions de leurs actes, savaient-ils qu'ils ponctueraient l'humanité d'événements majeurs ?

Mon chauffeur à la casquette parisienne m'avait dit : « Je vous laisse au palais, c'est le plus simple. » Le taxi s'éloignait maintenant, me laissant debout face à l'arche surmontée d'un aigle qui me séparait de ma plus belle rencontre. On ne pouvait pas faire plus simple que se faire déposer devant un palais. Je n'étais même pas passé par la case hôtel, d'abord parce que je n'avais pas réservé d'hôtel, ensuite parce qu'il m'avait juste dit de venir dès mon arrivée. J'allais me présenter, je n'y pensais que maintenant, avec une allure déplorable. Devant ce palais, je me sentais un peu dans la peau de Cendrillon, ma citrouille m'avait laissé sur le bord de la route. Mes yeux avaient quinze heures de trajet, ma bouche sentait le plateau-repas et son indémodable curry de poulet, le café et la clope vite grillée sur le parking. Mes genoux grinçaient d'une immobilité imposée, ma barbe naissante profitait sans timidité de l'air humide favorable à la pousse. Et mon esprit embrumé vibrait encore de la pressurisation. J'allais me présenter au plus important rendez-vous professionnel que je pouvais espérer, fringué comme un ado attardé qui a dormi sous un pont ! Pourquoi m'avait-il choisi ? Mes articles étaient loin du Pulitzer, et je m'étonnais même qu'ils aient pu être lus ici. Je n'étais qu'un journaliste de second rang comme il en existe des centaines de milliers à travers le monde, rien ne justifiait ma présence ici. Je n'avais aucune connaissance de l'île, aucune compétence en géopolitique.

Je me retournai, pour contempler la vue de la colline. Tout était bon à prendre pour retarder l'échéance. La vue, sur le lac d'Anosy et les beaux quartiers, est étonnante. On domine d'ici toute la capitale. La colline du Rova, l'une des douze collines sacrées qui font Antananarivo, est la plus impressionnante. Elle dépasse toutes les autres du haut de ses 1 463 mètres. L'imposant palais de la reine trône au centre de ce bloc de granit massif d'où une monarque sanguinaire faisait jeter ses opposants dans le vide. Je me décidai enfin à grimper l'escalier et passai sous l'arche de pierre et son aigle, symbole d'une monarchie depuis longtemps disparue. L'enceinte du palais est simple : entourée d'un vieux mur de pierre, une pelouse sèche accueille les différents bâtiments, je me surpris à flâner dans cette fortification plutôt que d'entrer dans le palais. Il y a six bâtiments hétéroclites. Ils ont tous été reproduits minutieusement. On peut voir la simple case de bois Mahitsielafanjaka, « un esprit droit règne longtemps », l'ancienne demeure du plus célèbre des rois Merina, Andrianampoinimerina ; le Besakana, case quasiment identique ajoutée à la demande de ce même roi ; la Tranovola, édifice en bois avec une toiture ornée de clochettes d'argent, désormais Musée national, qui fut ajouté vers 1820 par le roi Radama I. ; Manampisoa, ajouté encore plus tard par Rasoherina pour montrer la puissance de son règne. Enfin, le temple royal qui après dix ans de construction finit par dominer la capitale sous l'influence de la reine Ranavalona II. S'ajoutent à tous ces bâtiments : le tombeau des reines, le tombeau des rois sur son socle de granit, et le Tranofitomiandalana (les sept maisons alignées) où reposent les souverains ayant régné sur la capitale avant Andrianampoinimerina. Enfin, l'énorme masse du grand palais que tous les monarques, depuis Andrianjaka, ont agrandi, embelli ou consolidé, pesait sur moi, attendant calmement que je me décide à entrer. Ce petit village dans la ville en haut de sa colline représente à lui tout seul l'histoire de toute l'île. Réunis sur ce promontoire, ayant tous ajouté une touche de leur règne, les souverains malgaches sont là indissociables de la terre de leur île. Les rois des principales ethnies sont désormais, sous l'influence du gouvernement actuel, associés à ce lieu historique. Des reliques représentant leur pouvoir ont depuis peu rejoint l'enceinte du Rova pour que cette colline scelle définitivement l'unité malgache.

Le mégot de la cigarette, allumée machinalement, me brûla les doigts. Voilà tout ce que je savais de ce pays ? Le chapitre historique de tout bon guide touristique sur le palais de la reine. Ma culture se résumait à la brochure d'une quelconque agence de voyage lue rapidement pendant le trajet. Et c'était dans ce lieu pesant de toute son histoire que j'avais rendez-vous avec l'homme qui avait fait l'histoire, moi qui ne la connaissais pas. Il ne quittait que très rarement la colline, d'après les informations que j'avais pu glaner, sauf pour aller se reposer une fois de temps en temps. Il avait une propriété sur une côte de l'île, loin de tout, sans téléphone ni connexion internet. Je ne pouvais pas rester dans cette cour plus longtemps, le garde commençait, d'ailleurs, à me regarder d'un mauvais œil. Je soufflai un grand coup, et me décidai à entrer après lui avoir fait mon plus beau sourire.

◆ ◆ ◆

Le soir je parlai avec mon papa. J'avais enfin en face de moi quelqu'un qui ne semblait pas plein de certitude sur des phénomènes pourtant douteux.
-Tout ça, mon grand, c'est une question de culture. Même si je ne peux pas dire que je croie à tous ces contes. Je les respecte parce que je respecte les gens d'ici.
Ta maman, tes grands-parents disent que les ancêtres communiquent avec nous. S'ils veulent, moi cela ne me gêne pas, d'autres croient en Dieu, d'autres aux étoiles et que sais-je encore. Cela n'a jamais influencé ma vie avec ta maman ou avec toi et ta sœur. Et si elle a été influencée, c'est d'une manière positive, j'en suis sûr.
Je me suis renseigné, tu sais, moi aussi, comme toi, j'ai fait ma petite enquête. Je crois avoir compris quelques-uns des principes qui régissent la façon de penser de ta famille. Je ne sais même pas si cela est vrai pour tous les Malgaches.
D'abord il y a *Many ny aina* : cela veut dire « la vie est douce ». Il

faut jouir de la vie en paix, profiter de la vie en harmonie avec l'île et ce qu'elle apporte. C'est un des principes fondamentaux des Malgaches. De ce principe découle cette manière de vivre posée, on ne s'inquiète pas inutilement, on laisse les choses se faire, il finit toujours par y avoir une solution qui se propose. Ici on peut cueillir sans cultiver. Les fruits poussent sur les chemins, donc prendre le bon chemin suffit à survivre. Nous ferions ça chez nous, rien ne marcherait ; ici, pourtant, cela fonctionne. C'est comme ça. C'est toute la différence entre ici et là-bas, les choses ne se déroulent tout simplement pas pareil.
L'autre grand principe est *Tsihibelambana ny olona*, ce qui veut dire : « Les gens sont une seule grande natte. » C'est pour cela qu'ils tiennent beaucoup à la famille.
On est tous ensemble. Les vivants comme les morts doivent se soutenir pour mieux s'en sortir. Dans des pays pauvres comme ici, il n'y a rien de plus vrai que « l'union fait la force ». Seul on n'est rien, à plusieurs on peut tout. Le reste n'est pour moi que le résultat de ces deux principes. Mais toi, mon chéri, tu es plus malgache que moi, alors tu peux mieux comprendre ou peut-être même m'expliquer ?
- Je ne sais pas, en tout cas, depuis qu'on est arrivés, je me sens un peu bizarre, comme si j'avais des choses à faire que je ne comprends pas.
- On quitte Tana dans peu de temps, on va bien s'amuser et voir plein de choses. Tu as dix ans, Malo, n'essaye pas de tout comprendre, garde ton insouciance et vis tes vacances comme un Malgache, au jour le jour. Profite sans te poser trop de questions. Tu vas avoir une rentrée difficile, dans une nouvelle école.
- On va où alors ?
- À l'est, vers la mer, pour commencer.
Il me caressa la tête comme il aimait toujours le faire et repartit vers la maison. Il marchait lentement ; lui qui courait toujours à droite et à gauche, entre son travail et la maison, semblait calme et apaisé quand il était ici.
« À l'est », ces mots résonnaient dans ma tête encore protégée

par la main de mon père, tandis que celui-ci rentrait dans la maison. À l'est, dans la direction que m'avait montrée Gros Bill. L'est, pourquoi cette direction revenait-elle sans cesse comme un appel ?

Je pus, plus tard, passer une matinée avec mon oncle. Nous étions assis sur les dernières marches de l'escalier qui menait au bas-jardin. Le soleil me chauffait le dos, nourrissait de son énergie le potager en pente douce et soulageait les articulations de mon oncle.

- Comme ça au soleil je me sens comme une courge. Alors Malo, tout va bien ?
- Oui, mais j'aimerais bien que tu me parles des ancêtres, de nos ancêtres. Et puis aussi, il y a quoi à l'est ?
- Pourquoi tu me parles de l'est ?
- Je ne sais pas vraiment, l'autre soir Gros Bill m'a montré cette direction et après Papa m'a dit qu'on allait partir à l'est. Alors je me demande s'il y a quelque chose de spécial par là.
- Gros Bill, hein ? Il te montre des choses, ce poussiéreux… C'est amusant, j'ai déjà remarqué qu'il allait souvent au bout du jardin regarder dans cette direction.

Mon oncle restait silencieux, tourné vers le fond du jardin, ses yeux brillants vers l'allée des araignées, avec ce petit sourire entendu au coin des lèvres. Sans me regarder, il reprit la conversation d'une voix plus lente, après avoir jeté un autre regard aussi malicieux vers la cage du chien, comme s'il s'économisait pour un long discours.

- C'est drôle, tu sais, tes deux questions se rejoignent. L'est et ta famille sont liés depuis bien longtemps. Je vais essayer de te résumer cela le plus facilement possible. Il y a maintenant quelques générations, à la fin du XVIIe siècle, Madagascar était une île peu habitée et très peu connue par les autres pays. À l'époque, l'île se divisait en plusieurs royaumes séparés par de grandes forêts impénétrables.

Antananarivo était le centre du petit royaume Merina, dont notre famille est originaire. Il y a eu un roi qui a dirigé son peuple avec fermeté. Pendant son règne, il a agrandi son territoire, tout le centre de l'île est devenu un seul et même grand royaume. Il fallait bien sûr surveiller les nouvelles frontières du royaume contre des attaques possibles. Les Merinas avaient, sous l'influence de leur roi, conquis de nouveaux territoires, mais d'autres ethnies faisaient de même, et le risque d'une guerre était réel. Des royaumes forts s'organisaient et se partageaient l'île.

Or, c'est de l'est que pouvaient venir les principaux risques. L'un de tes ancêtres, du côté de Dada-bé, Ingahyman, fut chargé par ce roi et ses descendants de protéger le royaume et de garder la frontière est. C'est de ces collines que tu vois à l'est que cet ancêtre défendait la capitale. C'est dans ces monts qui ferment l'horizon qu'il repose, et c'est là aussi que maintenant Mama-bé a rejoint toute la famille. Tu vois, l'est de la capitale est notre territoire, notre fief, ces collines ont été confiées à notre famille pour qu'elle les protège. Maintenant, les collines nous rassurent à notre tour et gardent en leur sein nos ancêtres. Nous sommes liés à cette terre.

- C'était un général ?
- Qui ?
- Ben, Ingahyman !
- Ah, pardon. On peut dire ça comme ça, oui. C'était un chef avec des responsabilités militaires importantes.
- Mais qui vivait derrière les collines, qui pouvait nous attaquer ?
- Eh bien, il y avait un autre royaume de ce côté-là qui ne nous était pas très connu à cette époque, mais que l'on savait puissant. Je t'ai expliqué que l'île était peu habitée. Après les collines, commençait un immense territoire de forêts, à l'époque personne ne s'y enfonçait. Après les forêts, se trouvait le royaume des Betsimisaraka : « Les nombreux qui ne se séparent pas. »
- Et ils étaient méchants ?
- Non, je ne crois pas, ils étaient surtout de l'autre coté des forêts, mais on ne le savait pas trop, alors on se méfiait. Ce royaume a lui aussi évolué et grandi grâce à un grand roi qui a unifié toute la côte est de l'île. Ce roi Ratsimilaho a, comme chez les Merinas, réuni toutes les régions, c'est pour ça qu'il nous faisait peur. Il

était fort.

Mais le plus incroyable pour toi, c'est que, du côté de Mamabé, il y aurait un ancêtre qui viendrait de ce royaume : Ramasombazaha « l'ancêtre aux yeux bleus ».

Ce qui veut dire, Malo, que tu es à la fois le descendant de ceux de l'est et de ceux qui protègent de l'est.

- Qui était ce Ramasombazaha ? un général ?

- Mais pourquoi tu veux absolument qu'il y ait des généraux partout ! On ne sait pas grand-chose de lui. On dit qu'il avait les yeux bleus, ce qui déjà est très étonnant pour un Malgache. C'était, d'après ce que j'ai pu apprendre, un chef militaire, un peu comme ton autre ancêtre. Mais pour autant, je te promets que je ne sais pas s'il était général. On ne sait pas pourquoi il a rejoint les hauts plateaux et quitté la côte est, pour venir vivre chez les Merinas. Ces réponses se sont perdues, je ne peux t'en dire plus. Je t'ai présenté ta famille, maintenant tu connais un peu tes premiers ancêtres. Ingahyman d'un côté et Ramasombazaha de l'autre représentent le début de ton arbre généalogique. Tu vois, c'est comme une chasse au trésor, je t'ai donné la carte, à toi de comprendre comment la lire.

- Comment ?

- Comment ça, comment ? Il te faut un guide, je ne sais pas, moi. Tiens, demande à Gros Bill !! Ha, ha, ha !

Il riait, les yeux tout plissés et les dents au soleil, mais ce rire n'avait rien d'innocent. Comme s'il était gêné d'avoir parlé, ou qu'il en avait trop dit.

- Bon je suis bien mûr maintenant, je peux remonter en cuisine.

Et il remonta les escaliers en souriant de sa petite blague.

Il n'était pas encore trop tard, alors je rejoignis ma petite sœur et nous allâmes au fond du jardin, à l'est, avec Gros Bill pour faire une sorte de réunion.

Nous nous assîmes là tous les trois, enfin… il y avait aussi les araignées qui s'étaient regroupées près de nous. Et sous ce toit d'arachnoïdes qui ressemblait à une grande ombrelle de dentelle, je leur racontai ce qu'on m'avait expliqué l'après-midi, mais par contre en affirmant le statut de général. Au fur et à mesure que je parlais, ou que Nomena me posait une question, les images devenaient plus précises. Les maisons disparaissaient sur les collines, laissant la place aux forêts d'eucalyptus et aux fougères arborescentes. J'imaginais mon ancêtre habillé d'un pagne ou d'un *lamba*, une grande sagaie à la main surveillant l'horizon.

Nous devions être beaux dans nos rêveries tous les trois, protégés des moustiques par les araignées. Pendant que Nomena et Gros Bill s'imaginaient la vie de tous les jours à cette époque, ce qu'on mangeait, les moyens de déplacement, les modes vestimentaires, ils étaient inséparables ces deux-là, j'essayais de mettre de l'ordre dans mes idées.

« L'île des esprits » porte bien son nom. Elle semble être une sorte de grand ensemble dont chaque partie ou même particule a un rôle spécifique.

On joue avec des tortues, on parle aux chiens, les araignées vous accompagnent et qui sait si les orchidées ne sont pas réellement des princesses. La frontière entre les morts et les vivants est bien floue sur cette terre. Ma sœur semblait avoir compris bien des choses qui m'échappaient. Quand j'avais le malheur de lui poser des questions, elle regardait Gros Bill et ricanait et il répondait d'un son rauque avec un retroussement de babines ! Il faudrait bien à un moment qu'elle me réponde.

Il n'y avait pas dix jours que nous étions arrivés et tous mes repères avaient disparu, s'étaient écroulés. Ce n'était pas inquiétant, au contraire plutôt grisant, enivrant.

J'avais hâte de partir, je n'en dormais presque plus. L'« est »… ce mot était devenu une promesse d'aventures et de merveilles. Mon impatience serait vite satisfaite, nous partions dans deux jours.

VERS L'EST

Je fus parcouru d'un long frisson, l'atmosphère avait perdu dix bons degrés à l'intérieur du palais. Il me fallut un instant pour que mes yeux s'habituent à l'obscurité ambiante, et que mes poils sagement recouchés s'acclimatent à la température. Une forte odeur de cire émanait des boiseries murales et des parquets. Tout le grand hall est en bois sombre ; le palais à l'aspect minéral de la reine a le cœur en palissandre, totalement refait à l'identique bien après son incendie de 1995. Madagascar a une gestion nationale des essences rares qui lui permet d'avoir du bois en suffisance. La structure est conçue autour d'un mât central en bois monoxyle de palissandre, sur lequel s'enchevêtre tout l'édifice : un navire impérial échoué sur le haut de la plus importante colline de la capitale. Ce palais pensé par Jean Laborde en 1839 a ensuite été consolidé d'un manteau de pierre par James Cameron une trentaine d'années plus tard.
Le hall est gigantesque, la hauteur de plafond abyssale, les tentures sombres autour des grandes fenêtres augmentant encore un peu l'imposante sensation de pesanteur qui m'enveloppait. Les boiseries sculptées serpentent autour des fenêtres jusqu'au plafond, relâchant paresseusement une fraîcheur odorante comme une forêt tropicale, le bois n'oublie pas d'où il vient. Les symboles sculptés se répètent en colonne à l'infini : une tête de zébu, un cercle dans un losange, une silhouette de lémurien, un ravenala ou arbre du voyageur, un

caméléon, une rizière, un baobab. Autant de bas-reliefs qui donnent à la pièce une allure de cathédrale. Des photos d'un autre siècle, représentant les différentes coiffures traditionnelles des dix-huit ethnies de l'île, sont disposées tout autour de la salle. Dans le grain piqué de l'ancêtre argentique, on découvre des visages lisses et fiers aux origines diverses. Les regards fixent avec inquiétude l'objectif, yeux en amande pour certains, cheveux raides pour d'autres. Ces visages témoignent des multiples origines du peuple malgache, Malaisie, côte africaine, autant de différences que de points communs. Les coiffures sont appliquées et parfaites : les boules des Sakalava, les tresses pendantes des Tanala, celles en paillasson des Mahafaly, ou encore les nattes Merina. Sur le papier noir et blanc d'un photographe colonial, je découvrais la richesse d'un peuple complexe.

Le cliquetis d'un clavier d'ordinateur me sortit de ma contemplation. Derrière un bureau beaucoup trop petit pour la salle, une jeune femme aux cheveux lourds et au visage enfantin me sourit. Je m'avançai timidement vers elle, en lui rendant de la meilleure façon possible son sourire, pour annoncer mon arrivée.

❖ ❖ ❖

Nous partîmes dans un vieux Land cruiser à l'aspect légendaire, nous quittions enfin la capitale, direction l'est.
Nous fûmes vite sur des plateaux à rizières à perte de vue. Greniers permanents d'Antanarivo, il y en a partout. Ces régions rizicoles encerclent la capitale. On ne s'intéresse pas beaucoup à ces paysans de l'ombre, population discrète qui fourmille sans arrêt. Le rythme et la vie autour des rizières ne dépendent que de la saison et des récoltes. Les scènes varient très peu, un ou deux hommes ou femmes, des outils sur l'épaule et un zébu devant dirigé à la baguette. Une petite bêche en fer toute simple est quasiment le seul outil qu'utilisent les Malgaches dans les

rizières, avec leur coupe-coupe. La bèche est partout identique : du fer de récupération de quarante centimètres de long sur vingt de large attaché à un manche taillé à la main. Avec cela, ils peuvent labourer les rizières, creuser des trous, refaire les routes, fabriquer leur maison, mélanger le mortier. La machette, elle aussi en matériel de récupération, varie un peu plus. Il y en a avec des manches de toutes dimensions allant de la taille d'un poignet, au long manche de quatre-vingts centimètres. La lame peut être plutôt rectangulaire, ou plus oblongue. Le zébu ou *omby*, dernier acteur de cette représentation champêtre, est pourtant le plus essentiel. Il signifie tout dans ces régions : la richesse, la force, le patrimoine. Sa couleur est importante, plus il est clair mieux c'est. Il piétine la terre des rizières pour la rendre meuble, il sert au labour, il tire la charrette. Les jeunes adultes, attachés à sa bosse, testent leur virilité dans des rodéos délirants ; enfin, il peut aussi être le lien par le sacrifice avec les anciens. Je crois que nous pourrions passer indéfiniment dans ces régions sans que personne n'y prête attention, sauf si nous roulions dans une rizière.

Le riz c'est la vie, ces hommes et ces femmes connaissent leurs responsabilités face à leur tâche. On peut les voir comme de pauvres cultivateurs couverts de boue rouge, je crois, moi, qu'ils sont les fiers gardiens de la survie d'un peuple. Cela les rend plus beaux et c'est tellement plus vrai. Que deviendrait Antananarivo sans son or blanc patiemment récolté par ses discrets et silencieux planteurs ? Maman essayait de répondre, pendant ce trajet, à toutes nos questions. Nomena boudait depuis qu'on lui avait dit que le zébu pouvait être sacrifié.

Après les rizières, la route commençait à serpenter à travers les collines, elle ne s'arrêterait plus jusqu'à la mer. Le décor changeait totalement, nous entrions dans cette chaîne montagneuse qui sépare les plateaux de l'est de la région de la capitale. Des petites rivières d'eau vive et tourbillonnante creusaient une vallée en contrebas de la route. Là, des enfants jouaient dans l'eau, les femmes lavaient leur linge, l'étalaient sur les pierres comme de multiples patchworks aux couleurs vives. Un peu partout, on voyait des petites maisons, toutes pareilles, toutes orientées nord/sud, rouges de la terre de l'île, rectangulaires au toit poilu et pentu, seules au milieu de cette chaîne rocheuse, frontière naturelle avant les grandes forêts. La ville était loin, nous étions entrés dans un monde rural où chacun doit son existence à sa parcelle cultivée. Plus encore qu'ailleurs, ici les habitants font corps avec leur terre, leur mère. Le plus impressionnant dans ce décor, ce sont ces blocs de pierre sombre, du granit je pense, où la végétation n'a pas de prise. Partout les buttes semblent épluchées, nous montrant de quoi elles sont faites. Chaque sommet montre son ventre, sa matière. Une pierre lisse et noire striée de traînées claires comme si, sous l'effort et la chaleur, elle transpirait. La végétation est pauvre et sèche dans les endroits où elle trouve assez de terre.

C'est ici le territoire d'Ingahyman. Un chapelet de monts pelés, couverts d'excroissances rocheuses avec des petites vallées très vertes. Une limite aux vents violents de l'océan Indien, rempart immuable et infranchissable du pays Merina.

C'est sur cette barrière que mon ancêtre vivait, surveillant les frontières de son peuple.

Maman nous avait expliqué que nous allions quitter la route principale pour rejoindre le village où se trouvait le caveau de la famille.

- On va voir le caveau où est enterrée Mama-bé ?
- Oui mon amour, on va voir Mama-bé.

Voir Mama-bé, que voulait-elle dire par là ? Elle était calme comme à son habitude, nous allions voir Mama-bé, pourquoi chercher plus loin. Le *mora mora* était de mise apparemment, Nomena chantonnait, Papa conduisait, je décidai donc d'appliquer cette philosophie, et de garder mon calme.

Les routes secondaires sont plutôt des passages, dans ces régions. Si vous ne savez pas où vous allez, dans ce labyrinthe de sentiers, vous êtes sûr de vous perdre. Personne ne les prend sans une destination précise. Ce sont des routes « touristophobes ». Des crevasses façonnées par l'alternance de fortes pluies et de soleil intense les découpent. Une voiture ne peut pas, malgré sa

technologie, dépasser un char à bœuf en vitesse de croisière.
À l'arrière, on était vachement secoués, la voiture dansant au rythme des bosses et des trous du chemin. Avec Nomena nous nous étions inventé un jeu pour passer le temps, le but était d'essayer de se maintenir droit sans se tenir : c'était impossible.
Après quarante-cinq minutes de rigolade et de chutes à l'arrière de la voiture sur ce parcours chaotique, où nous avions traversé par ces veines rouge sang que sont les routes ici des forêts d'eucalyptus, nous arrivâmes dans un petit village au bout de nulle part. Un hameau perdu dans une infinie nature. Petit paradis vert au fond d'une plaine, où l'homme à force de courage a fait reculer forêts et taillis pour cultiver le manioc et la patate douce.
Il y avait une dizaine de bâtiments, tous construits de cette latérite omniprésente partout où on allait. Le terrain et les murs étaient de la même matière. Les habitations semblaient avoir poussé du sol, comme des termitières. Avait-on construit les maisons, ou bien creusé le terrain pour en sortir les cases ? Seuls les vieux eucalyptus aux abords du village devaient encore s'en souvenir. Les maisons créaient une sorte de rue étroite entre elles avec au bout ce qu'on pourrait appeler la place du village. De très jeunes enfants poussiéreux et la morve au nez étaient assis sur les perrons ou au milieu des poules. Des femmes accroupies triaient le riz, ou les tubercules de manioc sur de grandes nattes en sisal.
Nous traversâmes à pied le village, pendant que Maman discutait avec un monsieur qui semblait être le maire, pour autant qu'il y ait un maire dans un hameau comme celui-ci.
Ce monsieur avait un gros bâton qu'il tenait fermement, un chapeau de paille sur la tête et une couverture à carreaux en guise de poncho. Pendant qu'il parlait à Maman, je pus compter quatre dents dans sa bouche, pas une de plus.
Son bâton devait être celui d'un berger, car nous le suivions à travers le village comme un troupeau. Au bout du hameau plus rien, un talus, des champs, la nature ; je ne comprenais pas bien où nous allions. Après avoir escaladé le talus, nous avancions

dans un champ de manioc et là au centre il y avait un grand trou ou plutôt une pente, une dépression naturelle et au bout, enfoncée dans ce mur de terre et de racines, une énorme dalle en granit, sculptée d'un grand cercle. On avait l'impression qu'elle préexistait au champ et que le reste avait poussé autour.
C'est là, derrière cette porte sans âge, qu'étaient rassemblés tous mes ancêtres dans une dernière et éternelle réunion de famille.
Maman était très émue. Immobile, elle restait là, face à la porte. Nomena jouait dans la terre. Papa essayait de faire la conversation avec le « maire », dans un langage de gestes des plus impressionnants. Le monsieur semblait d'ailleurs avoir presque peur de toute cette gesticulation, ne sachant pas si cette attitude était classique chez un *vazaha*.
Je me rapprochai de Maman et lui tins la main. Nous étions tous les deux comme isolés des autres face à ce bloc granitique, rempart du repos de nos ancêtres.
Autour de moi, le décor se modifiait, le champ s'éloignait, devenait flou, la voix de mon père était lointaine. La porte de granit semblait s'approcher progressivement de moi ou alors c'était moi qui avançais vers la porte, je ne sais pas. Je perdais pied, je glissais, attiré comme un aimant, une sensation, un vertige peut-être. J'avais l'impression que le granit s'ouvrait, s'effritait devant moi, me laissant rejoindre tous ceux qu'on ne peut oublier. Des images très précises de ma grand-mère me revenaient, la douceur de sa voix me chantant une berceuse. Je pénétrais dans un monde parallèle.
Puis l'image se matérialisa progressivement, j'étais dans une grande salle sombre. J'avais traversé la dalle minérale, passé la porte sans qu'elle ne s'ouvre, comme avalé. Je la voyais, ma grand-mère, elle était là devant moi, elle me faisait un beau et grand sourire comme elle en avait le secret. Elle me faisait signe de la suivre, me tendant la main. Il y avait des gens autour de nous, aussi curieux de me voir que moi de les découvrir. Nous étions dans une grande pièce, le sol était fait de terre battue et les murs de pierres sculptées. Il n'y avait ni fenêtres ni autres sources de lumière et pourtant une luminosité diffuse

permettait de distinguer tous les détails de cette scène. J'étais dans le caveau, où tout au moins, je le croyais, pourtant on ne m'avait pas ouvert la porte.

Debout devant moi, embrassant Maman, il y avait des tantes inconnues jusqu'alors, mes arrière-grands-pères et arrière-grands-mères étaient là aussi, souriants et heureux de pouvoir nous prendre dans leurs bras. Il n'y avait que joie et émotion autour de moi, j'étais gourmand de tous ces visages, de ces sourires et de ces découvertes.

Au milieu de ces accolades et retrouvailles où chacun se pressait de découvrir l'autre, cette arrière-grand-mère, dont Dada-bé m'avait parlé pendant nos longues conversations de pré-départ, me prit la main. Son regard était intense. Son visage était doux et rugueux à la fois, elle gardait un côté sévère avec son chignon tiré impeccablement comme la tante de Tana. Elle était exactement comme Dada-bé me l'avait décrite. Je l'avais immédiatement reconnue. Elle me prit la main et m'entraîna doucement à sa suite vers le fond de la pièce. Assis, droit et calme, attendait un homme qui me semblait familier. Il était pieds nus, simplement habillé avec un petit chapeau de sisal sur la tête et un *lamba* déposé sur les épaules. Il regardait un petit feu charbonneux à ses pieds. La lumière rougeâtre faisait danser s des ombres sur son visage, y modelant des expressions différentes à chaque seconde.

- Malo, voici Ingahyman. Je vous laisse, ne traîne pas trop…

Resté seul devant lui, je ne savais pas bien ce que je devais faire ; alors, pensant que c'était toujours un bon début, je m'approchai de lui et je l'embrassai.

- Bonjour Andrasana, je suis heureux d'enfin te rencontrer. Ta grand-mère m'a beaucoup parlé de toi.
- Je m'appelle Malo.
- Je sais, mais Andrasana est aussi ton prénom, n'est-ce pas ?
- Oui.
- Ici, si tu le veux bien, je préfère utiliser Andrasana.
- D'accord, comme vous voulez.
- Je suis fier de toi, Andrasana, je vois que tu t'intéresses à tout

ce qui t'entoure et que tu te poses de bonnes questions. Alors, comme ça, tu te demandes si tu n'as pas un rôle particulier à jouer maintenant que tu es à Madagascar ?
- Comment tu sais ?
- J'ai un ami qui était avec toi à Antananarivo.
- Gros Bill ?
- Ah ! Vous l'appelez comme ça, je ne savais pas.

Il me faisait penser à Dada-bé avec son sourire et ses yeux tout plissés et fermés quand il riait. Son visage était sec et anguleux, avec beaucoup de tendresse dans le regard. Les pommettes étaient très saillantes sous ses yeux doux en amande. Le nez fort et presque aquilin ne faisait pas vraiment malgache. Il avait un joli collier de barbe blanche et une fine moustache. Sa peau était sombre pour son ethnie. Il me regardait l'air complice, comme si je savais très bien ce que voulaient dire ces yeux coquins. Gros Bill, un chien crasseux, faisait donc partie de ce puzzle qui me paraissait à chaque instant de plus en plus complexe.

- Vous allez vers l'est ?
- Oui... c'est là ?
- Comment veux-tu que je le sache, *zazakely*. Ta vie est devant toi, pas derrière, je ne peux pas deviner ce qu'elle sera. Je peux te parler du passé, pas de l'avenir.
- Pourquoi l'est ?
- Comme tu le sais, toute ma vie j'ai protégé la frontière de l'est, le reste de la famille est depuis resté attaché à cette région. Mais à toi je peux le dire, je crois que je me suis trompé.

Son visage devint las d'un seul coup, comme s'il revivait toute sa vie, comme si le poids de ses responsabilités retombait subitement sur ses épaules.

- Pendant des années, j'ai été un chef. Mon clan comptait sur moi. Ils n'ont jamais discuté mes décisions, ont toujours respecté mes choix et obéi à mes ordres, quoi qu'il en coûte. Regarde, encore maintenant les vivants restent soudés à cette région qui pourtant ne leur apporte rien, à part le respect de nous, les anciens.

Mais moi je sais, et surtout c'est plus grave, je savais, à l'époque,

que mes choix n'étaient pas les bons. Enfin peut-être pas les bons.

Mon roi voulait dominer l'ensemble de l'île. Notre culture, notre système de société nous paraissaient les meilleurs. D'une certaine façon, j'avais la malhonnêteté de croire que je voulais en faire bénéficier les autres. Pourquoi pas, après tout, si on ne connaît pas les autres. Malheureusement, je n'ai pas d'excuses, j'ai connu les autres par le biais d'un de leurs représentants. J'ai parlé avec lui. Il m'a expliqué beaucoup de choses. Mais je n'ai pas voulu le croire, ou je n'ai pas voulu accepter qu'il ait raison. Son message m'étonnait, était trop différent de ce que je connaissais, il ne pouvait pas avoir raison, et pourtant. Maintenant que j'ai vu d'ici comment a évolué notre île, j'ai des regrets. Nous aurions pu, nous aurions dû, essayer au moins. Ce messager, Andrasana, est lui aussi une partie de toi, c'est Ramasombazaha.

- On m'en a parlé, mais il paraît que personne ne sait grand-chose sur lui.

- Ce n'est pas quelqu'un qui parlait beaucoup de lui. Finalement, même sa femme et ses enfants ne savaient pas grand-chose. Ils savaient juste que c'était un bon chef de famille et c'était là l'essentiel pour eux. Ils étaient simples et comme lui intéressés par les valeurs essentielles, le reste ne les touchait pas. Les gens simples ne sont pas des naïfs ou des « gagne-petit », ils ont juste la bonne notion de ce qui compte. Il était devenu mon ami, un vrai ; malgré ma lâcheté, il l'est toujours resté, il m'a compris, il m'a accepté quand moi je ne voulais pas le comprendre.

Ramasombazaha est un Betsimisaraka. Il était le bras droit, mais aussi l'ami et le confident de Ratsimilaho, le grand roi des Betsimisaraka. Ils appartenaient, tous les deux, au petit clan des Zana-Malata, bien différents et dissociés des autres Malgaches, ce qui les liait forcément énormément.

Les Zana-Malata sont les mulâtres, ils sont le fruit du métissage entre les Malgaches et les *vazahas*, les Européens si tu préfères, qui vécurent sur la côte est.

Ramasombazaha doit tenir ses yeux bleus de ses origines européennes. Je n'en sais pas beaucoup plus sur la famille de ton aïeul, il ne m'a jamais parlé de son enfance, ni de ses parents. Comme je te l'ai dit, il n'était pas très bavard à son sujet.

J'en sais plus au sujet de Ratsimilaho, son roi, dont l'histoire extraordinaire a contribué à l'avancée de son peuple. Il est le fils de la princesse Rahena et d'un pirate anglais installé sur la côte est près de Fénérive. Il y a eu à cette époque de nombreux contacts avec des pirates européens.

Ratsimilaho, à la mort de son père, a dû quitter Madagascar. À son retour, bien des années plus tard, son peuple était sous la domination des Tsikao, une ethnie plus au sud sur la côte est. Avec ses camarades zana-malata, il organisa la résistance et reprit le pouvoir. Progressivement, il a unifié toute la côte est, devenant le roi des Betsimisaraka.

Ramasombazaha, en tout cas je l'imagine, a dû être de cette armée de Zana-Malata de la première heure qui a amené Ratsimilaho jusqu'au trône. Quand il est venu me voir, il m'a expliqué le projet de son roi, il ne voulait pas conquérir d'autres territoires. Il voulait créer l'unité de l'ensemble du peuple malgache. Pour cela, des négociations avaient déjà été faites sur la côte ouest avec les Sakalaves, une autre ethnie elle aussi très puissante. Les Sakalaves fiers et combatifs étaient prêts à la paix. Il venait en tant qu'émissaire nous proposer une alliance. Mais quel intérêt pour nous ? Quelle richesse allions-nous y gagner ? Ne voulait-il pas nous faire peur en nous montrant ces accords avec les Sakalaves ? Se savaient-ils bien moins forts que nous et préféraient-ils un accord qu'une défaite ? Mon système et ma civilisation fonctionnaient sur l'exploitation des terres conquises et l'utilisation de la population dominée. Lui me parlait d'égalité et de libre-échange entre les régions. Comment un projet pareil était venu à son roi ? Pourquoi ne pas vouloir conquérir des territoires, dominer des peuples, devenir le maître ? L'île est alors unifiée sous le pouvoir totalitaire d'un homme. L'esclavage était le meilleur système d'enrichissement connu. Mais Ratsimilaho avait observé les Européens et appris de leur histoire. D'après lui, il ne fallait en aucun cas reproduire les mêmes erreurs qu'eux. Ils étaient tous très puissants, mais n'utilisaient leur force que pour nuire à leur voisin. La soif du pouvoir et de la domination les rendait ivres. Notre particularité était la taille de notre île, ni trop grande pour nous permettre l'unification, ni trop petite pour garder une force et une puissance protectrices. Les peuples pouvaient s'unir et devenir ainsi invincibles. Rien ne sortirait de bon de conflits ethniques entre nous.

Moi, Ingahyman, je suis celui qui aurait pu convaincre mon roi d'une alliance et je ne l'ai pas fait. Je suis resté persuadé que nous étions meilleurs que les autres, plus forts, et que nous pourrions imposer notre système à toute l'île pour son bien, et surtout pour l'enrichissement de mon royaume. Nous l'avons fait d'ailleurs, mais à quel prix. Des alliances avec les Anglais, avec les Français, avec n'importe qui mais pas avec nos frères, les Malgaches. Pour finalement quel résultat ? Notre culture a été dominée, bafouée par les Européens qui ont imposé la leur. Nos croyances ont en partie disparu pour les leurs, nous avons perdu l'harmonie avec notre terre. C'est tout cela pourtant que m'avait expliqué Ramasombazaha, tout cela que lui et son roi avaient prédit. Le pouvoir pouvait nous faire tout perdre, lui-même, malgré son roi sage, n'avait pas l'intention de reprendre sa charge, de se battre, de porter le fardeau. Il voulait se consacrer à la vie, à sa vie. Il est resté sur nos plateaux, a fondé une famille heureuse qu'il a comblée de ses richesses, de sa sagesse et de son amour. Moi je n'ai vécu que d'illusions, d'honneurs et de décorations ridicules. Les civilisations européennes ne fonctionnent que par la domination du peuple voisin pour prouver leur existence. Le système est connu et efficace, le chien domine son voisin pour prouver qu'il est le plus fort. Mais le chien règne sur une gamelle. Nous avons régné sur une gamelle qu'on nous a remplie chaque matin pour nous occuper. J'avais tort et il avait raison, et pourtant j'ai gagné et il a perdu. D'ici, j'ai vu l'évolution de mon peuple et de mon pays, d'ici j'ai compris mon erreur et son poids, d'ici j'ai vu tous ceux qui avaient compris et qui détenaient la vérité. Ils sont nombreux, ceux qui savaient et qui n'ont pas été écoutés. Ils sont là autour de toi

sur cette île, toujours prêts à corriger la trajectoire, à reprendre la bonne route. Ils sont là et ils t'attendent pour reprendre le combat, unifier une île qui devrait être un exemple pour les autres pays.
Il semblait extrêmement sérieux.
- Comment tu t'appelles ?
- Malo.
- Comment tu t'appelles ?
- Malo Andrasana.
- Tu sais ce que cela veut dire ?
- Oui, « l'attendu ».
- « L'attendu » en effet. Tu crois vraiment que l'on donne ce prénom à un enfant sans raison ? Tu crois vraiment que tes parents l'ont choisi par hasard, juste parce que c'est joli ? Non, mon enfant, ce prénom est le tien car tu es l'attendu. Beaucoup de choses dépendent de toi. Tu ne te trompes pas quand tu sens que tu as un rôle à jouer ici. Tu dois suivre ta route, ouvrir ta voie. Va vers l'est, écoute et comprends le message que je n'ai pas su comprendre et fais ce que j'aurais dû faire.
- Comment ?
- Je ne sais pas, Andrasana, je n'ai jamais su, moi. Je ne suis qu'un général, comme tu dis. Il est temps maintenant, tu dois partir. Tu sauras ce que tu as à faire, tu sauras faire les bons choix. Je te guiderai comme je le peux.
- Et Ramasombazaha ?
- Peut-être, je ne peux répondre pour lui. Tu dois me quitter maintenant. Va.

Je le sentais s'éloigner. Son image était moins vraie, moins claire. La pièce s'éclaircissait et devenait floue à nouveau. Progressivement une brise venait de l'extérieur, l'air était plus chaud, je la percevais souffler doucement derrière moi, me chatouiller la nuque. La lumière était plus forte, j'étais ébloui, je ne voyais plus la pièce et mon aïeul avait disparu. Je pris conscience d'une main posée sur mon épaule, en me tournant sur le côté je vis le champ de manioc réapparaître et ma mère qui me regardait calmement. Nous n'avions pas quitté l'emplacement où nous nous trouvions en arrivant devant la porte de granit ?

Ma maman me regardait, souriante, apaisée. Elle savait ce que je venais de vivre : ce n'était pas un rêve, elle était à l'intérieur avec moi, j'en étais convaincu maintenant. Combien de temps étions-nous restés ainsi immobiles pendant notre rencontre de l'autre côté ?

Papa et Nomena faisaient des dessins dans la terre là où nous les avions laissés. Maman me serra contre elle doucement, sans un mot, comme pour prolonger le moment entre nous. La chaleur qu'on ressent dans les bras de sa maman est quand même quelque chose d'extraordinaire, c'est une chaleur irradiante comme si les mamans étaient capables de transmettre de l'énergie par un câlin.

- Nous allons y aller maintenant.
- Où ?
- Eh bien, nous ne pouvons pas dormir au village, cela ne se fait pas. La population est très pauvre ici et ils feraient de grands sacrifices pour nous recevoir correctement, donc il vaut mieux laisser un cadeau pour la visite et partir. Il reste encore de la route jusqu'à l'hôtel où nous voulons passer la nuit.
- Il ne faut pas rester encore ?
- Je ne crois pas, Malo. Cette visite m'a fait beaucoup de bien, à toi aussi je suis sûre, non ?
- Je ne sais pas, je…
- Ne dis rien, si tu ne veux pas, mon cœur. Chacun a ses secrets, je respecte les tiens. Nous en parlerons plus tard si tu en as envie. Cet instant est le tien, quoi qu'il ait été, prends le temps de l'accepter et si tu veux en reparler plus tard, je suis là.

Papa et Nomena nous avaient rejoints. Étonnamment, mon père semblait savoir, notre expérience ne lui était pas inconnue, ça se voyait. Il prit ma mère dans ses bras en silence un moment et lui fit un long baiser sur le front comme il faisait toujours. C'est dans ces moments-là que l'on comprend pourquoi « Papa » et « Maman » sont des mots indissociables.

Tandis que nous retournions vers le village, ma petite sœur me prit la main.
- Ça va, Malo ?
- Oui ça va, et toi ça va ?
- Oui ça va… Il est gentil ?
- Qui ?
- Ben, le vieux grand-père !
- Quoi ?
- Qui pas quoi.
- Mais de quoi tu parles, mais comment tu sais pour lui, toi ?
- Gros Bill m'a dit qu'il voulait te parler.
- Gros Bill, le chien ?
- Ben oui, tu connais un autre Gros Bill ?… Allez viens, on fait la course.

Elle lâcha ma main, hurla « un, deux, trois… partez ! » et me battit à la course, je n'étais même pas parti au « partez ! ». J'avais les jambes coupées. Que voulait-elle dire ? Elle ne parlait quand même pas réellement avec Gros Bill ? Entre mes parents qui n'avaient apparemment pas choisi mon prénom au hasard, et ma sœur qui en savait beaucoup plus que sa petite taille le laissait supposer, je me sentais vraiment le dernier des imbéciles à ne rien comprendre à toute cette histoire. Je marchais droit devant moi sans faire attention à ce qui m'entourait, traversant le village comme un automate. Ce ne fut qu'au moment de monter dans la voiture que je sortis de mes pensées.

Une fille, de mon âge environ, était là près de la voiture m'observant fixement, pieds nus, habillée d'une simple robe en toile brune, les bras nus. Elle était très jolie. Ses cheveux noirs épais, ondulés et emmêlés lui faisaient une crinière autour du visage, ses yeux étaient sombres et en amande, allongés. Ils étaient immenses, ils semblaient traverser tout son visage. Ses dents un peu en avant paraissaient extraordinairement blanches sur son visage brun. Elle souriait, d'un sourire total, honnête et accueillant, qui lui faisait deux petites fossettes sur ses joues rondes. Elle était assez petite, fluette et pourtant semblait tellement sûre d'elle.

- *Manaona*, tout va bien ?

Elle me parlait d'une petite voix respectueuse dans un malgache que je comprenais parfaitement, allez savoir pourquoi.

- Oui merci.
- Tu repars déjà ?
- Oui, il le faut.
- Alors à bientôt. Je t'attends.
- À bientôt.

Je ne savais pas du tout qui elle était et comment elle s'appelait. Je ne savais pas quoi dire, je ne savais plus quoi faire. J'étais perdu, fatigué, toujours dans un brouillard indéfinissable avec un mal de tête qui augmentait. Évidemment, Nomena, elle, semblait très à l'aise. Elle alla embrasser la fille chaleureusement en la serrant joyeusement dans ses bras, celle-ci intimidée s'inclina respectueusement devant elle. Ma sœur lui prit doucement les mains pour l'inciter à rester droite. Elles échangèrent quelques mots, Nomena lui tenant toujours les mains et la jeune fille gardant les yeux baissés avec une attitude de déférence. Puis ma sœur me rejoignit dans la voiture en sautillant comme à son habitude.

- Elle s'appelle Hatsarana. Elle est très contente d'avoir fait notre connaissance.
- C'est qui ?
- Les filles aussi ont leurs secrets.
- Pourquoi elle t'a saluée si respectueusement ?
- Parce qu'elle est comme moi, elle comprend plus vite que les garçons. Allez, on y va.

De la fenêtre de la voiture, le visage un peu appuyé sur la vitre, je regardais cette fille et ce village s'éloigner peu à peu, et je sombrai dans un sommeil agité.

◆ ◆ ◆

Je suivis mon hôtesse dans un long couloir. Là encore, le bois et l'odeur de cire étaient omniprésents. Le large escalier, que nous avions gravi jusqu'au deuxième étage, avait rappelé à mes jambes mon état de fatigue, et à mon estomac le lointain souvenir d'une quelconque alimentation. Cette aigreur d'estomac, associée à l'angoisse de ma prochaine rencontre, risquait fort de me faire vomir sous les yeux pourtant si tendres de ma guide. Ses longs cheveux arrêtèrent d'onduler devant une porte d'angle. Sans un mot, sans même frapper, elle ouvrit la porte et me fit signe d'entrer puis sans plus de formulation repartit vers ses occupations, sans avoir oublié de me faire profiter une dernière fois de son chaleureux sourire. La salle dans un désordre digne d'une chambre d'enfant était très spacieuse. Une grande pièce d'angle avec deux grandes fenêtres, l'une derrière le bureau me faisant face, l'autre à gauche discrètement cachée par la porte restée ouverte. L'homme était là assis en tailleur sur le sol, il ne s'était pas retourné, il ne m'avait peut-être pas entendu. Mon regard se promenait en attendant que mon hôte se lève.

À droite de la fenêtre du bureau, dans un cadre décoré de coquillages, comme ceux que l'on fait à l'école pour la fête des mères, il y avait une belle photo format mini poster. Trois enfants sur une plage, dos à la mer. La couleur filtrante et orangée fait penser à une fin de journée ensoleillée. On voit apparaître dans le cadre le sommet d'un cocotier qui semble se pencher vers la mer pour être sur la photo. On est sur une magnifique plage tropicale au sable corallien très blanc et à l'eau limpide. Torse nu, les serviettes de bains colorées enroulées comme des pagnes, les enfants ressemblent à des pêcheurs traditionnels de l'océan Indien. Au premier plan, une petite fille campée droite sur ses jambes tendues avec les mains sur les hanches regarde intensément l'objectif, un regard noir, profond, sévère même. Ses cheveux frisés lui tombent en pagaille autour du visage, une journée de plage les a emmêlés leur donnant une allure sauvage qui accentue encore le feu qui brûle dans les pupilles de ses yeux. Elle est petite, menue, la peau sombre et fine n'a pas attendu le soleil pour avoir cette couleur chocolatée, mais celui-ci lui a ajouté de la brillance. Elle est la plus jeune des trois, et pourtant son allure et sa place semblaient en faire la cheffe de bande.

Derrière elle, de part et d'autre comme des gardes du corps, deux garçons la dépassent de deux bonnes têtes. Celui de droite a les cheveux rasés, les traits du visage ovoïdes sont doux et engageants, les joues rondes et accueillantes. Il a un petit sourire timide et le regard franc. Sa peau noire et son corps musclé de petit homme brillent dans le soleil couchant. Il doit vivre sur cette plage, les activités en plein air ont modelé son corps, enfant de pêcheur, piroguier de naissance qui ne connaît pas la contrainte d'un horizon limité.

À gauche, le dernier de la troupe ne regarde pas l'appareil photo, son regard rêveur dans de grands yeux en amande flâne derrière le photographe à la recherche de rien. Il est le plus grand des trois. Sec, anguleux, ses longs bras traînent comme des lianes le long de son torse. Les épaules sont larges et horizontales. Elles portent une tête un peu inclinée qui, avec ses traits romantiques, lui donne beaucoup de candeur. Ses cheveux sombres et mi-courts présentent des épis irréductibles. Sa peau comme celle de la petite fille est celle d'un métis. Une belle photo de vacances, un souvenir d'enfance de mon hôte ou la présence utile de sa progéniture ? Chacun garde auprès de lui des images et objets rassurants de sa vie.

◆ ◆ ◆

Je ne vis rien de tout le trajet, je dormis, dormis tant que je pus, malgré la route, malgré le soleil à travers la vitre. Ma tête était pleine de nœuds. Je voyais Ingahyman, j'imaginais Ramasombazaha dans son royaume à la droite de son roi. Ils étaient tous les trois entourés des Zana-Malata. Une véritable armée d'hommes au faciès étrange, tous avec les yeux bleus et la peau noire. Qui étaient-ils vraiment ? Et les pirates, ces Zana-Malata étaient-ils aussi des pirates, tout se mélangeait, les images s'additionnaient.

Je me voyais au milieu d'une foule de Malgaches et de pirates, porté comme un roi. Ils criaient tous « Andrasana, Andrasana, nous t'attendions et te voilà ! », m'offrant leurs armes en s'agenouillant. Cette foule s'ouvrait devant moi pour m'amener finalement face à la petite fille du village, qui attendait dans une robe en pétales de fleurs d'orchidée, assise sur une tortue géante avec à son côté Gros Bill portant un collier d'araignées. Ingahyman, Ramasombazaha, le roi Ratsimilaho et un pirate à l'allure terrifiante venaient nous rejoindre sur une plate-forme de pierre gravée de signes incompréhensibles. Nous partîmes tous à pied en procession, suivis de tous ces hommes vers une montagne au sommet en pierre noire et lisse. Là nous pouvions voir toute l'île, l'ensemble de Madagascar était visible d'une côte à l'autre, du sud au nord : les forêts, les plateaux du Nord et leurs rizières, les étendues immenses et sèches du Sud, l'Est et ses méandres marécageux. Il n'y avait plus un bruit, tous me regardaient et attendaient, la petite fille me tenait la main.
Son contact se fit plus présent, plus réel. J'entendais une voix de plus en plus proche… En ouvrant les yeux, je vis mon père qui me tenait la main.
- Allez viens, on est arrivés.
- Où ?
- À l'hôtel, descends de la voiture, mon cœur. Tu as chaud, à dormir la tête au soleil comme ça.
L'endroit était magnifique en pleine forêt, loin de tout. J'étais de nouveau en vacances, en famille. La nuit tombait déjà, je ne savais pas vraiment si j'allais arriver à me rendormir, ou si j'avais envie de me rendormir. J'avais un peu peur de connaître la fin de mon rêve. Le choc était violent, entre mes rêves, mes questions et cette réalité. Après un moment d'hésitation, le petit garçon que j'étais fit vite le choix des vacances, absolu et sans arrière-pensée.

Les vacances restent les meilleurs moments d'une vie, je crois. Je ne pense pas que ces quelques jours dans l'Est, jusqu'à Tamatave, eurent une importance dans ma destinée, mais chaque élément a peut-être un rôle. Ces instants restent gravés dans ma mémoire comme des moments suspendus dans le temps. J'avais la sensation qu'ils ne s'arrêteraient jamais, que désormais notre vie serait rythmée par nos promenades, nos découvertes de décors plus exotiques et étranges les uns que les autres.

D'abord nous avions fait de grandes marches dans des forêts touffues et humides, pendant nos quelques jours d'escale dans cette région forestière et montagneuse de l'Est malgache. Il ne faisait pas très chaud et le ciel restait gris clair toute la journée.

Nous ne marchions jamais longtemps sans nous arrêter pour observer un panorama, ou un plan d'eau sombre où dormaient des crocodiles. Notre guide nous avait expliqué qu'ils restaient comme ça pour prendre de la chaleur et digérer leur repas pendant plusieurs jours. Malgré tout, sous les ordres indiscutables de Maman, nous fîmes toujours de grands détours pour nous tenir le plus loin possible de ces lézards géants.

Il faut être allé dans ces forêts pour bien se rendre compte de l'impression qu'on y ressent. À l'inverse des forêts que je connais en France, ici il y a beaucoup de bruits. Tout semble vivre et bouger autour de nous, la moindre feuille, le moindre recoin paraît en pleine activité. L'eau goutte ou coule d'un côté, des branches frémissent sans raison, une bête pousse un cri par là ; quelque chose vient de se cacher dans un buisson ailleurs. On a l'impression d'être en permanence observé, des millions de petits yeux invisibles semblent nous suivre. Si vous faites un pas, toute la végétation qui vous entoure se fige, s'immobilise. En revanche, si vous vous arrêtez, le monde qui vous entoure commence alors à se réveiller, s'étirer bruyamment et fourmiller.

Il n'y a aucune hostilité dans cet environnement, il vous englobe, vous intègre dans son équilibre. Une fois que votre place est faite, tous les habitants de la forêt reprennent leur vie, dans un brouhaha et une agitation étonnante.

Ce séjour dans la forêt confirmait exactement ce que m'avait dit ma tante : il y avait une unité de l'île, sa végétation et ses habitants. Et il n'y avait aucune difficulté à faire partie de cette unité, il suffisait de le vouloir et de prendre le temps.

Je sentais que je faisais partie de ce groupe, j'étais un initié, j'étais fier et heureux de vivre cette expérience avec ma famille. Pendant ces quelques jours, je vivais mon aventure amazonienne, comme ces grands explorateurs du dernier siècle, qui, à la recherche de l'eldorado, avaient découvert une vie oubliée et organisée sous la canopée.

Après la forêt, nous avions repris la route pour aller encore plus vers l'est, nous enfonçant toujours un peu plus vers ses mystères. Nous devions passer quelques jours dans les Pangalanes. Étonnamment, plus nous nous enfoncions dans cette direction, et moins je ressentais de présence, comme cela avait été le cas au début du voyage.

Les Pangalanes sont une suite de lacs intérieurs et de canaux qui se rejoignent les uns les autres sur des centaines de kilomètres, dans des méandres infinis le long de la côte est malgache. Ils forment la frontière entre la terre et l'océan Indien, le passage d'un élément à un autre. Une zone neutre où se mélangent la mer, l'eau douce, les végétaux et la terre.

Nous avions progressivement quitté les forêts denses et les routes montagneuses pour arriver devant des grands lacs longés de magnifiques plages. Nous avions abandonné la voiture pour nous déplacer en bateau dans cet univers aquatique et végétal. Ici, le silence et le calme étaient de mise. L'eau était sombre et immobile, rien ne bougeait sur notre passage. Nous avions vogué plusieurs heures sur ces chemins d'eau à travers des forêts vierges et impénétrables. Parfois, un petit village au bord d'un canal nous accueillait par des signes amicaux avec des enfants qui jouaient dans l'eau.

Notre hôtel était au bord d'un grand lac, loin de tout. Juste un hameau, et quelques maisons à côté pour nous tenir compagnie et rien d'autre qu'un horizon vierge à perte de vue. L'eau était belle et tiède, le fond sableux et confortable. Le sable ici est très blanc, on garde les yeux plissés toute la journée. Quand on le prend dans les mains, on se rend compte qu'il est fait de millions de petites pierres précieuses. On marche sur un trésor quand on se promène sur ces plages ! Pour combler cette atmosphère, le silence était tellement intense qu'on entendait tout ce que nos rêves voulaient nous faire comprendre. Ce premier contact dans ce décor amphibien me laissa une sensation brûlante. J'étais amoureux de cette nature brute et silencieuse, je savais déjà qu'elle faisait désormais partie de moi et que j'y reviendrais.

Après quatre jours, nous reprîmes le bateau pour de nouveau traverser cette région de canaux et forêts, direction Tamatave. De là, nous prendrions l'avion pour rejoindre une petite île au large de la côte est. Cela faisait bien deux semaines que nous étions arrivés, et beaucoup de choses avaient changé autour de moi.

L'ÎLE SAINTE-MARIE

Si Madagascar semble oubliée du monde, vivant à son propre rythme, eh bien l'île Sainte-Marie, elle, semble oubliée de Madagascar, vivant sans rythme, la notion de temps n'y a jamais échoué. Telle l'Atlantide, inconnue et oubliée par beaucoup, elle a construit son existence loin des dogmes imposés par quelques États dominants. C'est de cette particularité qu'elle tire sa force, sa beauté et sa culture. L'île Sainte-Marie est une lame de terre à l'est de Madagascar. Elle brave courageusement les vents furieux de l'océan Indien prenant de plein fouet les alizées, tempêtes tropicales ou même cyclones pour protéger sa grande sœur. De Tamatave, il y a une demi-heure de vol. Du hublot, j'observais défiler la côte, que l'on longeait vers le nord. Après Tamatave, Foulpointe puis Fenerive Est, il y a peu de villes dans cette région. Les hommes laissent progressivement la place aux forêts denses qui rejoignent directement la mer. Puis on quitta la côte pour aller plein est direction le large, je regardais la mer pendant toute la traversée. Au bout d'un moment, on aperçut d'abord une nuance dans le bleu de la mer, elle s'éclaircissait un petit peu, mettant un peu plus d'eau dans sa palette. Une frange de vagues finit par délimiter un grand lagon transparent. Toute l'âme romantique de l'aventurier vous submergeait à cette vue. On revivait les grandes traversées sur ces bateaux de bois du XVIIIe siècle, où rejoindre une île voulait souvent dire être vivant. On imaginait le cri du vigile du navire perdu, « TERRE ! », regardant cette promesse de port accueillant.

Vue du ciel, l'eau était claire et d'un bleu transparent. On devinait l'île sous les nuages, mais on ne la voyait pas ; comme si elle était timide, elle restait cachée derrière un rideau vaporeux. Elle ne voulait pas montrer ses secrets à n'importe qui, camouflant sous une robe d'humidité les lignes de sa côte aux étrangers qui s'en approchaient.

Le lagon est féerique, rond et immense au sud, fin à l'ouest, pour peu à peu disparaître au nord, il s'étale au large à l'est. Au fur et à mesure de notre approche, l'île se dévoilait progressivement, levant lentement son voile : une longue arête verte ponctuée au sud d'une petite virgule auréolée de son lagon turquoise. L'île déserte, comme elle est décrite dans les contes, était devant moi. Seule dans l'océan Indien, elle devait cacher des trésors et des peuplades inconnues ; des images de Peter Pan et de l'île au trésor me revenaient à l'esprit.

Qu'allais-je pouvoir découvrir sur cette île ? Papa m'avait dit qu'il y avait des baleines qui vivaient autour d'elle, j'avais beau scruter la mer, je n'en voyais aucune. Peut-être se cachaient-elles quand passait un avion ?

◆ ◆ ◆

À gauche du bureau, il y avait une petite étagère ajourée en bois clair de trois rangées. Une jolie collection d'animaux sculptés, dans du bois ou de la pierre, y était simplement disposée. Rien ne mettait ce petit bestiaire en valeur, pas de lampe pour l'éclairer, pas de meuble pour le présenter. Ce contingent animal était fixé au mur comme l'était la bibliothèque surchargée de livres, de cartons d'archives et d'autres objets indispensables dans un bureau. Sauf qu'une naïve collection d'animaux se range rarement dans un bureau, encore moins dans celui d'un homme à responsabilités officielles. On la trouve généralement plus en souvenir d'une enfance encore très présente, dans la chambre d'un adolescent qui n'a pas encore complètement sauté le pas.

Sur la rangée du haut trônaient deux statues. La première était un magnifique coq d'une quarantaine de centimètres. Sculptée habilement mais non polie, l'œuvre était rustre, le relief du bois de rose brut donnait de la force au volatile, du volume à son plumage. De plain-pied, la patte gauche engagée vers l'avant, l'animal avançait fièrement le buste proéminent, la tête haute dans un signe de supériorité. Les ailes ébouriffées et la queue en panache, il semblait prêt pour la charge, ses ergots étaient longs et fins, agressifs, c'était un coq de combat. Il en émanait bravoure et virilité dont il est le symbole. Le basilic, animal fabuleux, avait-il vraiment besoin d'une queue de dragon pour impressionner ? Quand on voyait ce fier spécimen, on pouvait en douter, celui-ci faisait peur, il n'était que courage et puissance. Sa crête trop lourde lui tombait de côté, cachant presque entièrement son œil gauche.

À ses côtés, il y avait une baleine conçue dans un granit gris-noir. La pierre dépolie donnait envie d'aller caresser le dos du cétacé. La silhouette était naïve, comme celle dessinée par les enfants : une grande tête ronde, des yeux rieurs et chaleureux et une fine bouche en sourire. Le corps court s'évasait rapidement vers une majestueuse queue redressée vers le ciel, dans un mouvement de salut. À l'inverse du coq, la baleine était rassurante. Elle dégageait la placidité de son poids et de sa taille, dans un sourire maternel et envoûtant. D'une trentaine de centimètres et d'un seul bloc, l'objet semblait très lourd. L'animal paraissait repu d'un plancton abondant. Tout opposait ces deux œuvres, le réalisme du coq qui semblait presque vivant, avec la naïveté de la baleine : l'attitude agressive du volatile contre le sourire débonnaire du cétacé.

◆ ◆ ◆

Après notre atterrissage, recommençait le balai des valises. C'est amusant, mais plus l'aéroport est petit, plus c'est long de récupérer ses bagages. Vu la petitesse de l'aéroport de Sainte-

Marie, je vous laisse imaginer le temps passé à attendre. L'avantage au moins c'est qu'on avait pu jouer dehors avec Nomena pour patienter. Le tarmac était coincé entre une crête verdoyante et la mer. Nous étions sortis avec Maman sur le terrain en friche qui faisait office de parking. L'air était frais et venteux. L'île sentait la terre mouillée, cette odeur charbonneuse qui remonte après une averse en été, quand la poussière relâche son parfum. On avait joué à attraper des poules qui traînaient là un peu partout. Ça court vachement vite une poule, c'est incroyable ! Elles semblaient extrêmement sportives, hautes sur des pattes vives et musclées, elles couraient la tête bien droite, et pouvaient changer de direction à chaque foulée. Je crois que personne ne peut attraper ces poules ; on ne mange pas de poulet rôti sur l'île Sainte-Marie, c'est sûr.

Nous devions rester longtemps sur l'île. D'après Papa et Maman, c'était un petit paradis où il y avait plein de trucs à faire.

Finalement l'histoire se répéta, Papa nous avait retrouvés, l'air fier, avec nos valises sous le bras. Le protocole était le même qu'à Tana avec une pincée d'indolence insulaire en plus. Nous avions rejoint un grand monsieur silencieux et immobile qui nous attendait près d'une camionnette. Il ressemblait à ces statues de bois africaines, tout en longueur. Son visage était inexpressif, il n'était ni heureux ni mécontent de nous voir, il était juste là pour nous conduire, et semblait totalement détaché de ce qui l'entourait. Il portait une combinaison de travail en tissu vert, fermée jusqu'au sommet de la fermeture éclair. De son corps, n'apparaissaient que ses pieds nus, ses mains veineuses et son visage vide de toute expression. Il ne parlait pas et se contentait de répondre par des borborygmes à mes parents, tout en chargeant les valises à bord de sa camionnette. Celle-ci était assortie au pilote, du même vert jardinier, usé, tanné et sali par le temps. C'était une Peugeot de l'âge de mon arrière-grand-père, avec une cabine conducteur trois places à l'avant et un pick-up couvert d'un toit en bâche à l'arrière, agrémenté de bancs en bois directement rivés à la tôle. Je me demandais, en l'observant discrètement, si j'avais devant moi un homme vert, peut-être que certains avaient quitté Mars pour venir s'installer à Sainte-Marie ?

Quoi qu'il en soit, nous partîmes dans cette soucoupe conduite par un extra-terrestre muet.

Le trajet fut une aventure, j'appris plus tard qu'il n'y avait que quelques kilomètres entre l'aéroport et notre hôtel. Pourtant je peux jurer qu'il me sembla être un véritable voyage. C'était la première fois que je me retrouvais dans la vie d'une valise. On était secoués, mélangés, balancés dans tous les sens. Nomena et moi riions aux éclats à chaque nouvelle bosse. Papa, qui était resté à l'arrière avec nous, pendant que Maman faisait la conversation avec la statue dans la cabine, m'expliquait que l'état de la route était dû à de grosses averses très fréquentes qui creusaient la terre. J'imaginais sans mal d'énormes gouttes d'eau qui ouvraient le sol comme des dizaines de bombes. En effet, le chemin était plus un champ de bataille qu'une route. En voyant ces trous, je m'imaginais la dangerosité de ce qu'on appelle des « averses tropicales », il ne fallait certainement pas se retrouver en dessous !

Le paysage défilait doucement au rythme de notre danse automobile, beaucoup de gens marchaient au bord du chemin longeant des échoppes rudimentaires et des hameaux, tout cela au milieu d'une végétation luxuriante. Ces boutiques et maisons étaient toutes surélevées, soit pour les maisons sur une dalle de béton qui ressortait du sol de trente bons centimètres ; pour les cases sur des pieds de bois de la même hauteur. Chaque parcelle de terrain était close de jolies haies bien taillées faites d'arbustes multiples et fleuris de jaune et de rouge principalement, ce qui faisait ressortir davantage le vert fluorescent des feuillages. Les gens souriaient à notre passage, de nous voir faire les idiots dans le coffre. Les enfants qui couraient à nos côtés allaient à la même vitesse que notre pauvre voiture qui évitait les trous.

Après vingt minutes dans ce coffre improvisé en carrosse, nous arrivâmes à notre hôtel. Je ne savais pas encore que j'associerais pour le reste de mes jours ce lieu à ma plus grande expérience. C'est là, au bord de la mer, sur la côte ouest de l'île Sainte-Marie, qu'Andrasana prit vraiment une place prépondérante dans ma vie. À notre arrivée, le site ne semblait pas particulièrement initiatique, c'était un hôtel comme on en voit souvent sur les belles côtes de l'océan Indien, bien qu'ils ne soient pas tous aussi sympathiques.

Il se composait de huit bungalows indépendants, plus une grande case commune pour l'accueil et le restaurant. Tous les bâtiments donnaient sur la mer. Devant, une plage calme, avec des beaux cocotiers qui s'inclinaient pour nous faire de l'ombre. Certains étaient là avant l'hôtel et les constructions en bois semblaient avoir poussé autour.

À peine descendus de notre coffre, nous avions été accueillis par des dizaines de sourires. Nous abandonnâmes nos valises à l'homme-statue pour découvrir notre pied-à-terre. Le sol était un plancher d'un beau bois brut fixé directement sur le sable. L'ensemble de l'hôtel me faisait penser à un bateau échoué, monté trop haut sur le sable ; après une grosse vague il n'avait jamais pu retrouver la mer et avait eu l'intelligence de se créer une nouvelle vie terrestre. Je décidai vite de la définitive inutilité de porter des chaussures plus longtemps. Nous sortîmes sur la plage rejoindre notre bungalow. J'adorais tous ces nouveaux lieux, j'avais l'impression de changer de maison tout le temps, ou plutôt de changer ma maison de place au gré de nos vacances, comme un escargot. Notre nouveau chez-nous était parfait, une grande chambre, qui faisait salon, pour Nomena et moi et une autre pour Papa et Maman avec une immense douche, où on pouvait tous tenir en même temps. Les murs étaient en dur, recouverts à l'extérieur d'un treillis de bois ; les portes et fenêtres d'un bois rincé et desséché par la pluie et le sel de la mer avaient été peintes, longtemps auparavant, en rouge. Le toit, quant à lui, fait de feuilles de ravenala, souvent appelé « l'arbre du voyageur », était habité par une famille de lézards qui nous observaient avec indignation. On avait une varangue qui donnait directement sur la plage avec un hamac et des fauteuils très accueillants. Pour aller des différents bungalows à l'hôtel, il y avait une allée de petits galets qui serpentait à la frontière du sable et de la végétation rampante sous les cocotiers.

Nomena était très contente car il y avait un parc avec des grosses tortues entre notre bungalow et le restaurant. Elle n'avait pas attendu plus longtemps pour retrouver celles qu'elle appelait désormais ses amies depuis notre séjour à la capitale. La voilà de nouveau à quatre pattes, au milieu des tortues étonnées, en train d'organiser leur enclos et de leur proposer des jeux. Certaines personnes de l'hôtel la regardaient curieusement, ne sachant pas s'il fallait en sourire ou plutôt s'inquiéter de son état mental. Papa et Maman, eux, ne s'en occupaient pas du tout, et retournèrent sur la terrasse du restaurant prendre un café.

Moi j'avais pris quelques instants pour me débarrasser de mes habits et, sans hésiter, je décidai d'aller faire connaissance avec cette eau bleu pâle qui m'attendait pour jouer. En sortant du bungalow, je me retrouvai nez à nez avec l'homme-statue qui apportait nos valises. Malgré nos sacs sous les bras, il ne semblait aucunement vaciller sous leur poids et gardait la même attitude fixe et impénétrable. Il fallait être rudement fort pour tenir sous le bras plusieurs mois de vêtements nécessaires à une famille, sans la moindre grimace. Tandis que je le contournais timidement en baissant les yeux, je sentis son regard sur moi, comme s'il voulait entamer la conversation. Je continuai mon chemin jusqu'à l'eau sans me retourner et essayai vite d'oublier cette présence pesante.

Notre première journée fut très agréable, nous ne quittâmes pas l'hôtel, jouant des heures dans le sable et dans l'eau. En fin de journée, pendant l'apéro, comme disait Papa, nous préparâmes notre journée du lendemain. Nous avions prévu de partir sur l'île aux Nattes, un îlot juste à côté de la nôtre, plus petite, où les plages sont réputées pour leur splendeur. La nuit tombait en même temps que l'île s'installait doucement dans une couette d'humidité. Il n'y avait presque plus d'activités sur le bord de la mer, plus de pêcheurs, plus d'enfants, plus de vendeuses d'objets artisanaux. Quelques personnes profitaient encore du peu de lumière restante pour rejoindre leurs maisons. Peu à peu, les lampes douces de la varangue du restaurant prenaient le dessus sur la lueur déclinante du soleil. Je me laissais bercer par la discussion de mes parents en regardant la mer disparaître dans le noir où le soleil avait déjà plongé. L'ambiance était liquoreuse, la fatigue d'un après-midi dans l'eau et la découverte de cette île pesaient lourd dans mes jambes. J'étais bien, Nomena endormie près de moi sur un canapé. J'appris que Sainte-Marie n'était pas une île comme les autres, son histoire l'avait maintenue plus éloignée des côtes de la grande terre qu'on le croyait. Pendant des années, elle fut un repaire de pirates, vivant au rythme des échanges commerciaux entre insulaires et brigands, restant jalousement cachée des cartes maritimes par ces mêmes forbans qui voulaient garder pour eux ce port providentiel. Le reste du monde découvrit bien plus tard cette oasis.

Une fois de plus, j'allais m'endormir, la tête pleine d'images. Mon imagination ne m'avait peut-être pas menti : il y a des années, là où je me trouvais, s'était échoué un bateau. Des pirates, comme nous maintenant, s'étaient accroupis sur la plage la nuit venue, autour d'un feu, attendant le jour et une marée propice à de nouvelles aventures.

Finalement, il n'y avait pas de point plus à l'est que cette île, était-ce ici ma destination, celle que m'avait montrée Gros Bill, celle dont parlait mon ancêtre ?

Je finis par m'endormir malgré toutes ces questions et la peur qui m'envahissait doucement : nous étions sur l'île des pirates comme dans mon rêve, comme dans l'histoire de Ramasombazaha.

Nous avions été réveillés de bon matin par les cris d'un coq. Je sais, on dit souvent « par le chant » d'un coq, mais franchement, là, ce n'était pas un chant, j'en avais sursauté. Sa voix était rauque et elle cassait en fin de souffle. En tout cas, il nous avait bel et bien levés, remplaçant la douceur de l'harmonie par l'efficacité du bruit.

Il avait plu pendant la nuit, l'air était frais et humide en sortant du bungalow, la lumière était douce, toute l'île semblait émerger, il y avait une odeur iodée et sucrée à la fois. Au moment

d'aller prendre le petit déjeuner, le coq qui nous avait sûrement réveillé était devant le bungalow au même endroit que l'homme-statue la veille. Ses plumes étaient mouillées et sales. Il était blanc sur tout le cou et le torse, avec sur les ailes des plumes sombres presque bleues dans le reflet du soleil levant. Ses pattes et sa crête étaient d'un rouge flamboyant et agressif. Perché très haut sur ses pattes, gonflant le torse pour se donner des allures dominantes, il grattait le sol nerveusement de ses griffes en faisant des gestes rapides de tête pour redresser sa crête qui retombait négligemment sur le côté et sur l'œil gauche.
Nous passâmes devant lui, en nous méfiant tous un peu, pour rejoindre la salle de restaurant, il ne bougea pas, arrogant, nous regardant fixement comme s'il nous provoquait.
Après avoir pris un petit déjeuner face à la mer, nous sortîmes pour rejoindre un taxi qui devait nous amener à la pointe sud vers l'aéroport, d'où nous traverserions la passe en pirogue pour aller sur l'île aux Nattes.
Je me souviens qu'au moment de partir, le coq était là au bord de la route, regardant le taxi s'éloigner, avec la même allure de défi. Il nous observait nous éloigner, fièrement planté sur ses ergots puissants au milieu de la circulation et des piétons passant près de lui, comme si rien ni personne ne pouvait l'atteindre ou l'effrayer. Il était loin de ressembler à ces poules hystériques de l'aéroport.
La traversée se faisait en pirogue et ne durait que cinq minutes dans une eau transparente, au fond de laquelle s'entremêlaient des coraux de multiples couleurs. La difficulté de ce passage ne résidait donc pas dans la navigation, mais plutôt dans l'équilibre précaire de notre embarcation. La pirogue en bois est une invention incroyable, c'est à peu de chose près un bateau, avec quelques inconvénients. Elle prend l'eau à la moindre vaguelette, et se remplit inévitablement et doucement par des trous invisibles sûrement dus à des petits vers. Il fallait donc toujours écoper régulièrement le fond pour ne pas être trop mouillés. Sans quille, ni balancier, la probabilité de finir à la mer avant la fin de la traversée était immense. Tous bien alignés,

nous n'osions pas bouger de peur de finir à la nage ; notre pilote, lui, était debout, les pieds sur les bordures de la pirogue, comme si celle-ci était aussi stable qu'un paquebot de cent mètres. Je m'étais promis de trouver un moment pour m'entraîner à guider une pirogue comme lui un jour. Cette minuscule frontière liquide nous suffit à ma sœur et moi à devenir des naufragés qui arrivaient sur une île inconnue, assoiffés et agonisants. Nous étions tous les deux très excités de fouler cette plage d'un nouveau monde. Évidemment, c'était d'actualité, nous serions et resterions toute la journée des pirates, dans nos têtes enfantines. J'étais le capitaine « Férociant » et Nomena la terrible « Dédé ». Je ne trouvais pas que « Dédé » fasse très peur ni très pirate, mais elle y tenait beaucoup. Quoi qu'il en soit, notre journée fut bien remplie. L'île aux Nattes était désormais le théâtre d'une aventure pirate sans précédent.

Après un déjeuner sur la plage composé de poissons grillés et de fruits, nous avions dégoté un coin désert à l'eau turquoise. Pendant que Nomena recueillait notre trésor, fait de coquillages et de morceaux de coraux, moi je surveillais les abords, d'où pouvaient surgir à tout moment les terribles autochtones imaginaires mangeurs de chair humaine. Nous trouvâmes un abri sous les cocotiers pour cacher notre butin, après avoir marqué l'emplacement d'une discrète pierre redressée, pour le retrouver dans quelques années si nos aventures futures devaient nous voir revenir sur cette île. Le reste de la journée se passa dans les vagues avec Papa et Maman, où nous nous entraînions à surfer comme des dauphins. L'activité n'était certes pas vraiment celle d'un capitaine pirate, mais il fallait parfois faire plaisir à l'équipage.

Le soir venu, le retour en pirogue se fit tranquillement. Nomena dormait dans le taxi en rentrant à l'hôtel. J'étais fatigué, mais la journée écoulée et son souvenir me maintenaient dans un rêve éveillé que j'aurais aimé faire durer encore toute la soirée.

Tandis que toute la famille se douchait et se reposait dans notre bungalow, je restai dehors à jouer sur la plage. J'adore voir la nuit arriver doucement sur la côte. D'abord la lumière change au fur et à mesure que le soleil décline. Tout devient orangé et brillant, tout ce qui vous entoure est d'or. Les ombres s'étirent et grandissent à l'infini, ajoutant une perspective étrange à la plage. Et surtout l'environnement se transforme, tous les bruits diminuent, se font murmures, sauf la mer qui, elle, donne du coffre, raisonne de plus en plus à chaque nouvelle vague. Progressivement, on n'entend plus qu'elle, et les palmes de cocotiers qui imitent le bruit de la pluie sous l'insistance d'une brise marine.

J'étais seul dans ma bulle, bercé par cette rythmique végétale et régulière. Pendant que je dessinais sur le sable les plans d'un bateau imaginaire qui me permettrait de faire le tour du monde, j'eus l'impression qu'on m'appelait.

Je n'entendais pas vraiment une voix ou même un son, non, c'était plutôt une sensation. Je ne sais pas si cela vous est déjà arrivé. Quand on est seul, tranquille, il arrive que d'un seul coup notre sensation change, comme si quelqu'un était entré dans notre univers, ou qu'on ait senti une présence. Et lorsqu'on se retourne, eh bien en effet, il y a quelqu'un.

À cet instant, c'était la même chose, mais avec en plus le sentiment d'un appel. Je me retournai vers le bungalow me demandant si on m'appelait pour la douche, mais non, il n'y avait personne, ni sur le sable, ni sur la terrasse. Je repris mon dessin, traçant ce qui était un moteur ultra-puissant avec une hélice énorme, et là, c'était sûr, j'entendis de nouveau une voix.

Une voix rauque et un peu sifflante, comme quelqu'un qui a besoin de tousser pour s'éclaircir la gorge.

Cherchant de tous côtés, je ne voyais toujours personne. Cependant, mes yeux s'habituant au début d'obscurité et aux ombres des arbres, j'entrevis quelque chose qui bougeait derrière le tronc d'un gros cocotier à droite du bungalow, un peu en retrait.

- Psst, petit !

Il y avait bien quelqu'un derrière le palmier, mais je ne pouvais pas vraiment voir qui c'était.

- Psst, petit, faut qu'on cause !
- Moi ?
- Cette question ! Ça commence bien. Tu vois quelqu'un d'autre sur la plage, vermisseau ?!
- Qui est là ?
- Viens, approche-toi, j'peux pas me montrer.
- Qui êtes-vous ?
- Commence pas à poser trop de questions. J'étais sûr que tu poserais trop de questions. Je l'avais dit. Mais personne m'écoute.
- Je ne comprends pas, mais qui êtes-vous ?
Je n'eus pas de réponse, j'entendais toujours cette voix étrange, mais elle se parlait à elle-même, plus qu'à moi. Elle marmonnait. Entre chaque phrase audible, il y avait des bougonnements incompréhensibles.
- Pourquoi, comment… je l'avais dit. Un petit comme ça, comment voulez-vous… On n'y arrivera jamais avec une demi-portion de ce style, c'est n'importe quoi !
La porte du bungalow s'ouvrit, Maman passa la tête. Au même instant, il y eut un bruit de fuite et de battement bizarre derrière l'arbre.
- Malo, viens prendre ta douche, s'il te plaît !
- Je viens tout de suite !
J'arrivai en courant, trop content de sortir de cette situation qui m'effrayait. Je n'osai même pas jeter un regard vers le cocotier en entrant à l'intérieur.
Je n'étais pas pressé de ressortir dans le noir pour aller dîner et je traînai longtemps sous la douche, réfléchissant à ce qui venait de m'arriver. Qui pouvait bien avoir besoin de me parler, qui me connaissait sur l'île et surtout pourquoi se cachait-il ? Quand enfin il fallut y aller, je restai entre Papa et Maman sur les quelque cent cinquante mètres qui nous séparaient du restaurant, rassuré par le rempart indestructible qu'ils formaient.
Le dîner aurait été agréable si je n'avais pas passé mon temps à guetter l'obscurité environnante à l'affût de toute nouvelle arrivée au moindre bruit. Je n'avais le cœur à rien, ni à manger, ni

à jouer avec ma sœur. J'étais inquiet, mais je n'osais pas en parler à mes parents.

Ma nuit fut agitée. Je mis beaucoup de temps à m'endormir, analysant le moindre bruit dans le bungalow et à l'extérieur. Et mon dieu qu'il y a du bruit, quand on s'applique à l'écouter dans une cabane au toit de branchages, habité par une famille de geckos, dans le vent de la mer !

◆ ◆ ◆

La rangée du milieu était partagée entre un chien, un lémurien, et une espèce de puma à la queue trop longue. Tous les trois étaient en bois, chacun dans une essence différente. Le chien dans un bois assez foncé était assis de travers, un peu vautré sur sa patte arrière droite. Il inspirait immédiatement de la sympathie. C'était un brave animal, solide, aux allures pataudes. On l'imaginait d'assez grande taille, maladroit et chahuteur. Il ne correspondait pas particulièrement à une race. C'était un grand chien comme on en voit souvent dans les cours de ferme, le bon gros bâtard sympathique. Le poil était représenté ras par le bois finement griffé, la truffe était carrée et imposante. Les pattes de devant étaient droites et tendues, il semblait attendre quelqu'un, son maître peut-être ? La gueule était entrouverte d'un rictus amusant, comme les chiens qui halètent la langue pendante.

Au centre, le lémurien était debout sur ses pattes arrière, les bras tendus à l'horizontale de chaque côté, conçu dans un bois très clair, souple, tendre et facile à travailler. Le ciseau à bois avait créé une fourrure opulente sur l'ensemble du corps. Il était agile, rapide, modelable, il aurait pu à tout moment quitter l'étagère pour sauter sur le bureau. Ses pattes fines, fléchies et musclées augmentaient encore cette impression. Malheureusement, une ancienne chute avait dû faire perdre un pied à cet objet fragile, qui pourtant tenait debout bien équilibré. Les yeux, qui prenaient les deux tiers du visage, étaient exagérément grands. Il me regardait fixement, prêt à fuir à mon premier mouvement.

À l'extrême droite, le dernier pensionnaire de ce niveau était donc un puma. Il était debout, la tête basse, reniflant la piste d'une proie. Il était incurvé et la tête se tournait pour regarder le centre de la pièce. Le corps était long et les pattes courtes, un peu comme si on avait voulu représenter un puma basset. La taille très resserrée avant les pattes postérieures, il était à l'affût d'un repas longtemps attendu. Sa queue à l'horizontale se courbait, et faisait la même longueur que le corps. Pourquoi, parmi toutes ces statues, était-ce la seule mal proportionnée ? Peut-être qu'un autre animal, auquel je ne pensais pas, possède cette allure hybride et la queue trop longue ? Le visage fin et triangulaire faisait penser à un chat avec un museau de chien. C'était un terrible prédateur, on le savait agile, rapide et sans pitié.

Le dernier étage du meuble abritait deux nouvelles statues. Elles brillaient et étaient parfaitement polies. Les lumières de la pièce, pourtant discrètes, s'y reflétaient, donnant des nuances aux deux reptiliens. La tortue et le caméléon se faisaient face, ciselés dans de la corne. Les zébus devaient être monumentaux pour sculpter en entier de telles pièces dans leur ramure. Chaque détail de la peau du caméléon était gravé, il aurait pu changer de couleur avec un autre éclairage, le lustrage de la corne était très fin. Il était massif, imposant avec un corps robuste et une queue enroulée. Sa tête rappelait immédiatement les monstres préhistoriques. Elle était dominée d'une couronne évasée qui partait des yeux pour finir à la basse de la nuque, lui donnant des allures princières. Son cou était prolongé d'une collerette dentelée qui venait rejoindre la poitrine. L'ensemble en faisait la plus impressionnante représentation de caméléon que je n'avais jamais vue. Peut-il exister un monstre pareil dans la nature ?

La tortue était en position de marche dressée sur ses pattes courtes et robustes. La tête allongée vers l'avant, comme une sentinelle, semblait vérifier qu'elle pouvait faire avancer sa carapace sans risque. Son blindage n'était pas régulier, marqué de losanges en étoile, dont le centre était bombé. Cela donnait un aspect chaotique à sa structure. Elle était massive et puissante, sans pour autant avoir la bienveillance de la baleine. La tête présentait une griffure qui lui barrait la joue droite de la commissure de la bouche jusqu'à l'œil comme une estafilade, un défaut sûrement dû à la qualité de la corne, car la précision du travail de toute la carapace ne laissait pas la place à une erreur possible du sculpteur.

◆ ◆ ◆

Le matin, comme la veille, était frais, humide et sentait bon le réveil progressif des plantes. Je me demande souvent si les plantes ne s'ébouriffent pas pour faire partir la rosée du matin, cela expliquerait peut-être que ça sente si bon la fleur au lever du jour. La lumière avait dissipé mes inquiétudes, et malgré ma nuit difficile, je me remis à jouer avec Nomena. Nous escaladions le tronc d'un cocotier penché sur la plage avec des enfants du village voisin. Le but était d'arriver jusqu'aux palmes et de s'agripper à l'une comme à une tyrolienne pour se lancer dans le vide et atterrir sur le sable. Au bout d'un gros quart d'heure, les enfants partirent rapidement sans véritable raison, nous expliquant que leurs parents les attendaient, ce qui n'était pas le cas les autres jours.
Restés seuls, Nomena et moi étions étonnés de cette quasi-fuite, plantés là par nos nouveaux amis. Nous étions un peu déçus de perdre comme ça la compagnie de ces copains si dégourdis, ils connaissaient tous les jeux les plus merveilleux à faire sur une plage. Je regardais la mer quand j'entendis Nomena parler à quelqu'un.
- T'es là, toi ! C'est à cause de toi qu'ils sont tous partis, c'est ça ? Si tu avais l'air moins fâché, et puis avec des plumes un peu arrangées aussi, tu ne crois pas que t'aurais plus d'amis ?
Elle était en train de parler au coq que nous avions vu la veille au matin. Le bougre, toujours aussi sale, la regardait en piétinant nerveusement le sol, secouant toujours sa tête de petits mouvements rapides pour remonter sa crête.
- Fais attention, Nomena, il n'a pas l'air gentil !
- Mais non, il prend l'air méchant par habitude, c'est tout. C'est

lui qui a fait partir les enfants.
- Qui ? Le coq ?
- Oui, il a mauvaise réputation.
- Mais qu'est-ce que tu me chantes encore… ?
- Arrête de faire semblant de pas comprendre, t'es pas drôle ! Déjà avec Gros Bill et les tortues, c'était pareil. Tu fais exprès ou tu es vraiment idiot ? Il va te falloir quoi pour te décider à regarder autour de toi ? Moi j'en ai assez d'être toujours au milieu à tout organiser. Débrouillez-vous tous les deux ! Après tout, il semble que c'est toi qui comptes ; moi, tout le monde s'en fiche de toute façon, c'est bien dommage, ça irait plus vite. Et toi, le coq, c'est pareil, t'as qu'à te débrouiller sans moi, pousse-toi de mon chemin !
Je restai là, cloué par une petite nana d'un mètre qui partait d'un pas magistral sans même un regard vers moi ni vers le coq. Lui non plus ne bougeait plus après s'être décalé de son chemin, plus de mouvement de tête, plus de piétinement. Il la regardait fixement avec une sorte de respect.
- Sacrée princesse, hein ? Du caractère.
- Ça oui, y a rien à dire.
J'avais répondu sans réfléchir, encore figé par ce qu'avait dit ma sœur. Mais d'un seul coup, tout se renversait autour de moi, cette voix rauque et sifflante en fin de mot était la même que celle derrière le cocotier la veille au soir. Une sorte de vertige, mêlé de peur et d'incompréhension, m'envahissait. J'étais paniqué, seul sur la plage, mes jambes ne me portaient presque plus. Je me laissai tomber dans le sable, et restai assis là, incrédule, regardant ce coq avec qui je venais de parler ! C'était une certitude, il venait de parler, et c'était bien cette voix qui m'avait interpellé la veille.
Lui, toujours immobile, me regardait fixement, semblant jauger ma capacité à réagir.
Je ne savais vraiment plus quoi faire, je me relevai très doucement, guettant le moindre mouvement de ce coq. Et je commençai à marcher à reculons vers le bungalow qui me semblait la forteresse la plus proche où trouver une certaine

sécurité.
- Il faut qu'on parle, petit…
J'étais presque sur la terrasse, il me restait trois ou quatre pas et je serais en sécurité.
- Tu es là maintenant. Il faudra bien qu'on parle tous les deux. On n'a pas le choix, ni toi ni moi.
Il ne bougeait pas, ne voulant pas m'effrayer davantage ; il me laissa rentrer dans le bungalow sans rien tenter. Je fermai la porte sur ces derniers mots et restai les yeux clos, le front contre ce rempart en bois, essayant de respirer normalement.
Papa vint près de moi.
- Ça ne va pas, Malo ?
- Si si, je suis essoufflé, j'ai trop couru en jouant, c'est tout.
Il fallait bien avoir l'air content d'être en vacances, sinon il n'aurait pas compris ce qui pouvait me déplaire dans ce séjour. Quant à lui dire que j'étais effrayé par un coq qui parlait, ce n'était tout simplement pas possible.
- Dis, Papa, tu crois que ça parle, les animaux ?
- Ils sont capables de communiquer entre eux, en tout cas pour certains, mais je ne sais pas si on peut dire qu'ils parlent. Je crois qu'on dit que les dauphins parlent.
- Avec les hommes ?
- Non, entre eux, à leur manière.
- Mais avec les hommes, les animaux peuvent parler ?
- Non, pas que je sache.
- Et tu crois que certains hommes peuvent comprendre les animaux comme s'ils parlaient ?
- Oui, à mon avis, parfois on a l'impression de comprendre ce que veut vous faire comprendre un animal par son attitude.
- Non, moi je veux dire comprendre, comme s'ils parlaient.
- Non, je ne crois pas, les grands spécialistes ou dresseurs peut-être, pourquoi ?
- Pour rien, je me demandais, c'est tout. On fait quoi aujourd'hui ?
- Bien, si vous êtes d'accord, on part tous en bateau voir les baleines après le déjeuner ! Et qui sait, Malo, nous les entendrons peut-être chanter, faute de les entendre parler.

- Génial ! Je n'ai jamais vu de baleine !
Oui, c'était génial. Génial, bien sûr, d'aller voir les baleines, et aussi génial d'avoir pu changer de conversation, d'avoir complètement fermé la porte sur ce coq.
Nomena me regardait du coin de l'œil, toujours aussi renfrognée et décidée. Pendant tout le reste de la matinée, elle joua de son côté avec les tortues, sans même m'accorder un regard. Quant à moi, je mis du temps à ressortir du bungalow, et une fois sur la plage, je surveillais sans cesse les alentours. Heureusement, nos amis du village revinrent jouer et, les rires aidant, je me laissai aller progressivement.
Quand vint l'heure du départ en bateau, tandis que nous enfilions nos gilets de sauvetage beaucoup trop grands pour Nomena et moi, elle se décida enfin à m'approcher.
- Tu lui as parlé ?
- Oui, enfin non…
- Comment ça, oui ou non ?
- J'ai eu peur, je suis rentré au bungalow.
- Mais il veut te parler, à toi, c'est sûr ! Moi il ne me dit rien.
- Enfin, Nomena, c'est un coq ! Comment tu peux rester tranquille, tu te rends compte de ce que tu dis ? Depuis quand on parle à un coq ?
- Et alors, s'il parle, autant l'écouter non ?
- Tu es trop petite, tu ne comprends pas.
- Je ne suis pas « trop petite », je suis petite ! Ce n'est pas le problème, d'ailleurs c'est toi le problème. Et en plus t'es un peureux ! Comment tu vas faire si déjà t'as peur d'un chien ou d'un coq ?
- Quoi ? Qu'est ce que ça veut dire encore ?
- Je ne sais pas, t'avais qu'à en parler au coq ! Mais les baleines, je te préviens, elles sont beaucoup plus grosses…
Encore une fois, elle me tourna le dos, et partit de sa petite démarche sèche vers le bateau. On ne la distinguait plus sous son armure de sauvetage. Elle faisait penser à un petit tonneau orange avec des jambes.
Je commençais à en avoir marre, moi, de cette petite maline, qui

me toisait systématiquement. Il n'y avait rien d'évident à parler à un coq, après tout. Pourquoi c'était moi qui passais pour un imbécile ? C'est dingue, ça ! C'était elle la folle qui croyait tout savoir. Je rejoignis le bateau, moi aussi, allant me placer le plus à l'avant possible pour bien voir.

Nous étions six à bord d'un bateau à moteur, plat et sans cabine. Nous quatre, plus le pilote malgache qui conduisait et un étudiant « en baleines » qui était là pour faire des relevés de leurs activités et migrations, ça voulait dire surtout qu'il prenait des photos et écrivait des chiffres sur une ardoise. On était sacrements remués dans la houle, le moteur à plein régime nous faisant voler d'une vague à l'autre d'une série de sauts secs et violents. La côte de l'île s'éloignait et entrait progressivement dans une douce brume qui rendait ses contours flous. Comme à l'arrivée en avion, l'île semblait se cacher de tout ce qui venait de la mer.
En dix minutes à peine, la température et l'atmosphère avaient complètement changé. Nous étions au large, l'air était frais, l'odeur de la végétation avait disparu pour laisser place à un agressif vent iodé. L'eau, si accueillante dans le lagon, était ici sombre et effrayante. Les vagues riantes sur la barrière de corail étaient ici une houle lourde et lente de plusieurs mètres. Le petit paradis de Sainte-Marie me faisait découvrir son inquiétante voisine. La mer toute-puissante était autant la nourricière de l'île que sa protectrice. Mais une protectrice dangereuse qui pouvait passer d'alliée à ennemie, selon ses envies.
Notre première rencontre fut un groupe de poissons volants qui semblaient faire la course avec nous. Ils nageaient deux secondes, puis bondissaient hors de l'eau, donnant une énergie étonnante à leurs ailes transparentes. C'était magnifique à voir : lorsqu'ils passaient dans la lumière, ils semblaient couverts d'un métal précieux. Le trajet paraissait très court en leur compagnie. Pourtant, lorsque mon regard les quitta enfin, je me rendis compte de la distance parcourue.
Nous étions en pleine mer, la côte semblait très loin prise dans

sa chape d'humidité. Nous étions très petits, sur notre barque de cinq mètres maximums, au milieu de ce bleu à perte de vue. Abandonnés par les poissons volants, je nous trouvais vraiment très seuls tout à coup.

Le moteur tournait maintenant à bas régime, nous avancions lentement, en attente de baleines. Tout le monde scrutait la mer, à la recherche de mouvements particuliers ou d'un souffle. Pour voir des baleines, ce n'est pas très compliqué au large de Sainte-Marie, il suffit d'être patient, il y en a partout. Si les moteurs font trop de bruit, les baleines ne s'approchent pas, il vaut mieux laisser un peu faire le hasard. Chacun regardait son bout d'horizon, espérant voir le premier la silhouette noire sortir le dos hors de l'eau. Au rythme de la houle, je suivais la ligne de la mer sur le ciel avec impatience. Nomena observait les nuages, il fallait évidemment qu'elle se fasse remarquer. Maman avait l'air inquiète, Papa était comme moi très concentré. Le pilote debout, une main sur le volant et l'autre sur la manette des gaz, avait des allures de capitaine Achab avec son regard intense sur la mer. Il avait l'habitude de les traquer, sauf que lui c'était pour les protéger. Soudain, à cinq cents mètres sur notre droite, une baleine bondit hors de l'eau pour retomber dans une impressionnante cataracte.

- Un sauteur ! On va s'approcher et se laisser dériver doucement dans sa direction.

Quelques instants plus tard, nous étions, moteur éteint, sur les lieux du saut, l'eau était de nouveau calme, plus un signe de la présence d'une baleine. L'attente reprenait, quand Papa me dit de venir voir de son côté. Nous étions tous proches d'un groupe de quatre baleines qui semblaient danser ensemble. L'étudiant nous expliqua qu'il s'agissait d'une parade amoureuse, « un groupe actif » : plusieurs mâles se disputaient les faveurs d'une femelle. Ces explications ne m'intéressaient pas, je n'écoutais plus. Le spectacle se suffisait à lui-même. Dans ces moments, le langage est universel, tout le monde peut comprendre ce qu'il se passe. Il n'y avait aucune agressivité dans leur jeu, juste de la brusquerie. Nous n'étions qu'à quelques mètres de ces monstres marins mais ils se fichaient totalement de notre présence. Ils balançaient leurs nageoires majestueusement une fois à gauche puis à droite, puis sortaient leurs têtes de l'eau, pour disparaître de nouveau dans les profondeurs de la mer. D'autres jetaient en l'air leur grande nageoire caudale comme quand un cheval rue. Ça me faisait beaucoup penser à nos jeux dans la cour de l'école, où se mélangeaient rigolade et compétition physique. Ces bestiaux énormes étaient capables de casser la houle par leur jeu. L'océan semblait bouillonner autour de nous. Dans le bateau, plus un bruit, nous profitions de ce ballet somptueux, nous laissant bercer au rythme de ces gigantesques animaux. Je n'avais jamais vu quelque chose de plus impressionnant et pourtant, à aucun moment, je n'eus peur.

Je ne sais pas combien de temps dura ce spectacle, peut-être dix minutes, peut-être une heure. Je me souviens juste que soudain, comme lassées par leur public, nos divas s'éloignèrent, ne nous montrant que leurs dos noirs imposants, ondulant au gré des vagues, pour finalement disparaître. Nous restâmes un instant immobiles digérant le divin privilège auquel nous avions eu droit, pour repartir à la quête d'autres rencontres.

Encore hypnotisés par la beauté du spectacle dont nous venions d'être témoins, nous errâmes au gré des vagues. Notre chasse s'était organisée, chacun avait repris sa place stratégique, comme une sentinelle à l'affût du prochain signe. Notre capitaine Achab local, la casquette vissée sur le crâne, dirigeait son navire avec sérieux et détermination, gardant un immense sourire en toute circonstance. Il semblait presque le plus heureux de nous tous, pas du tout lassé de ce spectacle qu'il avait la chance de voir tous les jours. Nomena avait abandonné les nuages pour se focaliser sur l'écume que faisait l'étrave du bateau en s'enfonçant dans les vagues. Maman scrutait l'horizon avec curiosité plus qu'avec appréhension, cette première rencontre l'avait rassurée. Moi, comme Papa, je me forçais à rester assis en observant les alentours. S'il y avait eu un mât de vigie sur le bateau, nous y serions montés sans hésiter en nous bousculant pour avoir la meilleure place.

- Hé, attention, regardez à gauche !

Encore aujourd'hui, je suis incapable de dire qui nous avait prévenus de regarder sur notre gauche, Achab ? Papa ? L'étudiant peut-être ? Une autre baleine s'approchait. Rasant la surface de la mer, elle en cassait le mouvement à son passage.

- Elle est énorme ! Je ne crois pas avoir déjà vu une baleine à bosse de cette taille.

En effet, les baleines que nous avions observées semblaient maintenant assez petites en comparaison avec la masse sombre qui s'approchait. La bête nous fit face, s'immobilisant un instant, le dos rond. Cette masse luisante faisait penser à un iceberg vivant. Je me demandais avec inquiétude quelle pouvait être la taille du reste du cétacé, camouflé par la mer sombre. Sa tête était invisible sous l'écume de la houle qui cassait sur ses flancs comme sur un rocher, mais à n'en pas douter la baleine nous regardait fixement. Elle sortit son énorme nageoire caudale doucement, la queue monumentale grandissait, dégoulinant de litres d'eau dans un geste doux et harmonieux, comme pour nous saluer. Les nageoires caudales étaient parfaitement noires, mais de l'échancrure médiale à la base du pédoncule, la caudale avait un triangle blanc avec quelques points noirs. Elle montait à plusieurs mètres au-dessus de nous. Puis, imperceptiblement, ce corps couvert de cicatrices profondes, marquant ses années et son expérience, glissa doucement dans l'eau, au fur et à mesure que la tête, elle, en sortait, comme un mouvement de balancier. À moins d'un mètre de nous, cette tête luisante, longiligne et gigantesque nous observait. Tout le menton, si l'on peut parler d'un menton pour une baleine, était couvert de coquillages de différentes espèces, ainsi que d'algues traînantes et dégoulinantes, et même de corail lui dessinant une barbe fournie, rêche et broussailleuse.

Elle approcha lentement encore un peu jusqu'à poser délicatement cette barbe hirsute sur le bord du bateau. Pétrifiés par ce contact, aucun de nous n'émettait plus un bruit ni un mouvement à bord ; même la mer semblait s'être arrêtée un moment. Personne n'osait bouger, la flottaison de l'embarcation était mise à dure épreuve par ce passager dont la seule tête dépassait aisément la taille et sûrement le poids de notre navire qui me paraissait désormais plus proche d'une petite barque. Seul le bruit de frottement des coquillages sur la coque était perceptible pendant qu'elle nous observait un par un, intensément et calmement. Tandis que l'eau ruisselait de sa tête et glissait sur le pont du bateau, elle me regarda, c'est sûr, un peu plus longtemps que les autres. L'instant était inimaginable, une baleine s'était invitée à bord. Soudain son souffle puissant nous figea ; dans la seconde qui suivit, nous étions trempés de son expiration ! Après un dernier regard, elle glissa délicatement en arrière raclant sa barbe minérale contre la coque et disparut dans les profondeurs de la mer.

Nous étions comme six naufragés, assommés par la tempête. Le coup de vent avait bien eu lieu mais dans nos esprits nous retournant complètement. Nous restâmes immobiles, fixant l'eau où la baleine avait disparu, comme hypnotisés. Nous guettions inquiets son retour, que ferait-elle cette fois-ci ? Pourquoi et surtout comment cette baleine avait-elle pu venir nous saluer d'aussi près ? Son odeur forte et entêtante était restée à bord, nous imprégnant de stupéfaction pour la fin de nos jours. Ses yeux humides et tellement profonds nous avaient tous pénétrés jusqu'à nous laisser dans une sorte de léthargie. Personne n'oublierait ce regard clair. Maman et Nomena étaient blotties l'une contre l'autre, comme si soudain la température avait chuté de plusieurs degrés. Papa restait totalement immobile, les mains crispées sur la main courante du bateau, dans un geste de protection. L'étudiant, lui, avait oublié de faire des photos, son ardoise était dans l'eau à ses pieds, tout effacée. Il avait la bouche ouverte comme un poisson affolé qui cherche de l'air. Notre pilote semblait ne plus jamais savoir démarrer son moteur, auquel il se tenait comme à une bouée. Je passais, quant à moi, mes doigts dans les traces nettes et profondes faites par les coquillages sur la coque. C'est Nomena qui nous réveilla.
- J'ai froid.
- Oui, tu as raison, il est tard… Il faut rentrer !

L'excuse était parfaite et, sans plus attendre, les moteurs de toute leur puissance nous éloignèrent de cette rencontre fascinante. Nous partîmes vite, il fallait fuir les lieux, la bête pouvait revenir. Nous n'avions pas vraiment peur, nous prenions juste du recul. Le retour fut silencieux, personne ne voulant revenir sur ce qu'il avait vécu. La nuit arriva avec nous sur la plage. Nous rangeâmes et rinçâmes le matériel, comme des automates. Achab et moi observions les marques sur la peinture en dodelinant de la tête pendant que Nomena au bord de l'eau se décidait enfin à regarder la mer. Puis chacun rentra reprendre ses esprits.

Quand nous rejoignîmes le restaurant pour dîner, il y avait beaucoup d'animation. Apparemment, tout le monde s'était remis de l'immense émotion de l'après-midi, le temps était désormais venu d'exprimer qui sa joie, qui son étonnement, bref il fallait raconter et partager cette extraordinaire rencontre.

Nomena et moi eûmes droit à un apéritif : de la menthe à l'eau accompagnée de petits saucisses locales que nous adorions. Nous étions traités comme des princes, tout le monde voulait connaître notre version des événements, nous faisions partie des témoins privilégiés d'un moment exceptionnel.

On dîna avec les grands, pour une fois on se coucha vraiment tard. On joua, on dansa, et mes parents et les autres burent beaucoup de ti'punchs maison. Nous avions tous besoin de parler, de nous convaincre que l'aventure de l'après-midi était réelle. Je passai une nuit merveilleuse à chevaucher notre baleine sur tous les océans.

◆ ◆ ◆

Il ne bougeait toujours pas, assis tranquillement à tapoter le parquet en feuilletant des documents. Je ne savais plus quoi faire, mes jambes commençaient à s'engourdir. Je quittai du regard l'étagère pour continuer ma visite forcée du bureau, n'osant pas le déranger. J'en voulais à l'hôtesse, elle aurait pu dire

quelque chose en entrant dans la pièce, ou faire du bruit avec la porte, par exemple. N'importe quoi qui aurait pu faire réagir cette silhouette longiligne assise en tailleur sur son parquet comme un maître yogi en méditation. Mon regard flânait de nouveau dans ce bazar… des papiers partout, aux murs scotchés n'importe comment, d'autres jonchaient le sol, étalés par un courant d'air. Quand je voulus jeter un coup d'œil sur l'angle que me cachait la porte entrouverte, le parquet, sous mes pieds, rugit littéralement de douleur. Une plainte effroyablement bruyante, que seule la réunion d'une personne qui veut rester discrète et d'un parquet qui n'est jamais dérangé peut produire. J'eus un coup de chaud, le rouge me monta aux joues et je fixai anxieusement la silhouette sur le parquet. Il bougeait !
Je vérifiai rapidement que ma braguette était bien fermée, je glissai ma langue le long de mes dents pour enlever le fameux petit morceau de quelque chose qui traîne parfois ma mère m'a toujours dit de faire attention à ce genre de détail, mon tee-shirt, lui, était de toute façon définitivement froissé ; j'assumerais. Il s'étira lentement. Ses grands bras musclés, maigres et nus montèrent indéfiniment vers le plafond, accompagnés d'un soupir de plaisir. Puis sans même s'aider de ses mains, il se redressa calmement, d'un geste souple. Ses genoux en se dépliant firent un bruit plus impressionnant que le parquet. Je n'avais pas remarqué jusqu'alors qu'il ne portait pas de chaussure. Ses pieds étaient noueux, veineux, râpeux et usés, recouverts d'une épaisse corne, comme pour tous ceux qui marchent sans chaussures. Ils étaient creux, anguleux, grand, très grand même, avec un gros orteil proéminent. Ses jambes, dans un pantalon beige en coton de toile souple, étaient immenses. Le pantalon trop court s'arrêtait bien dix centimètres au-dessus de la cheville. Il semblait encore plus grand que sur les documents que j'avais pu voir. Son allure longiligne accentuait encore cette impression de grandeur, le mètre quatre-vingt-dix était dépassé sans difficulté. Malgré son âge, il se tenait parfaitement droit, les épaules à l'horizontale et la silhouette athlétique. Il portait un tee-shirt, lui aussi, voilà au moins un

point commun qui me rassurait. Le sien d'un vert clair délavé était un peu petit pour lui, mais pas froissé.

Enfin, il se retourna vers moi, passant la main dans ses cheveux gris en bataille. Ils étaient beaux, légèrement ondulés et totalement désorganisés. Il me regarda d'un air amusé et curieux avec un sourire apaisant. Sur l'avant de son tee-shirt, était imprimée une coccinelle VW blanche avec des planches de surf sur le toit ; écrit au-dessus en lettres de toutes les couleurs, en forme d'arc-en-ciel : « Vacation forever. »

- *Tongasoa,* je suis heureux de vous rencontrer.
- Bonjour, monsieur, je suis très honoré. J'espère ne pas trop vous déranger dans votre travail ?
- Pourquoi donc ? Non, faites comme chez vous, mettez-vous à l'aise un instant. Je vais préparer notre départ.
- Notre départ ?
- Oui, je reviens.
- Mais...
- *Mora mora*, mon ami. Profitez de mon bureau, j'arrive.

Je n'avais même pas le temps de dire quoi que ce soit qu'il était déjà parti. D'une démarche nonchalante, les bras ballants, les pieds nus glissant sans bruit sur le parquet. C'est ce qui s'appelait se faire planter.

Le bon côté, au moins, était que j'avais toujours mon sac à dos posé à côté de moi : s'il y avait un voyage, j'avais ma brosse à dents et des caleçons propres ça aussi ma mère me le disait toujours, d'avoir des caleçons propres. Seul dans ce bureau, j'osai quelques pas, le parquet pouvait se plaindre tant qu'il voulait maintenant, il n'y avait plus personne à déranger. La table de travail était très simple, un joli plateau de bois plein, du noyer probablement, sur des pieds droits sans motif. Je ne savais pas s'il y avait des noyers à Madagascar, sinon un bois exotique y ressemblant, décidément je ne connaissais rien de ce pays. Le bois était vieilli par les années de travail, comme ces vieux pupitres d'écoliers qui gardent les traces de plusieurs générations d'élèves. Le bord était brillant et poli, là où les avant-bras avaient pris appui durant des heures. L'ensemble était encombré de papiers en tout genre, entassés les uns sur les autres. Il y avait des graffitis sur certaines feuilles, le coup de crayon grossier, sans talent. Un vide-poche en sisal était rempli de crayons, stylos et feutres de toutes sortes et dans tous les différents états de marche possibles. On allait du neuf au mâchouillé, en passant par le cassé et le vide. On distinguait dans le bois des traces de gravures faites à la pointe d'un couteau ou au compas, on pouvait lire dans le coin inférieur droit : *Malo ou Andrasana ?*

❖ ❖ ❖

Le réveil fut plus tardif que d'habitude. L'humide fraîcheur matinale habituelle avait déjà disparu et les copains du village nous attendaient sur la plage. Je pris un petit déjeuner rapide pour vite les rejoindre. Comme sur les autres lieux de vacances où nous nous étions arrêtés, il y avait toujours des enfants qui venaient les mains chargées d'objets sculptés et de colliers à vendre. Comme ailleurs, très vite, ils abandonnaient la vente à leur mère ou leurs grandes sœurs pour jouer avec nous et nous faire découvrir leur vie.
Je trouvai ici un bon copain du même âge que moi et Nomena s'entendait parfaitement avec sa petite sœur. Elles jouaient toutes les deux sur la plage. Moi je partais à l'aventure avec Solofo. Il avait les cheveux rasés très court, le visage rond et lisse, des profondes fossettes aux joues avec des dents de devant noircies. Ça lui faisait une drôle de tête quand il souriait. Il était sec et très musclé pour son âge, sa peau sombre semblait toujours briller, comme si elle était enduite d'huile, un peu comme la baleine de la veille. Nous avions le même âge, les mêmes jeux et les mêmes rêves.
Avec lui, je découvrais et j'apprenais plein de choses. Je savais désormais grimper au cocotier comme un vrai Malgache, je reconnaissais au premier coup d'œil les méduses inoffensives que nous nous mettions autour du cou ou sur la tête pour faire

peur aux filles.

Et surtout il m'apprit à faire des courses de crabes. Je vous explique rapidement : ça vous occupera une matinée facilement, si un jour vous vous ennuyez. D'abord, il faut faire le circuit, le principe est le même que les circuits de billes dans le sable. Vous tracez le trajet et vous fabriquez un mur de sable de part et d'autre de la piste de dix centimètres bien fermé partout. Une fois la boucle préparée, il vous faut des crabes. Pour cela, trouvez un enfant malgache qui sait dénicher les trous où ils vivent. Avec un peu de nourriture devant le trou, le crabe finit par sortir. Il faut le bloquer avec une pierre sur le dos, mais sans l'écraser. Une fois qu'il est immobilisé, il suffit de lui arracher ses deux pinces et vous voilà avec un crabe de course, parfaitement inoffensif. Dans le circuit, le crabe va longer le mur de sable pour trouver la sortie. Il n'y a plus qu'à le motiver avec un bâton et, au besoin, lui indiquer le sens de la course.

Nous étions tous les deux en pleine compétition. Mon crabe avait une victoire de retard sur celui de Solofo. La pression et la concentration étaient donc à leur comble. Solofo enleva soudain son crabe du circuit.
- Je ne peux pas rester ce matin, mais j'aimerais bien t'inviter, tu peux venir avec moi ?
- Je ne sais pas si mes parents seront d'accord. On finit pas la course ?
- Je dois y aller.
- Viens, on leur demande.

Mes parents sont plutôt des parents gentils. Après avoir discuté avec Solofo, pour savoir où il habitait, après m'avoir donné de très et trop nombreuses recommandations – ne pas aller près de la route, rester où j'avais pied dans l'eau, rester entre le village voisin et le grand ponton abandonné, et surtout être très poli avec la famille de Solofo – ils m'autorisèrent enfin à partir seul découvrir l'île.

C'est vraiment étonnant à dix ans de découvrir seul ce qui vous entoure. Dès qu'on n'est plus avec ses parents ou même avec un autre adulte, les dimensions changent. La plage s'était d'un seul coup étirée, agrandie quasiment à l'infini. Le village que je croyais juste à côté était finalement à un bon kilomètre. Le ponton abandonné que je voyais sur la gauche, lui, me semblait désormais à peine visible, sur la ligne d'horizon.

Quoi qu'il en soit, je pris mon courage à deux mains et suivis Solofo en direction de son village. Moi qui étais en vacances, je n'avais aucune notion du temps mais mon ami m'apprit que nous étions dimanche et qu'il ne pouvait donc pas rester à la plage ce jour-là. Sa grand-mère l'attendait au village pour aller à l'église. Je partis donc pour une nouvelle expérience : aller à la messe. Il faut bien avouer que, jusqu'ici, ce genre d'aventure ne m'était jamais arrivé et qu'elle ne m'attirait pas réellement. Après avoir suivi la plage vers la gauche plusieurs minutes, il fallait remonter un cours d'eau paresseux qui finissait dans la mer, pour rejoindre le village. Une fois longé ce cours d'eau saumâtre où les enfants s'entraînaient à la pêche, on arrivait sur la place du village, petit espace de terre sèche entouré de cases en bois sur pilotis avec des toits pointus ; je retrouvai certains des enfants rencontrés les jours précédents. Il y avait des traces de feu devant chaque case. Des poules de tous âges, de toutes tailles, et de multiples couleurs picoraient entre les pattes de chiens maigres et galeux. Tout ce petit monde vivait à l'abri des arbres dans une ombre reposante. Les enfants jouaient avec des ballons faits de vieux sacs plastiques ficelés les uns aux autres comme une pelote. Les bébés posés au sol sur des nattes traînaient à quatre pattes à l'ombre des cases. Les femmes entretenaient leur intérieur, balayaient leur perron ou arrosaient leur petite parcelle de potager entourée de barrière en bois de récupération. Nous nous dirigeâmes directement vers la case de Solofo, au pied d'un vieux manguier. Il vivait là avec ses parents, ses deux sœurs et sa grand-mère. La case faisait à peu près deux fois la taille de ma chambre, il n'y avait qu'une seule grande pièce, qui se transformait à loisir en dortoir, salle à manger ou cuisine. La toilette se faisait près de l'unique puits du village.

La grand-mère de Solofo l'attendait assise près de la porte,

les deux mains jointes sur une canne de bois noueux. Elle était digne et élégante. Une grande écharpe de soie brute et blanche finement brodée tombait sur ses épaules, croisant sur la poitrine pour finir à la taille. Sa robe sombre et ses souliers noirs mettaient encore plus en valeur cette étoffe immaculée. Ses cheveux tirés en chignon serré soulignaient son visage, sans aucun artifice. Sa peau sombre était traversée de milliers de chemins creusés par la vie. En m'approchant plus près, je fus surpris par son regard. Ses yeux blanchâtres aux reflets bleu ciel semblaient nous observer ; pourtant, c'était l'évidence, ils ne voyaient plus depuis bien longtemps.
Lorsque nous fûmes à ses côtés, elle tendit les mains sans aucune hésitation vers Solofo et l'embrassa. Puis elle tourna son visage vers moi, ses yeux vides me fixaient intensément. Elle prit mon visage dans ses mains et le parcourut du bout de ses longs doigts maigres et cabossés.
- *Akory*, Andrasana.
- Bonjour, madame.
Je n'avais pas donné mon deuxième prénom à Solofo, alors comment sa grand-mère savait-elle ?
- Viens, nous allons à la messe. Tu manges avec nous aujourd'hui, j'en suis honorée.
Elle parlait calmement, mais n'attendait aucune réponse. Elle paraissait habituée à ce que ses paroles ne soient jamais contredites. Sans attendre, elle se leva, prit le bras de Solofo et posa son autre main sur mon épaule. Elle était maigre, ses chevilles paraissaient trop fines pour la soutenir, et pourtant une grande force semblait l'animer. Nous étions comme les deux béquilles de cette vieille dame, qui souriait, ravie d'aller à l'église en si belle compagnie.
L'office était en malgache, je n'écoutais que distraitement le curé, et passais plutôt en revue les quarante-huit dernières heures. Si l'on regardait froidement les événements, on pouvait dire que ces journées avaient été extrêmement riches. J'étais sur une île de pirate. J'avais un nouveau copain. Un coq effrayant et sale m'avait fait la conversation. Une baleine à barbe était venue me

dire bonjour. Et enfin, j'allais à l'église avec une vieille dame qui me connaissait sans m'avoir jamais vu et pour cause, elle était aveugle ! Au milieu de tout ça, ma petite sœur me prenait pour un lâche et semblait, elle, avoir tout compris. Si maintenant on essayait d'interpréter ces différents éléments, l'analyse était encore plus rapide. C'était tout simplement impossible, or malheureusement je ne rêvais pas. Il n'y avait donc qu'une explication toute simple : je devenais complètement fou. Tandis que j'arrivais à cette triste conclusion, la grand-mère de Solofo posa la main sur mon genou et, se penchant doucement vers mon oreille, me dit : « Mais non, tout va bien, sois un peu patient. »
Éberlué par cette réponse, à une question que je n'avais pas posée, je préférai passer le reste de la messe à observer les lézards qui couraient le long des poutres de bois de l'église, l'esprit vide.

En sortant, nous repartîmes tous les trois chez Solofo. Le reste de la famille, que j'avais aperçu en allant à l'église, était autour du feu préparant le déjeuner. Tout le village semblait vivre au même rythme. Chaque feu accueillait une casserole en aluminium refondu, comme on en voit beaucoup sous la ligne de l'équateur, où bouillonnait le riz, avec à côté du poisson à griller. La place s'embrumait de ces dizaines de petites colonnes de fumée. L'atmosphère sentait le bois, le riz et le poisson. Chaque famille suivait la même chorégraphie, s'installant autour du foyer, les enfants accroupis, les vieux sur des tabourets de bois, les femmes cuisinant. Ils étaient tous très élégants pour la messe, les hommes en chemise et pantalon bien repassés, les femmes dans de jolies robes strictes et gracieuses, et les jeunes filles dans des robes multicolores à froufrous et paillettes comme des déguisements de carnaval. L'ensemble donnait un beau spectacle : les sons, les odeurs et la lumière, qui valaient largement les festivités du 14 juillet en France. J'appris que la petite sœur de Solofo restait déjeuner avec Nomena à l'hôtel et que nos parents s'étaient rencontrés juste avant la messe, pendant que nous accompagnions la grand-mère. Une fois

encore, j'avais l'impression d'être le dernier au courant.
Le poisson grillé au feu de bois avait une saveur exceptionnelle. La grand-mère de Solofo s'isola pour faire la sieste après le repas. Pour ne pas faire de bruit, Solofo et moi repartîmes pour un après-midi de bonheur.
Son papa nous avait prêté sa pirogue, nous décidâmes de partir en croisière. Nous allions suivre la plage du village jusqu'au vieux ponton. Mettre la pirogue à l'eau était le préambule méritoire d'une aventure en mer. Ces embarcations pesaient tellement lourd que je ne comprenais pas comment elles pouvaient flotter. À force de motivation, nous arrivâmes à traîner la nôtre, qui attendait sur la plage près de l'embouchure de la petite rivière, jusqu'à l'eau. Une fois dans son élément, ce tronc pesant se transforme en feuille morte dans un caniveau, réagissant au moindre souffle d'air et au moindre clapot. Dans le lagon, où l'eau translucide était peu profonde, nous nous déplacions à l'aide de perches poussant sur le fond. L'exercice est extrêmement difficile : si l'on pousse trop fort on finit à la mer, l'équilibre d'une pirogue est très précaire. Mais si l'on ne pousse pas assez, la pirogue s'arrête et alors l'équilibre est impossible. Je pense être tombé à l'eau au moins cent fois, dont la moitié exprès. L'embarcation était remplie d'eau, nous étions trempés et tellement heureux !
Au passage devant l'hôtel, nous nous étions appliqués, sous le regard de Maman, à ressembler à des pêcheurs émérites. Papa, à la nage, était venu nous saluer. La suite de notre croisière s'était ponctuée de sauts dans l'eau, d'observation du corail et des poissons et de saluts fiers aux autres enfants jouant sur la plage ou sur des radeaux de fortune.
Au ponton, après une série de plongeons à son extrémité avec les enfants d'un autre village, que connaissait bien Solofo, nous nous étions assis face à l'horizon. Tout en croquant dans une noix de coco prévue pour notre goûter, nous regardions la mer.
- Ma grand-mère veut te parler avant que tu rentres ce soir.
- ...
- Elle savait que tu venais, elle m'en a parlé.

- Comment ça, elle savait ?
- Elle sait beaucoup de choses, tu sais. Elle m'a dit : « Va, Solofo, va, tu le reconnaîtras et lui aussi te reconnaîtra. » C'est vrai que, dès que je t'ai vu, il me semblait te connaître.
Je le regardai fixement, en comprenant parfaitement ce qu'il m'expliquait. Je n'avais pas su exprimer l'impression de déjà-vu que j'avais ressentie en découvrant son visage, et qui me l'avait rendu immédiatement sympathique. Mais comme lui, dès que je l'avais rencontré j'avais su que nous avions des points communs.
- Moi aussi, j'ai su tout de suite que nous serions amis, il n'y avait pas de doute. Ta grand-mère est un peu effrayante, comment peut-elle savoir ces choses ? Tout à l'heure à l'église, elle paraissait entendre ce que je pensais comme si elle pouvait lire dans ma tête. Qu'a-t-elle à me dire ?
- Je ne sais pas, Malo, enfin je veux dire Andrasana, elle sait mais ne me dit pas. Il faut que je sois patient, que je laisse venir les choses, me dit-elle à chaque fois.
- Mon oncle d'Antananarivo m'a dit la même chose, c'est incroyable ! Pourquoi m'appelles-tu Andrasana maintenant ?
- Tu t'appelles Andrasana aussi, non ?
- Oui, Malo Andrasana.
- Ma grand-mère m'a dit qu'il faut t'appeler Andrasana maintenant. Allez, viens, allons la retrouver, on verra bien. Je sais une chose, si je suis là, c'est pour t'aider, je suis ton ami.
Alors que nous étions presque arrivés dans le village, épuisés d'avoir hissé la pirogue sur la plage, Solofo me prit le bras pour m'arrêter.
- Il y a une question que je dois te poser. Tu as vu le coq ?
Il savait !
- Oui.
- Méfie-toi de lui, il est dangereux.
- Tu le connais, qui est-il ?
- Je n'en sais rien, mais fais attention. Tiens, elle est là, je te laisse.
Devant la case, sur sa petite chaise en bois, la grand-mère attendait tranquillement. Elle s'était changée, plus simple mais toujours élégante et pieds nus. Qui était-elle vraiment, cette

vieille dame inoffensive à première vue, mais à l'allure de sorcière à la retraite ? Elle sourit dans ma direction et me fit signe de m'approcher. Je me demandais comment elle savait tant de choses, c'était peut-être elle qui avait parlé du coq à Solofo. Je me sentais trop seul pour l'affronter, et puis il était tard finalement. Je traînai les pieds jusqu'à elle, traversant lentement l'espace pelé entre les cases qui faisait office de place. Il n'y avait presque personne, chacun étant rentré dans les cases préparer le dîner et fuir les moustiques de la nuit tombante. Elle était là, calme, me regardant fixement sans me voir, de ses yeux pâles. Chaque nouveau pas me donnait envie de partir en courant, la peur m'envahit peu à peu. J'avais peur oui, peur d'elle, peur du coq, peur de ce que j'allais apprendre et surtout peur de la vérité.

LA BUSE

J'étais partagé entre l'angoisse et l'excitation. Qu'allait m'apprendre cette femme qui semblait tout savoir ? Son visage érodé par les années paraissait déterminé, presque agressif dans les ombres du soir.
- Allez, viens près de moi, je ne mords plus ; tu sais, à mon âge, les dents qu'ils nous restent, on ne prend pas le risque de les perdre dans le bras ferme d'un enfant. La nuit est bientôt là, je n'ai pas beaucoup de temps et pourtant beaucoup de choses à te dire. Allons, que sais-tu de toi, Andrasana ?
- Comment ça ?
- Pas beaucoup de temps avant la nuit, pas beaucoup de temps avant ma nuit…
S'il te plaît, que sais-tu ?
- Je connais un peu l'histoire de ma famille, je sais que l'un de mes ancêtres est Betsimisaraka et l'autre Merina.
- Oui, oui, moi aussi, je sais tout cela. Mais que sais-tu vraiment ?
Je ne comprenais pas bien ce qu'elle attendait de moi, j'avais la sensation de me retrouver au tableau en classe, hésitant à donner une réponse au hasard ou à avouer mon ignorance. Quand on est sur l'estrade, c'est toujours pareil, on ne comprend rien aux problèmes qu'on vous pose. Je décidai de donner une solution, qui me permettrait peut-être, faute de mieux, de résoudre mes questions.
- J'ai parlé avec Ingahyman, mon ancêtre Merina.
- …

- Quand je suis allé au tombeau familial. Je ne sais pas trop comment c'est arrivé mais il m'est apparu, enfin je crois.
- Mmm... Il sort enfin de son mutisme, celui-là. Et que veut-il, se racheter ? Faire encore parler de lui ?

Elle ne semblait pas plus émue que ça, elle connaissait Ingahyman, je ne savais pas vraiment comment et le fait que je lui aie parlé ne l'étonnait apparemment pas du tout.

- Je ne sais pas, il m'a parlé de sa vie, il m'a parlé de Ramasombazaha. Il m'a parlé de ses choix. Mais comment connaissez-vous mon ancêtre ?
- De ses choix... Eh bien, mieux vaut tard que jamais. Mais ce n'est plus à lui d'agir et il le sait. Alors, c'est facile maintenant de parler de ses choix. Et toi alors ? Tu as compris quoi ?
- Mais vous connaissez mon ancêtre ?
- Tout le monde connaît Ingahyman, c'est de l'histoire. Tu as compris quoi ?
- Mon autre ancêtre Ramasombazaha a voulu son aide, mais il n'a pas osé.
- Je te dis que je sais tout ça ! Je connais le passé, ce qui est derrière nous se raconte facilement ! Je ne te demande pas ce que tu as entendu, je te demande ce que tu as compris !

Son ton était froid, impatient. Ses yeux morts semblaient reprendre vie, elle me fixait, lisait en moi. Et puis tant pis, après tout, si j'étais idiot, mais finalement je n'avais qu'une seule certitude qui progressivement s'était imposée à mon esprit.

- J'ai compris que l'île me parlait ! J'ai compris que les animaux essayaient de communiquer avec moi ! J'ai compris qu'il y avait des signes autour de moi ! J'ai compris que j'avais une mission ici ! Mais je n'y comprends rien ! Rien !

J'avais crié, j'étais fâché, énervé par toutes ces questions auxquelles je n'avais pas de réponse, par cette femme qui savait tout sur moi et mes ancêtres sans me connaître.

J'allais partir, ça suffisait, mais elle m'attrapa le bras gentiment.

- C'est bien, Andrasana, c'est bien, tu as compris ton nom. Tu es l'Andrasana, un peuple est derrière toi et patiente. Ce peuple n'est plus, il a disparu, il y a bien longtemps. Mais l'île le protège, caché dans sa faune et sa flore. Ce peuple et ses représentants peuvent avec l'aide de l'île te parler. Les animaux sont là pour ça, ils sont les représentations du passé. Ils sont le lien, ils étaient présents déjà à l'époque de ce peuple. L'esprit de ce peuple, de ces hommes et de ces femmes, te parle par la voix des animaux. Tous ces esprits sont présents, mais ne communiquent qu'avec ceux qui le peuvent, tu les entends, toi, car ils t'attendaient. Considère les animaux comme faisant partie de tes amis, en tout cas comme des représentants du passé, eux aussi font partie de ceux qui te guettent. L'île Sainte-Marie est une étape importante, où tu trouveras tes meilleurs alliés, mais le chemin est long et incertain. Personne ne peut répondre à tes questions, car toi seul sais. Tu as compris beaucoup de choses, reste à l'écoute des signes. Mais le passé est loin, tu dois t'occuper de toi, c'est le passé qui t'a amené ici, mais c'est le présent qui doit te faire agir. Le passé conseille mais ne décide pas, le présent décide mais seul le futur sait. Va, maintenant, ton père arrive. Demain, Solofo viendra te chercher, tu dois voir le coq, tu le connais déjà je crois. Il est dur, il faut t'en méfier, mais tu as besoin de lui.

❖ ❖ ❖

Un vieux meuble vitré, une bibliothèque d'apothicaire style Napoléon III, trônait contre le mur, faisant l'angle à côté de l'étagère au bestiaire. Les poignées et serrures en laiton étaient piquées de vert-de-gris. Le bois noirci avait beaucoup travaillé ou bien s'était mal acclimaté à Antananarivo. Avec ses stigmates, ce meuble me faisait penser à ces vieux expatriés blancs usés par le soleil, les amibes et le rhum de basse qualité, que l'on croise dans les anciennes colonies du monde entier. Comme leurs peaux, son vernis était craquelé, comme leur foie, son bois était rongé par les parasites, comme leurs yeux, ses vitres étaient jaunies par le temps. Je me demandais ce que les nombreux tiroirs de la partie basse du meuble pouvaient cacher comme fouillis non avouable qu'il ne fallait pas laisser étalé par terre comme le reste. La partie supérieure, joliment ouvragée, cachait derrière les vitres ce que je définirais comme un cabinet de curiosités. Des objets élégamment disposés y étaient exposés au regard des rares visiteurs. L'ensemble formait une collection hétéroclite, les vestiges d'une aventure romanesque du siècle des grandes découvertes, les rares témoins d'une histoire révolue.

Il y avait en premier lieu deux magnifiques crustacés sous coffre de verre. Ils étaient désarticulés et remontés sur des axes en nylon à peine visibles, façon éclatée. Ils semblaient stoppés en pleine explosion. Le crabe, presque noir, aux dimensions déjà importantes, était fantastique sous l'effet donné par la structure en éclaté. Les pattes, dont chaque segment était séparé de l'autre d'un centimètre, étaient positionnées en étoile autour de l'imposante carapace du corps. Les pinces en arc de cercle vers le haut atteignaient les vingt centimètres facilement. Vivant, cet animal devait être un extraordinaire prédateur.

À côté, dans un autre coffre de forme rectangulaire, se trouvait conservée par le même procédé une langouste bleu-vert majestueuse. Elle était présentée à l'horizontale. Sa queue désarticulée montrait toute la puissance de la bête. Les pattes finement écartées se disposaient en dessous. Même les organes de mastication étaient séparés les uns des autres dans une précision d'orfèvrerie, montrant la perfection biologique de l'animal. Les longues antennes partaient à la conquête de la paroi de verre. Elle paraissait flotter, voler comme un ovni. Ces deux spécimens, parfaitement conservés, semblaient tout droit rapportés d'une expédition de Livingstone ou d'un autre grand aventurier de la période victorienne. Il est très probable qu'ils soient extrêmement difficiles à trouver à l'heure actuelle.

Sur le même étage, une bouteille en verre blanc d'une parfaite banalité, avec un bouchon en porcelaine monté sur un cerclage métallique articulé, comme on en voit trop dans les brocantes, était remplie de sable clair. Loin d'avoir la valeur des deux crustacés, elle trônait pourtant d'égal à égal avec eux, comme si son contenu avait une importance fondamentale. En me penchant de plus près, je ne voyais que du sable corallien, comme on en voit sur toutes les côtes de cette partie du globe. Une bouteille, souvenir de vacances, avec un échantillon de sable rapporté de la plage, rien de plus, posée là au milieu d'objets intrigants et rares. C'était toute la particularité de ce bureau, des documents officiels s'y mélangeaient avec des photos de famille, des objets de collection avec des babioles. Il n'avait pas encore été décidé de l'utilité de cette pièce.

◆ ◆ ◆

Étonnamment, j'avais passé une excellente nuit, lourde et apaisante. Aucun rêve étrange n'avait troublé mon sommeil. Comment pouvais-je dormir si bien après des tête-à-tête comme ceux que j'avais vécus ? La journée dans l'eau avec Solofo y était sûrement pour quelque chose. Au réveil, je me sentis en pleine forme. J'avais âprement négocié ma journée avec mes parents. Il fallait que je puisse de nouveau passer du temps avec Solofo. La grand-mère en avait soufflé un mot hier soir à mon père, expliquant que les environs étaient sans danger pour les enfants. Ici, tout le monde connaissait Solofo, et nulle part sur l'île nous ne serions sans aide, si jamais nous avions besoin de quoi que ce soit.
Papa et Maman avaient accepté mais il fallait que je sois rentré bien avant la nuit, vers seize heures, sinon je n'aurais plus le droit d'aller seul jouer avec mes copains. Solofo m'avait rejoint à peine le petit déjeuner fini, avec sa grand-mère et sa petite sœur. Nomena et elle étaient inséparables et les parents les amenaient pour la journée je ne sais plus où, écoutant à peine ce que l'on me disait, j'étais déjà en train de penser à mon après-midi. La grand-mère, quant à elle, très à l'aise, était venue faire un brin de causette, comme on dit, avec mes parents, en voisine. Je crois qu'elle voulait aussi me surveiller, vérifier que j'allais bien partir avec Solofo à la rencontre du coq.
Nous avions pris, Solofo et moi, des vélos pour partir tous les deux. Les vélos étaient trop grands pour nous, mais il n'y

avait pas d'autre taille sur l'île, et ces deux-là avaient l'avantage d'avoir des freins. J'avais un sac à dos avec un peu d'argent. La monnaie malgache se compose de billets de différentes tailles. Tous plus sales les uns que les autres, ils dégagent une odeur tenace, de poissons, viandes et mains mélangées. Ce parfum est de la même famille que l'odeur du métro parisien, pas réellement définissable mais totalement inoubliable. De ces odeurs qui impriment votre mémoire à vie à la première inspiration. Prendre un peu d'argent veut quand même dire avoir une surcharge importante dans son sac, car il faut de nombreux billets pour acheter la moindre chose. Une montre pour rentrer à l'heure, de l'eau et des sandwichs de poisson fumé complétaient mon équipement. Bref, nous étions parfaitement prêts à partir à l'aventure.

L'hôtel à peine disparu sur la route, je commençai à m'inquiéter un peu des futurs événements. Nous avions une petite dizaine de kilomètres à parcourir vers le nord pour atteindre le lieu stratégique de notre mission. Dix kilomètres sur une route de terre défoncée par la pluie et les vieux taxis-brousse, ce n'est pas une partie de plaisir, même pour des jambes de dix ans, mais je n'avais pas l'intention de montrer ma fatigue.

La route longeait la mer ; sur notre gauche, ponctuée par des habitations ou des zones en friches, nous pouvions admirer la côte. Ce littoral, bordé d'un petit lagon calme et nonchalant, fait face aux reliefs des grandes terres au loin qui ferment l'horizon. Parfois on passait une crique cernée de rochers abrupts, juste après une petite montée ; parfois une plage douce et accueillante délimitait ces eaux féeriques de notre route. Tout le long du trajet, apparaissaient des petits villages, des hameaux qui bordaient ce cordon de terre qui semble être la ligne de vie entre les habitants, du nord au sud, sur toute la longueur de cette côte ouest de l'île Sainte-Marie.

Étant donné l'état de la route, nous allions quasiment à la même vitesse que les tuk-tuk ou les taxis-brousse. Cela confirmait que le trajet ne serait pas trop dangereux. Le peu de voitures qui circulait slalomait entre les trous et les bosses à une vitesse

d'escargot pour ne pas détruire leurs amortisseurs trop vite.
Il y avait des piétons, des enfants, des poules et des chiens qui se partageaient les abords du chemin avec les perpétuelles échoppes et petits étalages qui vendent trois cocos, quelques tubercules de manioc ou une sculpture pour touriste. Tout ce petit monde semblait prioritaire sur les engins à moteur, quel que soit leur nombre de roues.

Après une grosse demi-heure, Solofo proposa une petite pause. J'avais les cuisses en feu et le cœur qui battait dans les joues, j'étais descendu de mon vélo avant même d'avoir répondu. Une baignade m'aurait bien plu, mais Solofo voulait s'installer dans l'herbe à droite de la route, côté terre de l'île. Il y avait à cet endroit comme un grand champ, vide de toute culture.
- J'aime bien cet endroit, il n'y a jamais personne, que les enfants du hameau d'à côté qui viennent jouer au ballon.
- Pourquoi personne n'y vient ?
- C'est *fady,* tabou si tu préfères. Les adultes n'ont pas le droit d'y venir, que les enfants. Il paraît qu'il y a très longtemps les adultes ont fait une erreur ici. Depuis, ils n'ont plus droit d'y venir. Les ancêtres veillent sur ce terrain et sur les enfants qui y jouent.
- C'est marrant, chez nous, il y a plein d'endroits interdits aux enfants, mais je n'ai jamais entendu parler de lieux interdits aux adultes.
- Ici, on dit que les adultes ont la force, les vieux ont la sagesse, mais les enfants, eux, ont la vérité.
- Et que s'est il passé exactement ?
- Il faudrait que je redemande à Mama-bé, mais il y a une histoire de pacte entre les gens de l'île et les Français, il y a très longtemps. Mais je ne sais plus vraiment pourquoi c'est devenu *fady*.
Je pensais à ce que me disait Solofo en regardant le terrain devant nous. Le champ était un peu en contrebas par rapport à la route, l'herbe était grasse et le terrain semblait humide. J'imaginais les parcs en France avec un grand panneau à l'entrée « Interdit aux adultes, zone de jeux ». C'était vraiment une excellente idée !

À cinq cents mètres, la végétation redevenait dense pour grimper le relief vers le centre de l'île. Il y avait la trace d'un sentier qui partait à travers la colline.
- C'est quoi ce chemin, il va où ?
- Je n'y suis jamais allé, il doit monter sur la crête. À partir d'ici et presque jusqu'au bout de l'île, il y a une arête rocheuse qui coupe l'île en deux du sud au nord. Le chemin doit être un passage pour rejoindre la côte est de l'île, mais il y a des routes plus pratiques, ça doit être un raccourci peut-être.
- C'est bizarre que le sentier soit encore là si personne ne passe plus à travers le champ ?
- Certains enfants rentrent peut-être un peu dans les feuillages pour se faire des cabanes ou je ne sais quoi. Allez, viens, il nous reste encore beaucoup de chemin. Il faut être arrivés avant que la mer soit haute.
Le sentier m'attirait, j'avais tellement envie d'aller le suivre. Ce champ marécageux, cette ambiance d'interdit, l'histoire d'un pacte, je voulais prendre le chemin.
- Andrasana, on y va !
- Malo, s'il te plaît.
- Non, Andrasana. Désormais, je ne peux plus t'appeler autrement, excuse-moi.
Il m'avait sorti de ma torpeur. Je retournai aux vélos, résigné. Va pour Andrasana, si cela leur faisait plaisir, je n'allais plus me formaliser pour ce genre de détails.
Mes jambes allaient mieux, la première partie du trajet avait été silencieuse, la deuxième ne le serait pas. Notre destination approchait et nous avions besoin de parler pour nous donner du courage. Tout était bon pour reculer l'échéance de ma future rencontre, ne pas y penser, ne pas l'imaginer, rester insouciant pour pouvoir oser aller jusqu'au bout. Rouler tranquillement en profitant du décor.
Solofo m'expliqua que sa famille connaissait le coq. Le volatile était sur l'île, lui aussi, depuis très longtemps ; il ne semblait pas atteint par le temps et il avait une relation privilégiée avec cette famille. Il ne savait pas très bien pourquoi d'ailleurs, mais

ce coq était particulier, et la famille, tout en s'en méfiant, le respectait comme un cousin éloigné qui dérange mais que l'on doit accepter. Moi, il me paraissait évident que son originalité était qu'il parlait ! Mais Solofo lui ne semblait pas gêné par ce phénomène, mais bien plus par l'identité et le caractère du coq. Il ne semblait pas non plus étonné que le coq m'ait parlé à moi, et jamais à lui ou à sa famille directement.
J'appris aussi que la famille de Solofo était d'un très vieux clan. Ses ancêtres étaient ici depuis toujours : de mémoire d'homme, ils auraient été parmi les premiers habitants sur ces terres. Ce qui expliquait les connaissances de la grand-mère. D'après Solofo, elle savait tout sur tout : aussi bien sur le peuplement de l'île que sur les raisons des migrations des baleines. D'après lui, elle prévoyait les cyclones et les tempêtes bien avant les bulletins météorologiques, juste en passant le pied dans la poussière.
« Écoute ce bout de terre sur la mer, Solofo, il te parle, il t'aime, il te nourrit. Tu es lui et il est toi. » Voilà la réponse qu'obtenait Solofo quand ces questions devenaient trop présentes. Il fallait vraiment que je présente cette vieille femme à mon oncle et ma tante d'Antananarivo, ils ne pouvaient que s'entendre. Je me sentais très proche de ce garçon de mon âge, il vivait une vie totalement différente de la mienne, et pourtant il ressentait les mêmes choses que moi, se posait les mêmes questions.

Tout en discutant, nous avions encore pédalé pendant une grosse demi-heure. Nous nous approchions de la ville principale de l'île. Juste avant une grande digue qui traversait une baie, Solofo me fit signe qu'il fallait prendre un petit chemin en terre défoncé sur notre droite. Deux cents mètres plus loin, nous déposâmes nos vélos dans une zone ombragée.
- Il faut continuer à pied maintenant.
Nous avions marché cinq minutes. La végétation était marécageuse, apparemment la mer pouvait venir jusqu'ici et couvrir cette zone sableuse en fonction des marées.
Depuis que nous avions pris le chemin, nous longions par la droite la grande baie calme à l'eau complètement immobile qu'on

avait aperçue de la route. J'avais l'impression d'être au bord d'un lac, la mer semblait loin : ni vagues ni vent, un calme absolu. Il y avait des petites cabanes en bois sur pilotis, le long de la berge. Contrairement aux autres endroits de l'île, elles n'étaient pas regroupées en hameaux. Elles étaient seules en hauteur sur leurs pattes en bois, plus hautes que d'habitude pour éviter de se mouiller quand la mer s'invitait dans leur jardin.

Le sol était aride, brûlé par le sel laissé par la marée. L'endroit n'était pas accueillant, pourtant les personnes devant leurs portes semblaient fières d'habiter là. Tous avaient une attitude sereine, une certitude dans le regard. Ils nous saluaient à notre passage, dignement, comme on salue les initiés.

Puis, alors que nous avancions sur le chemin (si l'on peut considérer ce passage comme un chemin), les cabanes disparaissaient, plus rien, juste le sentier sableux, voire un peu vaseux Une drôle de végétation, pareille à des piques hérissées qui sortaient du sol, traversait la croûte de sable. On aurait dit des pointes de lances qui protégeaient le passage. Nous étions sur cette terre hostile, entourés d'une forêt dense et en équilibre sur ces racines. Les arbres étaient en lévitation, comme sur des échasses pour compenser les marées. La forêt semblait doucement se refermer sur nous au fil de notre progression. J'imaginais une armée souterraine à l'écoute de nos pas, prête à brandir ses lances pour nous bloquer et nous emprisonner. Je découvrais la mangrove et tout ce qu'elle avait d'inquiétant. C'était un décor des plus impressionnants : les arbres planaient au-dessus du sol, des racines ressortaient de partout pour aller chercher de l'air comme elles pouvaient. La marque de la marée haute, comme une ligne de flottaison, donnait une couleur marron presque noire à tout ce qui était en dessous. Tout s'emmêlait, se mélangeait, se camouflait de tout. Et pour accroître cette impression oppressante, des crabes filaient autour de nous, échappant à notre regard, comme des centaines de vigiles de ces lieux, prêts à nous attaquer si nous sortions du sentier. Les crabes de palétuvier, lourds et sombres, rapides et agressifs. Depuis tout petit, je détestais ces bestioles qui me faisaient déjà peur sur les plages bretonnes. Ceux-ci étaient plus gros, plus laids et surtout beaucoup plus nombreux.

Nous regardions où nous posions nos pieds délicatement. Totalement concentrés sur notre progression, nous n'avions pas vu le coq, qui trônait majestueusement sur une vieille souche humide et rongée au bord du chemin.

- Alors, on dit même pas bonjour, les nains !

Je crois n'avoir jamais sursauté comme ça !

Le volatile était perché au-dessus de nous. Il nous regardait de haut, au sens propre comme au sens figuré. Il semblait content de son effet de surprise. Il y avait sous sa patte gauche un lézard mort et sanguinolent, qu'il malaxait machinalement tout en nous parlant. Égal à son image, il était sale, tendu et inquiétant.

- Solofo, va attendre près de la route, tu es déjà allé assez loin !

Solofo s'inclina respectueusement et s'éloigna sans un mot, me laissant seul avec le coq.

- Alors, petit, tu t'es décidé à venir voir le vieux coq ?

Il avait pris un ton paternel, se voulant sûrement sympathique et rassurant. Mais sa voix, toujours aussi cassée, n'aidait pas. Il ne m'avait jamais fait si peur. Je n'avais jamais été aussi effrayé, dans ce lieu fantomatique, entouré d'une armée de crabes et de leur général à plumes. Je voyais Solofo déjà loin en arrière, et je me sentis terriblement seul dans ce décor oppressant, en tête à tête avec le coq. Après avoir jeté au loin le cadavre du pauvre lézard disloqué sur lequel bondit un nuage de crustacés affamés, il sauta au sol et m'ordonna de le suivre. Quand j'y pense maintenant, je n'arrive pas à comprendre comment j'ai pu le suivre, et pourtant, j'obéis comme un automate.

La mer continuait à monter et j'avais maintenant les pieds dans une mince couche d'eau transparente. Le coq sautait de pierre en pierre avec des mouvements d'ailes brutaux et maladroits.

Très rapidement, nous rejoignîmes un gué fait de pierres noires et glissantes. L'eau alentour, plus profonde à cet endroit, était saumâtre et mystérieuse. Après le gué, nous trouvâmes une terre sèche et herbeuse, laissant derrière nous la mangrove. Le terrain remontait doucement dans ces herbes épaisses et sèches,

quittant le niveau de la mer.
- Voilà gamin, ici nous sommes tranquilles. Personne ne vient quand la mer est haute, et les crabes nous préviendront, nous allons pouvoir discuter un peu. Tu es ici à Ambodifotatra, la capitale de cette île. La ville est de l'autre côté de la baie. Cette baie est notre baie, à mes amis et moi. Nous y avons vécu des années en maîtres. Regarde, il y a une île au centre de la baie, c'est mon île ! Mais je devrais commencer par me présenter. Sais-tu qui je suis ?
- Un coq…
- Un coq ! Crétin ! Bien sûr que je suis un coq, mais cela a peu d'importance. Un peu de hauteur, jeune freluquet !
Il s'inclina doucement en avant, une patte fléchie en arrière et l'autre tendue sur l'avant, redressant sa crête d'un geste précieux et rapide.
- Je suis le capitaine OLIVIER LEVASSEUR.
Je restai face à ce coq désormais gradé de la marine, ne sachant pas du tout quelle attitude je devais prendre.
- Eh bien, qu'est-ce à dire ? ce silence ?
- …
- Quoi ? Tu ne connais pas le capitaine Levasseur ! Personne ne t'a jamais rien appris ? C'est pas vrai, il faut, en plus du reste, que je fasse ton éducation. Il faudra à l'occasion que je présente mes hommages à tes parents. Eh bien soit, allons-y. Assieds-toi et écoute.
Je m'assis docilement dans l'herbe, ne voulant pas contrarier cet animal qui, en plus de parler, me semblait totalement sociopathe.
- Je suis donc Olivier Levasseur. Je suis un fils de la mer ! Je te passe les détails de mon enfance et tout ce genre de foutaises, cela n'a que très peu d'importance et, reconnaissons-le, la vie des enfants n'intéresse personne. Ma vraie vie n'a vraiment commencé que lorsque j'ai eu les pieds sur un bateau. La mer, l'océan est devenu ma seule patrie, ma vraie famille. Mais peu de marins sont dignes de cette relation, et la marine marchande comme l'armée ne sont que ramassis de chartriers qui ne voient

dans les mers qu'un métier. J'ai très vite épousé la piraterie, seule vraie place pour un homme libre. J'ai commencé ma carrière avec d'autres gueux des mers dans les Caraïbes. À une époque, mon garçon, le simple fait d'entendre mon nom faisait trembler des ports entiers, voire, sans me vanter, des pays. Mais ma légende s'est écrite ici à Madagascar et plus particulièrement sur l'île Sainte-Marie, mon île.

◆ ◆ ◆

Sagement rangée derrière la porte vitrée, une collection d'objets anciens remplissait les autres étagères du meuble.
Un ancien sextant en cuivre et en bronze était disposé là. Il représentait à lui tout seul toute la complexité de la navigation. Avec ses filtres colorés, ses miroirs, un limbe gradué, une lunette, un bâti complexe et ajouré, je me demandais même s'il était posé dans le bon sens, tellement cet objet me paraissait incompréhensible. Parfaitement entretenu, les rouages graissés et les verres impeccables, il donnait l'impression d'être régulièrement utilisé. Comment peut-on, ou plutôt pouvait-on, estimer sa route en regardant le soleil, la lune ou encore les étoiles avec un engin pareil ? Cela reste, pour un terrien comme moi, un exploit intellectuel rarement dépassé. À côté du sextant, se trouvait une belle collection de vieilles pièces de monnaie disposées en tribune sur un présentoir en velours noir. Il y avait une vingtaine de pièces, de toutes tailles, de toutes formes, et dans différents alliages. Sur quelques-unes, on pouvait encore lire la date de fabrication, ou voir un blason, ou encore l'effigie d'un roi d'une époque révolue. Certaines avaient un trou au centre. L'une d'elles, datée de 1721, portait le profil de Louis XV. Sur une autre, oxydée et terne, on lisait *Colonies Françoises 1722*. Je me demandais dans quelle mesure cette collection posée derrière une simple vitre ne mériterait pas une place dans le coffre douillet d'une banque.
Au-dessus, se trouvait un magnifique sabre d'abordage, surnommé « cuillère à pot » à cause de son pommeau rappelant

la forme des cuillères utilisées dans les cuisines. Celui-ci, de plus ou moins soixante-dix centimètres, avait une lame épaisse et de faible courbure, ébréchée à son extrémité. La poignée était en bois usé et patiné par l'usage et le temps, la coquille sombre et bosselée était vulgairement ajourée au poinçon. La série de petits trous inégaux formait un B incertain. Cette arme courte et redoutable avait déjà tranché dans la chair, ces stigmates d'usure le prouvaient. À droite du sabre, un pistolet à silex en bois. La calotte de crosse de l'arme était en métal brillant. Comme le pommeau du sabre, elle était déformée et rayée par l'usage intensif qu'elle avait dû vivre. Le chien, l'auget et la gâchette étaient simples et sans gravures, l'arme n'était pas d'apparat et sa fonction meurtrière avait sûrement souvent été utilisée à n'en point douter.

Sur le dernier étage, une superbe reproduction d'un navire de deux ponts et trois mâts, en bois de rose, trônait seule au sommet du meuble. Tous les détails étaient sculptés, travaillés, articulés, des meurtrières d'où pouvaient sortir les canons en passant par un méli-mélo de cordages dont seuls les marins devaient connaître l'utilité. Le pont était parfaitement reproduit latte après latte, c'était un travail d'une rare précision qui avait dû demander un temps immense et les compétences d'artisans de haut rang. Une réplique parfaite, d'après moi, d'un bateau du XVIIIe où des hommes téméraires ou fous partaient pendant des années à la découverte d'un monde dont les cartes étaient encore souvent vierges et qu'il fallait dessiner.

◆ ◆ ◆

Il avait le torse gonflé et les plumes irisées. Plus il avançait dans son histoire, plus il semblait nerveux et excité. Il faisait les cent pas sans s'arrêter une seconde. Rejetant sa crête de côté à chaque fin de phrase. Ses ailes aux plumes sombres s'agitaient sur son corps clair tels deux sabres. Et moi je restais là, assis dans l'herbe, immobile, à observer et écouter un coq capitaine de vaisseau pirate du début du XVIIIe siècle.

Il faut bien reconnaître que son histoire était fantastique. Olivier Levasseur était né à Calais dans une famille de marins et de corsaires. Il s'était engagé très jeune dans la course et avait fait, comme beaucoup, ses armes et son expérience en tant que corsaire. Les corsaires furent victimes de la politique internationale et la paix qui se généralisait leur interdit les rapines. Il fallait faire un choix : rentrer à Calais, s'engager dans l'armée régulière, la marine marchande ou bien, comme certains, maintenir ses activités d'abordage mais sans nation, sans identité, sans soutien, devenir pirate. Il avait très vite rejoint la « communauté des frères de la côte », un groupe de flibustiers et de boucaniers qui s'était créé un petit territoire sur l'île de la Tortue et de Saint-Domingue. À l'époque, il ne valait mieux pas rencontrer Levasseur dans la mer des Caraïbes. Leur organisation prenait de l'ampleur et de la force. Il ne m'expliqua pas pourquoi il avait fait ce choix, ni ce qu'avait été son enfance avant son départ pour le large. Mais d'après lui, seuls les pirates avaient compris ce que voulait dire être un marin.

Après quelque temps, il quitta Saint-Domingue et mit les voiles vers New-Providence, une île des Bahamas dans la mer des Caraïbes. C'est là que sa renommée de pirate commença. En effet, il rejoignit le capitaine Hornigold. Celui-ci avait monté une compagnie de brigands qui allait, avec l'aide de Levasseur, terroriser la région. À cette époque, le coq était encore très jeune, une petite vingtaine d'années et pourtant il dirigeait déjà son propre bateau le *Postillon* avec ses huit canons et ses quatre-vingts hommes.

Plus il avançait dans ses souvenirs, plus je le trouvais fébrile. À force de faire les cent pas, il avait gratté tout le sol autour de lui. D'une surface herbeuse, on était passés désormais à une aire de terre battue poussiéreuse, dont des nuages se soulevaient à chaque changement de direction du volatile. Une couche de terre rouge s'ajoutait progressivement à ses plumes déjà sales.

- Il y avait du beau monde, je peux te le dire ! Mon équipage – principalement des Français car les Anglais ne sont pas des gens sûrs – était magnifique ! On s'amusait bien. À cette époque, j'ai rencontré Blackbeard. Edward était jeune et n'avait pas encore fait beaucoup parler de lui, mais on sentait déjà chez lui le caractère du vrai pirate ! Ah, je l'ai souvent regretté ce grand dadais... mais que veux-tu, les Anglais sont des Anglais ! Hornigold ne voulait pas qu'on attaque des bateaux de Sa Gracieuse Majesté. Alors avec mon ami Samuel Bellamy, nous nous sommes débarrassés d'Hornigold au sein de notre association, allez hop, dehors ! Dommage que Barbe-Noire l'ait suivi, c'est un beau gâchis, on aurait fait des merveilles ensemble. Mais on n'allait pas se faire commander plus longtemps par cette vieille bique lâche et frileuse.

Les deux nouveaux associés sillonnèrent de nouveau les mers, s'en suivirent des batailles, des très belles prises, des histoires qui étaient peut-être exagérées par mon narrateur. En tous les cas, progressivement, Levasseur était devenu un capitaine pirate avec une réputation qui le précédait le plus souvent.

De retour dans les Caraïbes en 1718, il se retrouva confronté à l'amnistie proposée à tous les pirates, avant que le gouverneur Woods Rogers ne pourchasse les récalcitrants.

- La grâce de Georges V, mais je ne suis même pas anglais, et surtout je suis libre, moi ! Il fallait les voir, ces pseudo-pirates, à genoux pour qu'on les pardonne et qu'on leur donne du « monsieur ». Ils ont même repris des lettres de corsaire pour chasser leurs anciens associés. Trop contents de ne pas se confronter à Woods. De la vermine ! Je suis parti, j'ai quitté pour ne jamais y revenir cette région du monde peuplée de traîtres, peuplée d'Anglais, comme par hasard.

Il s'embarqua comme simple officier sur un navire en partance pour l'Afrique,
espérant trouver dans ces régions de nouvelles richesses et moins de risques. C'est en approchant de ces côtes que le destin d'Olivier Levasseur se scella.

L'équipage, après quelques attaques au large du Benin qui leur permettaient de survivre à leur minimum vital, fit enfin une magnifique prise : dans une rade de la Sierra Leone, un vaisseau armé de vingt-deux canons de la Royale African Company. Le navire était, d'après Levasseur, sublime et fier, taillé pour la course et le combat. C'est la stratégie de Levasseur qui permit le succès de cet abordage. En effet, leur embarcation ne pouvait vaincre un vaisseau aussi puissant dans un combat académique. À la vue du pavillon anglais, nos pirates rangèrent leur drapeau « officiel » à tête de mort, pour hisser un drapeau anglais. Puis ne laissant qu'un homme à la barre, une grande partie de l'équipage armée jusqu'aux dents alla s'entasser dans les cales, tandis que d'aucuns ayant enlevé leur signe de reconnaissance de pirates restèrent sur le pont, allongés. Le bâtiment ressemblait désormais à un bateau de la marine marchande en bien mauvaise situation, avec un équipage à bout, souffrant du scorbut ou d'un autre fléau des navigateurs de l'époque. Le plan était simple, venir au plus près du navire anglais sans se faire démasquer et rester de front à la proue de l'ennemi pour éviter les dégâts de sa puissante artillerie. Un sloop pirate n'avait pas la force de feu nécessaire pour combattre à armes égales, mais au corps-à-corps, la victoire n'était plus qu'une question d'hommes, de courage ou plutôt de rage au moment de l'abordage.

Je regardais ce coq sautant et agitant ses ailes pour me mimer le combat. Je les voyais ces hommes, sur leur bateau usé par la mer et l'aventure, à l'affût d'une proie bien trop grosse pour eux. Je les imaginais la peur au ventre, mais assez fous pour croire à la victoire. Je sentais l'odeur du pont, une odeur de bois humide d'eau de mer et de pourriture. Je sentais l'odeur des hommes aussi, entassés dans les cales, une odeur forte et agressive, une odeur de fauves, de transpiration et de rhum. Je me surpris à bloquer mon souffle pendant la description de l'abordage.

Les bateaux n'étaient plus qu'à quelques mètres l'un de l'autre, se touchant presque du bout du nez. Au cri du barreur, les hommes se ruèrent d'un coup, abordèrent avec des hurlements venant de partout, des cris de rage, des cris de peur, des cris de douleur. Il y avait du sang, bien sûr, poisseux et glissant, qui se mêlait à l'eau croupie et la crasse du pont, formant une mélasse infâme et odorante dans laquelle il était difficile de tenir debout et de combattre. Il y avait beaucoup de fumée qui sortait des armes, cachant à l'adversaire leur projectile meurtrier, les yeux brûlaient et pleuraient de l'irritation autant que de la frayeur commune aux deux camps. Enfin et surtout, il y avait beaucoup de confusion. Une confusion gigantesque et furieuse au milieu de laquelle chacun survivait comme il le pouvait.

Le combat, parce qu'intense, fut court. Très vite, les pirates prirent le dessus et l'équipage anglais déposa les armes à l'annonce de la mort de son commandant. La rage avait eu raison de la force. Au milieu de ce carnage, Olivier Levasseur se tenait fièrement couvert de sang, le sien aussi bien que celui de ses adversaires. Il avait un éclat de bois planté dans le flanc gauche, figé à travers sa tunique, comme sortant de sa poche et une estafilade tout le long de la cuisse du même côté, que l'on voyait à travers son pantalon en lambeaux. Il ne ressentait aucune douleur, encore drogué par l'adrénaline du combat.

L'ensemble des hommes attendait ses ordres, ne portant plus d'intérêt à leur capitaine officiel. Ses choix d'abordage et sa fougue au combat faisaient de lui le chef légitime. Chez les pirates, le boss est nommé par l'équipage, et non imposé. Le capitaine fut donc unanimement destitué à l'avantage de Levasseur, qui scella son destin dès sa première décision de commandant.

Il proposa aux matelots adverses de rejoindre sa confrérie, ce qui se faisait souvent, permettant à un équipage pirate de compenser les pertes, et permettant aussi à des hommes qui vivaient dans des conditions abominables de faire un choix de vie, pas moins difficile mais plus libre. L'appât du gain facile jouait souvent en faveur de la piraterie. Une vingtaine d'hommes accepta de se ranger sous les couleurs du *Jolly Roger*, la fameuse bannière pirate à la tête de mort. Les autres membres de l'équipage, qui ne voulaient pas rejoindre la flibusterie, mis à part les gradés, furent embarqués sur le vieux et fatigué bateau pirate. Celui-ci était en mauvais état et l'équipage avait pris la décision de l'abandonner, et d'utiliser désormais le fier galion anglais qui leur permettrait une plus grande efficacité. La prise était d'importance, ils avaient maintenant un puissant navire. On donna donc aux vaincus le minimum de vivres nécessaires à leur survie jusqu'à trouver une terre d'accueil. Le bateau fut désarmé et ne garda qu'une voile ; ainsi ils ne pouvaient qu'espérer arriver à un port, et rien de plus… et encore, bien lentement. Les pirates se protégeaient ainsi d'une contre-attaque trop rapide. Les officiers et le reste de l'équipage regardèrent inquiets partir libres leurs anciens marins sur ce vieux sloop qui faisait plus penser à une embarcation de fortune qu'à un navire, sachant désormais qu'un de leurs plus grands espoirs de survie disparaissait lentement à l'horizon.

Ce genre de décision était courante chez les pirates. On prenait les richesses et parfois le navire, mais on laissait souvent une chance de survie à ses ennemis, par respect du combattant. En l'occurrence, la vraie prise était le navire ; les pirates passaient d'un sloop d'un mât à une magnifique frégate taillée pour la guerre et armée jusqu'aux cales.

Mon coq ébouriffé était un sacré combattant. J'essayais de l'imaginer couvert du sang de ses adversaires autant que du sien, en train de décider froidement du sort des vaincus. Mes sentiments étaient troubles, entre admiration et frayeur.

La suite des actes de Levasseur alimenta définitivement sa légende de capitaine sanguinaire. Après avoir libéré l'équipage anglais, il installa tous les officiers et le reste des hommes fidèles à leur commandement sur trois chaloupes. Chacune ayant droit à un tonneau d'eau douce et une paire de rames. Tous entassés sur ces barques à la limite de la surcharge, ils avaient peu d'espoir de revoir un rivage et le savaient. Enfin, il leur livra enchaîné leur ancien capitaine pirate, expliquant que, s'ils avaient été incapables de combattre de vrais hommes, ils pourraient toujours, s'ils survivaient, juger un lâche. Les hommes de Levasseur furent choqués du sort prévu pour leur ancien capitaine. En effet, il n'est pas rare chez les pirates de destituer un capitaine, en général la règle veut qu'il soit abandonné dans une barque ou sur une île avec de l'eau douce et

une arme, lui laissant, s'il a beaucoup de bravoure ou de chance, une possibilité de vivre. Mais le rendre aux autorités d'un État semble inacceptable, c'est une traîtrise au principe même de la piraterie. Un pirate mourant au cachot équivaut à un viking mourant dans son lit. On ne peut pas livrer un homme à une justice que l'on a toujours reniée.
- Vous avez raison ! dit Levasseur. Nous devons plus de respect à votre vieux capitaine !
Et sans plus de discours, il fit canonner les trois chaloupes, regardant en riant mourir sous ses yeux tous ces hommes. Personne ne dit rien, le capitaine avait trouvé une autre solution, plus noble pour un forban, au destin de leur ancien capitaine.
En piraterie, le capitaine n'est pas maître à bord, l'équipage l'a nommé et peut le destituer. Or, personne n'avait réagi, son équipage n'était pas troublé par le meurtre, mais choqué par l'emprisonnement. Levasseur avait donc gagné, il était désormais le capitaine indiscutable d'un des plus puissants navires de l'Atlantique.
J'avais froid dans le dos en imaginant cette bande de bandits s'émouvoir du jugement d'un des leurs, mais riant aux éclats de la mort de dizaine d'autres sans défense. Levasseur, capitaine, était aussi dur que le coq qui sous mes yeux venait de massacrer froidement un lézard.
Le reste de leur journée ne fut que beuverie, la cargaison récupérée contenait de nombreux tonneaux de rhum. Ils découvrirent aussi en fond de cale une cinquantaine d'esclaves hommes et femmes que l'équipage anglais s'était apparemment attribués pour les basses œuvres et la détente des officiers. La sauvagerie d'Olivier Levasseur à l'égard des officiers anglais n'eut d'égal que la gentillesse avec laquelle il imposa que l'on traite ces esclaves qui, après avoir été nourris, furent ramenés vers la côte de leur continent et libérés. Les rires et les cris nagèrent au large durant une grande partie de la nuit. Au matin, la poésie alcoolisée des pirates avait été productive. Le capitaine Olivier Levasseur, au profil d'aigle avec son nez fort et tortueux et ses traits secs et allongés, avait combattu sans état d'âme, se jetant

sur sa proie comme un rapace ; son équipage l'appelait en ce nouveau jour « LA BUSE ».

Ainsi La Buse et son nouveau bateau rebaptisé *Le Duc d'Ormonde* hantèrent les côtes africaines et principalement la rivière Sierra Leone, l'une des plus grandes rades d'Afrique. Pendant une année, avec ses vingt-deux canons et une petite centaine d'hommes, il rendit le commerce de la Royal African Company difficile, voire impossible. Il s'associa à Thomas Cocklin et Howell Davis et à eux trois montèrent une flotte intrépide. Le commerce du « bois d'ébène » comme l'on disait à l'époque pour parler de l'esclavage, un négoce certes lucratif mais de plus en plus risqué –, ainsi que celui des épices et des matières premières, fut attaqué. Pas un seul armateur européen n'échappa à La Buse. Les bateaux étaient pillés, les esclaves relâchés choisissaient eux-mêmes le sort de leur ancien bourreau. Par cette méthode, La Buse avait créé un réseau de pied-à-terre, avec le meilleur accueil de la population locale possible, sur l'ensemble de la côte ouest africaine. Ses trois navires avaient des ports d'attache partout. Les flibustiers avaient pour les habitants de ces côtes un air de Robin des Bois. Ce n'était pourtant pas le cas et ils ne travaillaient que pour eux. Mais la libération des esclaves et l'achat sans négocier de nourriture et autres fournitures indispensables, dans les villages, les rendaient extrêmement populaires.

Après une longue année, ils décidèrent de descendre les côtes guinéennes. Durant ce cabotage, ils rencontrèrent John Taylor, qui devint le second de Cocklin. Olivier Levasseur fit une prise au large de l'Angola qui devint son nouveau bateau *La Reine des Indes*.

À peine commencée, la relation entre Levasseur et Taylor fut tendue. Deux fortes têtes face à face n'étaient pas une situation rare chez les pirates, mais ces deux-là s'opposaient trop facilement. Levasseur, loin d'être tendre, n'appréciait pas le caractère de Taylor. Celui-ci, ancien de la Royal Navy, déserteur, était brutal, paranoïaque et sanguinaire. Il torturait sans raison les prisonniers, se disputait avec son propre équipage et faisait régner la terreur sur le bateau de Cocklin.

Finalement vers 1720, ils passèrent le Cap pour aller couper la route des navires de la Compagnie des Indes orientales fraîchement créée par la France. Les cales de ces navires devaient être plus richement remplies que les négriers de la côte africaine et leur réputation sur cette partie de l'océan Atlantique commençait à nuire à leur intérêt. *La Reine des Indes* et son capitaine partirent pleins d'entrain dans l'océan Indien, ils abordèrent de nombreux bateaux avec parfois de belles prises et parfois des pertes et des dégâts importants. C'est à cette période que La Buse découvrit Madagascar et ses côtes pour y trouver refuge le temps de réparer la coque du navire ou de faire des réserves d'eau douce et de fruits. La Buse profita de ce nouveau dynamisme pour s'éloigner de ses camarades et particulièrement de Taylor. Tandis que ceux-ci allaient vers l'île Sainte-Marie, lui partit vers les Comores. Après une période sur la côte ouest comorienne, il découvrit lui aussi l'île Sainte-Marie où il pouvait sans risque rester à l'ancre le temps nécessaire à ses réparations ou à se faire un peu oublier. La petite île était à l'époque le port d'attache de nombreux navires pirates, et la baie des Forbans redonnait au capitaine les impressions de l'île de la Tortue à l'apogée de la période Caraïbienne. La Buse y retrouvait régulièrement Taylor qui, à la mort de Cocklin, avait pris le commandement du *Victory* et s'était associé à un jeune pirate du nom d'Edward England.

La Buse, puisqu'il semblait s'appeler ainsi bien qu'il ne soit que coq, était de plus en plus excité au fil de son récit. Il était désormais complètement ébouriffé, si on peut dire cela des plumes. Sa crête, qu'il redressait rapidement toutes les cinq secondes, semblait servir de métronome à son discours. Je crois qu'il était heureux, excité, du bonheur de tous ces souvenirs.

- Regarde cette baie, petit. À l'époque dont je te parle, il y avait en permanence deux à cinq galions pirates à l'ancre dans ces eaux chaleureuses. Il n'y avait évidemment pas cette affreuse digue qui relie les deux berges et l'enferme. Cet îlot au centre était pour nous notre territoire, l'île des Forbans, comme disent

les gens d'ici. Nous y partagions nos butins, les souvenirs de nos différents pays d'origine, nos plus belles aventures. Qui revenait des côtes de Goa et ses richesses, qui était allé vers Anjouan et ses marchés, qui débarquait du Mozambique et ses secrets. Quand nous étions de relâche, nous organisions des feux le soir sur la berge. La baie était éclairée de mille flambeaux toutes les nuits. Nous buvions, chantions sans arrêt, jusqu'aux prochains départs. Les Malgaches avaient des accords commerciaux avec nous, ils nous fournissaient du bois, de l'eau et nous leur assurions notre protection. Nous avions construit un quai pour accoster. Le port de l'îlot des Forbans valait bien Plymouth ! On se baignait, les eaux peu profondes étaient propices aux diverses réparations nécessaires sur les navires. Peu à peu, une économie locale autour de nos trafics s'était installée sur l'île. En plus du commerce, il y avait les filles, toutes plus sucrées les unes que les autres. Enfin je m'égare, tu n'as pas, à ton âge, besoin de connaître des détails historiques sans importance pour nous actuellement. Il y avait des forgerons, des armuriers et certains pirates posaient définitivement leur sac sous un cocotier.
Cette île reste et doit rester un territoire unique : ici, les pirates n'ont jamais été rejetés ; ici, les habitants n'ont jamais été agressés par les pirates. Nulle part ailleurs, cette entente n'a duré : soit les pirates, soit les indigènes, ont fini par vouloir prendre le pouvoir. Ici, nous avions tous compris, nous étions plus forts ensemble. Sans ces maudits qui ont offert l'île à la France, nous serions toujours là, sur notre île !
Il s'immobilisa un instant regardant la baie avec une émotion certaine, puis il se jeta soudain de trois coups d'ailes dans les hautes herbes derrière lui, pour réapparaître avec une grenouille vert électrique plantée dans le bec. Après une seconde, il la projeta violemment d'un geste rapide de tête.
- Je déteste les mouchards !
Sans rien expliquer de plus, il reprit, intarissable, l'histoire de sa vie. Il avait des réactions parfaitement imprévisibles, le rendant encore plus inquiétant. Dans la crainte de toute réaction violente, je restai stoïquement à l'écouter, ma décision était

prise, je ne ferais rien tant qu'il n'aurait pas fini son histoire. Il y tenait beaucoup et moi je tenais beaucoup à ne pas le contrarier, je ne voulais pas finir comme le lézard ou la grenouille.

Sainte-Marie était donc l'un de ses ports d'attache. Son territoire de chasse était un grand triangle dont les trois angles étaient formés par le Cap, le Yémen et la côte indienne. Ses faits d'armes dans l'océan Indien furent nombreux, mais malgré ses ruses et ses talents, La Buse connut des échecs et des difficultés. Pris par une tempête, *La Reine des Indes* finit sa carrière échouée sur les côtes de Mayotte : un capitaine sans bateau ne commande plus grand monde, mais son équipage, qui continuait à lui accorder sa confiance, lui resta fidèle.

Ils rejoignirent Anjouan, une autre île des Comores, où le capitaine Taylor proposa à La Buse de rejoindre son équipage. En effet, England et lui avaient connu une très grosse bataille contre deux navires anglais de la East India Company bien armés. Ils avaient eu gain de cause mais avec de nombreuses pertes et Taylor avait besoin d'hommes pour refaire son équipage. Ainsi réunis, ils partirent tous vers les côtes indiennes, cette expédition fut un fiasco. En effet, les Anglais avaient monté une flotte pour combattre les pirates et c'est le capitaine James Mackaw qui en avait pris la tête. Ils durent fuir vers l'île Maurice face à cette flotte bien trop importante, qui désormais allait leur poser bien des problèmes sur leur territoire de chasse. Or ce capitaine James Macraw n'était autre que le commandant du *Cassandra* attaqué quelques mois auparavant dans la baie d'Anjouan ! C'est England qui avait épargné le capitaine anglais, le sortant des griffes de Taylor à ce moment-là.

Arrivé à l'île Maurice, England dut rendre des comptes. Son équipage était furieux, Taylor hystérique, et La Buse observait les événements sans encore trop prendre parti.

Taylor était un pirate colérique, ivrogne et dangereux ; non content d'avoir destitué England, il voulait en plus sa mort. La Buse n'avait pas vraiment le choix et accepta d'abord l'association avec cette brute. En effet, Taylor lui proposait de reprendre le commandement d'England. Commander le *Victory* avec un bel équipage de cent trente hommes ne se refuse pas. Taylor voulait l'obéissance absolue de tous ses hommes, La Buse quant à lui n'obéissait qu'à lui-même et ne considérait pas Taylor comme son supérieur, mais plutôt comme un associé temporaire.

Il semblait que La Buse jugeait différemment les actes, s'ils étaient commis par lui ou par un autre. Il n'avait en effet attendu personne pour sceller le sort de son ancien capitaine sur les côtes africaines, par des méthodes guère plus recommandables que celles de Taylor. Les deux hommes se tenaient tête, et ni l'un ni l'autre n'avait l'intention de se laisser diriger. La Buse, même à bord d'un bateau qui n'était pas à lui, resterait seul maître sur son pont ; Taylor, lui, avait besoin d'un autre capitaine.

Alors que le sort d'England était fixé, La Buse arriva par la ruse à le sauver. Évidemment, ce fou de Taylor proposa de torturer le capitaine destitué. La Buse se jeta sur l'occasion, argumentant que jamais des pirates n'avaient fait subir de tortures à un ancien capitaine, même s'il faisait des mauvais choix. Les pirates ne pouvaient rompre avec leur règle et leur « moralité ». Par ce discours plein de principes totalement inventés, il arriva à retourner son équipage et même une partie de celui de Taylor. Celui-ci, sentant une mutinerie possible, se ravisa et accepta le marronnage d'England sur Maurice au lieu de la peine de mort. Poussant l'insolence jusqu'au bout, Levasseur au moment du départ embrassa England en lui laissant plus de vivres que la règle ne l'exigeait en espérant le revoir bientôt.

- Un marronnage est un marronnage, j'en conviens, et je suis le premier à respecter les règles ! Mais, ma foi, le petit Anglais m'était sympathique. Une arme, un baril d'eau et un peu de poudre, c'est la règle, mais cela ne coûte pas d'ajouter un fusil et un peu de viande salée ! Et puis, voir ce fou de Taylor les yeux sortis des orbites, rouge comme une tomate, furieux, prêt à me tuer pour désobéissance était un tel plaisir. On m'a dit d'ailleurs que le petit est arrivé à quitter l'île et à rejoindre Madagascar, après je ne sais pas ce qu'il est devenu. Mais ça me fait bien plaisir qu'il n'ait pas fini sur une île déserte.

Quoi qu'il en soit, Taylor et La Buse naviguèrent ensemble. Désormais, le capitaine Levasseur commandait le *Victory*, et Taylor le *Fancy*. Au fur et à mesure de leur périple, Olivier Levasseur avait de plus en plus de mal à s'accommoder du caractère de Taylor. Ses décisions hâtives et impulsives mettaient en danger les deux bateaux et leurs équipages. De nombreuses fois, les choix de Taylor auraient pu coûter la destruction d'un des deux bateaux. Il était avide et mégalo, à l'inverse de Levasseur qui préférait attaquer lorsqu'il était sûr de sa domination. La Buse s'accommoda de ces conditions, attendant tel un rapace l'occasion d'agir et de se séparer de Taylor. Peu à peu, son équipage ne fit confiance qu'à lui, tenant Taylor pour un arriviste maladroit.

C'est à cette période qu'ils firent l'une des prises les plus légendaires de l'histoire de la piraterie. Le 20 avril 1721, revenant vers La Réunion pour faire le stock d'eau douce et de fruits, les deux navires pirates tombèrent en baie de Saint-Denis sur le *Virgem de Cabo*, un bâtiment aux couleurs portugaises de soixante-douze canons. Le bateau avait subi des gros dégâts pendant un cyclone et restait en rade pour réparation. Pour éviter le naufrage, les canons avaient été en grande partie jetés à la mer et le navire était désormais bien mal armé. Le bateau était à l'ancre sans protection particulière, la majorité de l'équipage étant de relâche à terre. En effet, le gouverneur de Saint-Denis organisait une fête pour recevoir correctement ses hôtes portugais. Nos forbans profitant de la nuit vinrent se placer de part et d'autre du navire, empêchant toute manœuvre de dégagement. Après quelques coups de semonce, ils dominèrent et prirent le gigantesque vaisseau sans combat, sous les yeux horrifiés des convives à Saint-Denis.

La prise était énorme : ils trouvèrent des quantités colossales de marchandises, des barres d'or et d'argent, les plus belles soies, des diamants et autres pierres précieuses, des objets d'art en or ciselé de pierres précieuses, ainsi que deux vases d'une immense valeur et le crucifix de Goa en or de plus de deux mètres, serti de rubis.

Et comme un bon gâteau est toujours agrémenté d'une cerise, le vice-roi des Indes qu'on comptait parmi l'équipage s'empressa de rejoindre son navire pour négocier avec les pirates. Ils avaient donc maintenant en plus un otage de qualité !

Jamais, de mémoire de pirate, un tel trésor ne fut trouvé en une seule prise.

La partie était jouée, il fallait maintenant reprendre vite la mer. Il fut décidé que Taylor et son navire repartiraient immédiatement ; quant au *Victory*, il prit la *Virgem de Cabo* en remorque vers Saint-Paul.

Avant de repartir vers l'île Sainte-Marie, le vice-roi fut rendu contre une belle rançon, car pourquoi s'encombrer d'un vice-roi quand on peut avoir de l'argent en échange. Quand ils arrivèrent à l'île Sainte-Marie où ils restèrent presque une année, le butin fut divisé suivant la règle de la chasse-partie qui correspondait au contrat entre les pirates. En effet, chez les pirates, le partage des trésors ne doit rien au hasard. Chacun sait avant la prise la part qu'il aura. Le capitaine avait à peine plus que les autres marins, certains pirates comme le chirurgien ou le charpentier avaient eux aussi une part plus importante, eu égard à l'importance de leur profession. Ensuite, des primes spéciales pouvaient être données pour les blessés. Bref, le comptage était précis, ordonné et n'entraînait jamais aucune dispute.

Toutefois, La Buse, qui avait une meilleure connaissance que les autres des pierres et des objets d'art, se débrouilla pour récupérer un maximum d'objets de prestige, laissant monnaies et valeurs brutes aux autres forbans. Son calcul était malin, et sans le savoir, le reste de l'équipage lui laissait une part bien plus importante que les autres, dont cent dix diamants de Golconde, vingt rubis d'un éclat rarissime, des saphirs et plus de deux cents émeraudes.

Ainsi, la *Virgem de Cabo* fut rebaptisée *The Defence* par Taylor et La Buse récupéra le *Cassandra* qui devint le *Victorieux*. Mais les esprits avaient changé. Depuis la prise de la *Virgem de Cabo*, les pirates étaient fortunés, et certains ne voyaient plus l'intérêt de chasser de nouvelles richesses. Taylor, lui, voulait reprendre la mer, attaquer la ville de Mozambique, ou retourner vers les Caraïbes pour se faire un peu oublier des autorités sur l'océan Indien. Ses projets étaient de plus en plus désordonnés et La Buse saisit l'occasion pour s'opposer à Taylor et prendre le parti des marins qui voulaient s'installer à Madagascar, y écouler leur fortune comme des bourgeois à la retraite. Taylor, qui sentait le vent tourner, voulait en découdre et menaça Levasseur. Un soir où Taylor de plus en plus agressif s'enivrait dans sa cabine, La Buse et ses hommes les plus sûrs maîtrisèrent l'équipage de la *Défense* et désarmèrent le bateau. Quand Taylor réagit, il était trop tard. Son bateau était moins puissant que celui de Levasseur, ses hommes étaient coincés par l'équipage du *Victorieux*, il ne lui restait plus qu'à obéir à La Buse. Il pouvait aller au diable s'il le voulait mais le *Victorieux* et son équipage ne le suivraient pas, si cela ne lui plaisait pas, il serait coulé immédiatement. Taylor, furieux, leva l'ancre et partit vers les Antilles. Là, il chercha à signer une amnistie qu'il finit par obtenir et il termina sa carrière comme propriétaire d'une plantation à Cuba.

- Paysan ! le grand Taylor a fini paysan ! Celui qui se prenait pour un pirate sanguinaire, une légende des mers, finit bien rangé avec son amnistie. La dernière médaille rendue à un ancien de la Royal Navy oui, il n'a jamais été autre chose qu'un laquais, un bon petit chien. Il n'a jamais compris la force d'un pirate, il n'a jamais su ce qu'était notre véritable force. Quel pauvre type !

❖ ❖ ❖

Je m'étais autorisé quelques pas prudents au milieu du fatras ambiant. Dans la douce lumière qui pénétrait par les deux fenêtres de la pièce, je laissais traîner mon regard en attendant le retour de mon hôte. J'avais de plus en plus la sensation d'être dans un musée plutôt que dans un bureau, cette pièce n'avait rien d'officiel. On y trouvait des collections d'objets divers, des

statues, des souvenirs, des photos. En parlant de photo, un peu cachée par la porte restée ouverte, faisant face au bureau, une autre photo, du même format que celle avec les enfants, trônait sur le mur. On y voie le portrait de deux jeunes femmes d'une trentaine d'années maximum. Une grande complicité émane de cet instant, elles rient de bon cœur, en réaction, j'imagine à une remarque du photographe. Belles et heureuses, l'une des deux ressemble beaucoup à la petite fille déjà en photo avec les deux garçons sur la plage. Le même regard noir et profond qui reste, malgré son visage rieur, dur et solennel. La même chevelure frisée à longues boucles et en désordre qui coule en pagaille sur des épaules fines et élégantes. Un port de tête de danseuse, digne, même dans l'éclat de rire, lui confère cette même sensation d'autorité que sur l'autre photo.
La deuxième jeune femme est radieuse et d'une rare beauté. Ses cheveux tirés en chignon bas et serré mettent encore plus son visage en valeur. Sa peau semble fine et fragile, ses yeux sombres en amande sont immenses, presque un peu grands par rapport au reste du visage. Son regard est doux, plein d'amour, entouré de cils grandioses. Son sourire est franc, ses dents blanches sont soulignées par un léger prognathisme de la mâchoire supérieure qui lui donnait une allure un peu enfantine. J'avais rarement vu une femme si belle.
Elles sont très élégantes, on imagine aux bretelles qu'elles portent de magnifiques robes légères pour un jour de fête, de noces ou je ne sais quoi encore. Elles sont représentatives de la beauté malgache des ethnies des hauts plateaux. Je restai, je dois l'avouer, plus longtemps que nécessaire devant cette photo, je crois que je tombai un peu amoureux, mais de laquelle je ne voulais surtout pas devoir choisir.
Pourtant, d'autres objets pouvaient retenir mon attention. La bibliothèque désordonnée où un simple regard permettait d'identifier tout de suite des livres très anciens. Encore une possible collection d'ouvrages rarissimes qui, comme tous les objets de valeur de cette pièce, traînaient là sans protection particulière. Là encore, les choix ne semblaient pas guidés

par les besoins professionnels, il y avait des livres d'histoire, d'ethnologie, de géographie, des romans, même quelques BD perdues entre une *Histoire de Madagascar* et un *Au pays de la fièvre* d'un auteur inconnu. Le même désordre, déjà observé dans tous les coins, emplissait la bibliothèque ; seul le hasard d'une chute aurait pu faire tomber le bon livre entre les mains d'un lecteur insouciant qui oserait tenter une recherche dans ce rempart de papier.

Je préférai revenir à la contemplation de la photo et de mes belles fiancées imaginaires, avant de m'enivrer dans les titres hétéroclites de ces centaines de volumes, qu'un buveur d'encre ne pourrait finir sans une gueule de bois record.

◆ ◆ ◆

- Voilà, petit, tu sais désormais qui est Olivier Levasseur. Ma fortune était faite, et j'ai vite compris que cette île était ma patrie. Je n'ai plus jamais quitté Sainte-Marie. Finalement, je me suis fait avoir par les Français, ils espéraient bien mettre la main sur les trésors que je leur avais volés. Ils m'ont même proposé une amnistie, si je rendais mes biens, encore une ! Tu te rends compte, quelle bande de naïfs ! Moi, La Buse, comme si j'allais donner à ces bureaucrates la clé de mon trésor contre leur pardon. Leur pardon, mais franchement, je n'avais rien à me faire pardonner par ces rats. J'ai fait semblant d'accepter leurs conditions, certains de mes camarades sont mêmes retournés à l'île Bourbon avec leur grâce en poche. Moi, j'ai continué mon petit trafic, rendant aux autorités françaises certains objets dérobés comme d'affreux vases qu'ils pensaient sacrés, pour être un peu tranquille. À l'époque, il n'y avait plus beaucoup de pirates dans la région. Pendant plusieurs années, j'ai été assez tranquille, une petite vie confortable, je faisais à l'occasion le pilote pour l'entrée dans certaines baies malgaches un peu compliquées. Mais je crois qu'à Bourbon ils ne se sont jamais remis de l'humiliation de la *Vierge du Cap* ; faut dire qu'ils étaient bien ridicules avec leur vice-roi et leur archevêque « j'sais pas quoi » portugais coincé sur leur île sans bateau. Il a dû se faire tirer la perruque, le gouverneur. Alors, ils ont repris leur chasse pour avoir le dernier mot, pour me faire enfin baisser les yeux. C'est le capitaine Lermitte qui m'a eu, un malin, il m'a ramené au fer au fond de son bateau, sans panache. Le temps est passé et ils n'ont rien eu ; six mois, qu'ils m'ont gardé pour avoir mon trésor. Six mois enfermé, moi qui n'ai été pirate que pour la liberté, la pire des tortures. Mais ces imbéciles ne le comprenaient pas, eux qui vivaient cloîtrés sur leur île, dans leurs principes, dans leur éducation, dans leur famille et que sais-je encore ! Alors, régulièrement, ils m'ont torturé pour avoir des infos, je te passe les détails sans intérêt des jeux de ces lâches, et ils ont fini par me pendre, à La Réunion, là où je leur ai pris la *Vierge du Cap*. Les imbéciles ne savaient rien ; je me suis même fait plaisir en leur faisant une carte mystérieuse, un cryptogramme pour mon trésor, dans la plus pure tradition romantique du pirate d'opérette. Six mois à t'entendre poser la même question, tu finis par t'amuser à leur répondre ! Alors, au fond de ma geôle, je leur ai écrit une « carte au trésor », un texte codé à la signification incompréhensible à celui qui n'est pas initié, et tout cela dans un alphabet secret, bien sûr !

Ah, ah, tu les aurais vus se jeter sur le document quand je leur ai sorti ça de ma poche juste avant de monter sur l'échafaud, quel beau spectacle ils m'ont offert pour mon départ ! Ils cherchent encore, ces sots, ils n'ont rien compris. Je suis toujours là, au XXIe siècle, à parler avec toi, malgré les condamnations, malgré la pendaison. Ils n'avaient pas la moindre idée de la valeur de mes biens. Tu le sais, toi ?

Il s'était immobilisé, même sa crête ne bougeait pas, retombant sur son œil gauche, et me regardait fixement, comme s'il essayait de sonder mon esprit.

- Non, tu ne sais pas, toi non plus, c'est bien ce que je pensais. Allez, continuons notre promenade et ton éducation, je ne peux pas te garder trop longtemps. Personne ne doit se douter de rien. Suis-moi !

Je marchai donc derrière le coq, remontant par un petit sentier cette butte herbeuse. Au sommet, nous arrivâmes sur un terrain plat et pelé. Derrière une rangée de manguiers, je découvris un cimetière à l'abandon. Les stèles étaient rongées par le temps, quand elles n'étaient pas brisées ou renversées. Quelques ravenalas et palmiers protégeaient du vent ce site dépouillé. Au bout de ce cimetière fantomatique, on surplombait toute la baie avec une vue magnifique sur l'île des Forbans au centre et l'église d'Ambodifotatra sur l'autre rive de la baie en arrière-plan.

- Voilà, petit, tu as ici quelques-uns de mes compagnons, et bien d'autres pirates qui ont vécu sur cette île. Cette butte est *fady* pour les gens d'ici ; c'est un lieu tabou dans leurs croyances, ils nous l'avaient donc laissé pour enterrer nos camarades qui mouraient de fièvre ou de blessures mal soignées. Quand les pirates se sont peu à peu éteints, le cimetière est resté à l'abandon, puis plus tard des crétins sont venus saccager les sépultures, croyant y trouver nos trésors ! Mais ils n'ont rien découvert et pour cause, ce n'est pas là, ni comme ça qu'il faut chercher. Le forban ne croit pas à la vie éternelle, pourquoi voudrait-il partir riche ? Et cette passion de creuser perpétuellement le sol, on n'a jamais rien planté nous ; nous sommes pirates, pas cultivateurs, l'argent ne pousse pas, c'est pourtant bien connu non ? Minables abrutis !

Il ronchonnait dans ses plumes, parlant à des êtres imaginaires ; une fois de plus son humeur sautait du calme à la colère comme du souvenir au rire en fonction de je ne sais quel raisonnement obscur de son esprit.

- En tout cas, c'est ici et sur quelques autres sites à Madagascar que s'est finie l'existence des pirates. Les États se sont gargarisés de notre disparition, ils pouvaient commercer sans crainte désormais, ils nous avaient battus. Nous, le petit grain de sable qui dérangeait tout leur grand rouage mondial. Ha, ha, ha ! non mais, imagine-les ! Bouffis d'orgueil, persuadés d'être des vainqueurs. Nous n'avons jamais perdu ! Nous nous sommes installés à terre et notre projet a continué. Mais ils ne connaissaient pas notre projet, tous ces rois, toutes ces nations

brillantes de leur suffisance. Toi, petit, « Andrasana », comme il faut t'appeler paraît-il, tu es là pour nous aider dans ce projet. Personnellement, je ne vois pas comment un mousse de ta trempe pourra assumer ce rôle, mais les autres m'ont demandé de te faire confiance, d'essayer. Alors je suis là avec toi, mais que les choses soient bien claires entre nous, petit : je ne te fais pas confiance, je ne crois pas que tu sois des nôtres et je te tiens à l'œil !
- Mais je n'ai rien demandé moi, je ne veux pas de votre amitié, d'abord !
- Mon amitié !? Mais tu rêves, qui te parle d'amitié ? Je n'ai pas d'amis, je suis La Buse, je n'ai besoin de personne, et encore moins qu'un morveux me réponde !
- Très bien, ça suffit comme ça ! Si vous n'avez besoin de personne, et puisque je suis trop petit, eh bien je rentre. J'en ai marre, moi, de ces histoires, j'ai pas demandé à vous écouter me raconter votre vie. J'ai rien demandé du tout, même !
Sur ces mots, je tournai le dos à ce volatile irascible et commençai à repartir vers le sentier. J'avais crié, j'en avais marre, dix ans ou pas, j'avais le droit moi aussi d'avoir mon opinion, et je voulais retrouver mes parents. Ça devenait complètement ridicule, je m'habituais presque à me disputer avec un coq. En un instant, il bondit et atterrit sur une stèle juste devant moi, me coupant le passage dans une volée de plumes.
- Arrête ! Mais tu te prends pour qui, petit merdeux ?! J'te demande pas de m'apprécier. Tu dois écouter mon histoire jusqu'au bout. La vieille sorcière t'a rien expliqué ?
- Elle m'a dit que j'étais attendu par un peuple disparu et que moi seul pouvais décider, et moi, j'en ai assez ! Alors au revoir !
- Quoi ? Celle-là, elle est vraiment pénible, « toi seul peux décider », non mais franchement, elle t'a dit ça ?
- Oui, elle m'a dit ça !
- Elle commence à me fatiguer, l'ancêtre. Tu crois vraiment que tu peux partir comme ça avec tout ce que tu sais, tu crois vraiment que tu décides pour tout le monde ? Écoute-moi bien, mon garçon, nous sommes là depuis des lustres, et ta petite

existence n'est pour moi qu'un détail ; alors que les choses soient bien claires : que tu aimes ou pas mes manières, tu dois écouter mon histoire jusqu'au bout. Tu en sais trop ou peut-être pas assez, mais tu es dedans jusqu'au cou ! Alors tu ne quitteras ce cimetière qu'à la fin de mon histoire, ou tu ne le quitteras pas.

Je voyais qu'il se maîtrisait et qu'il avait fait un gros effort pour se calmer, il valait mieux le laisser continuer, il serait toujours temps plus tard de l'éviter si je ne voulais plus en entendre parler. Je baissai donc le ton et les yeux.

- Allez-y, je vous écoute.

- T'es courageux ou inconscient ; en tout cas, tu tiens tête au capitaine Levasseur, c'est assez rare pour être remarqué. Allez, va, tu peux m'appeler La Buse.

Ce coq était fou et même peut-être dangereux ; une minute auparavant, je croyais qu'il allait me massacrer et à présent il me faisait un numéro de charme. D'un autre côté, il n'y avait rien à faire, il me fascinait. Je n'arrivais pas à avoir vraiment peur de lui, quelque chose dans son attitude le rendait sympathique. Il était pirate, brutal, colérique, mais aussi attachant, passionné et drôle. Je décidai donc de faire profil bas et de me laisser guider.

- Ouaip... Bon, cache ta joie, mon garçon. J'connais pas beaucoup de demi-portions comme toi qui ont la chance de me côtoyer, mais enfin, puisqu'il paraît que t'es spécial... ça doit être pour ça. Donc je reprends, viens t'assoir là et mange un peu ton repas, va. T'es déjà pas épais, je voudrais pas que tu finisses de fondre avant la fin de l'histoire. Assieds-toi, je te dis ! Celui qui est là ne t'en voudra pas de poser tes fesses sur sa dernière demeure, ne t'inquiète pas.

Je m'installai donc sur une vieille pierre moussue aux inscriptions effacées par l'érosion. C'était mon premier pique-nique en compagnie d'un coq flibustier, dans un cimetière pirate abandonné.

- Et Solofo ? J'ai un sandwich pour lui.

-Te bile pas pour cette vermine, il est malin ; à l'heure qu'il est, il a déjà fini de manger.

- Et vous, capitaine La Buse, vous en voulez ?

J'avais hésité à le nommer capitaine, ce n'est pas si fréquent qu'un coq ait un nom. Mais il fallait bien reconnaître que peu à peu je m'habituais ; la situation ne me paraissait plus si invraisemblable, je ne comprenais toujours pas comment c'était possible, mais le coq était bien là, et il parlait, alors autant faire avec.
- T'es gentil, donne un bout de ton poisson, je vais picorer pour t'accompagner.
Après un début difficile, l'ambiance commençait à se détendre entre nous. Il avait des sautes d'humeur assez imprévisibles, il était sale et mal élevé, il était cruel et agressif, bref c'était un pirate comme dans les histoires à la télé ou dans les livres, et j'adorais ça. J'en profitais, on ne peut pas toujours vivre un rêve alors là je préférais continuer pour voir. En plus, je voyais bien que, sous son air mal léché, il m'appréciait. Il n'était pas mécontent de pouvoir transmettre son savoir.
- Alors, monsieur La Buse, il y a d'autres pirates comme vous ?
- Capitaine, garçon !! Capitaine La Buse, pas monsieur. Un « monsieur » est un homme qui n'est pas allé au bout de ses rêves, qui a préféré suivre docilement le troupeau et obéir. Un « monsieur » est un lâche, qui recherche le respect, en jouant le seigneur avec trois sous et beaucoup de simagrées. Je suis pirate, je suis capitaine sans bateau, je suis Olivier si tu veux, mais pas « monsieur » !
-D'accord, capitaine, je vous présente mes excuses.
- C'est rien, t'inquiète pas, me dit-il en me mettant un coup d'aile sur le flanc. Des pirates, hein ? Il y en a d'autres en effet, dont certains d'ailleurs qu'il faut que tu rencontres, mais chaque chose en son temps ; d'abord je finis mon histoire, et tu te tais, parce que je perds le fil avec tes questions, c'est pénible. Ainsi donc, disais-je, les royaumes ont cru nous avoir éliminés. Mais cela ne leur suffisait pas. Ils ont décidé ensuite de se partager le monde, s'installant de force dans les pays qui les intéressaient. Moi et d'autres, nous avons été témoins du sort réservé à Madagascar. Détruisant tout ce qui ne convenait pas à leur supposée morale, personnes, cultures, habitudes et libertés. Les

gens d'ici se sont bien fait avoir, je te le dis. Ils nous ont regrettés, nous et nos mauvaises manières. Fini le commerce, les échanges, tous nos principes ont été écrasés. Alors certains nous ont aidés à protéger nos trésors, à nous organiser. Patiemment, nous nous sommes cachés et nous attendons le bon moment pour refaire surface. Il y a eu les conflits ethniques. Il y a eu la colonisation, l'exploitation, la modernisation, l'indépendance, la révolution. Il y en a eu des choses : à chaque fois un nom différent et pourtant toujours le même résultat. Rien, jamais rien pour de vrai, jamais la liberté de prendre son destin en main, le grand air, le large, la piraterie, quoi ! Jamais nous ne l'avons revue. Mais maintenant nous sommes prêts, il ne manquait que toi !
Il restait là à me regarder sans rien dire de plus, picorant son bout de poisson fumé. Moi je finissais mon sandwich, me promettant de ne pas poser de questions sans autorisation préalable, il allait encore s'énerver sinon.
- Ben quoi ? Tu restes comme ça à manger sans rien dire, tu n'as plus de questions ?
- C'est fini ?
- « C'est fini ? » Tu me tues, toi ! Ben oui, c'est fini !
- Comment ça, c'est fini, mais je fais quoi ? C'est quoi mon rôle ?
- Mais j'en sais rien, moi ! T'es « l'Andrasana », comme dit ta vieille copine, alors tu devrais savoir, non ?
- Je suis désolé, capitaine, mais je ne comprends rien.
- Ben merde alors ! Bon, on se calme, il faut que tu rentres bientôt, il nous reste peu de temps. Si tu es là, c'est bien que tu sers à quelque chose, sinon je vois vraiment pas l'intérêt d'un enfant en short. Ou alors t'as pas encore compris, moi de toute façon on ne me dit jamais rien, ou il nous manque des éléments peut-être. Voila ce qu'on va faire : tu vas retourner voir la vieille, elle a sûrement d'autres choses à te dire, il faut lui sortir les vers du nez à celle-là. Et te laisse pas faire par ses phrases à énigmes. Pendant ce temps, je vais organiser une rencontre avec Long Ben.
- Qui est Long Ben ?
- Un vieux forban, un Anglais qui se croit supérieur à tout le monde puisqu'il est anglais. Lui non plus ne dit pas tout, à

toi il expliquera sûrement plus de choses, il t'attend comme le messie ! C'est lui qui m'a dit de te contacter. C'est notre doyen, il est respecté. Mais c'est un Anglais ! Il faut toujours se méfier des Anglais ! T'es pas anglais, toi ?
- Non, capitaine.
- À la bonne heure, et tu ne me caches rien, n'est-ce pas ?
- Non capitaine, mais par contre vous ne m'avez pas dit quel était votre projet ? Peut-être que cela nous aidera à comprendre.
- Non ! C'est trop tôt, et puis c'est un projet commun. Je n'ai pas bonne réputation je le sais, mais j'ai un code d'honneur, notre communauté doit s'accorder avant de te donner plus d'informations, je ne déciderai pas pour les autres. Nous sommes un équipage, le dernier équipage des frères de la côte, et nous votons ensemble nos décisions, ce sont les règles de la piraterie. Allez viens, il faut que tu rentres. Encore une chose : Solofo est malin, il peut être un bon allié pour toi. Il ne m'aime pas, ça a peu d'importance, personne ne m'aime, mais crois-moi, il est droit et courageux ce gamin, tu peux avoir confiance en lui.

En redescendant du cimetière, derrière le capitaine Levasseur, j'avais un peu honte de moi. Devant moi, marchait un coq fier et respectable. Je savais pourquoi depuis le début, malgré la peur, il me fascinait. Il était noble et orgueilleux dans tout ce qu'il y a de plus chevaleresque. Il avait donné sa parole à ses compagnons d'armes et son code d'honneur lui interdisait de changer de cap. C'était un volatile de confiance et moi je ne lui avais pas tout dit. Je ne lui avais pas parlé de ma famille et de l'étrange rencontre que j'avais eue avec mon ancêtre. Je ne lui avais pas parlé non plus de Ramasombazaha ni de son roi, fils de pirate. La grand-mère de Solofo m'avait dit de me méfier de lui, mais elle m'avait aussi dit que je trouverais mes meilleurs alliés ici. Le capitaine Levasseur était peut-être l'un d'eux, finalement. J'en étais là dans mes pensées en traversant le pont de pierres glissantes, quand j'aperçus Solofo dans la mangrove. Il était immobile, droit comme un I, nous regardant arriver l'air terrifié. Devant lui, des dizaines de crabes de palétuvier dressés sur leurs pattes faisaient

claquer leurs pinces frénétiquement. À l'approche de La Buse, ils baissèrent la garde, dans un signe de soumission.
- Suffit, les coriaces ! Calmez-vous, il est avec nous ! N'est-ce pas, Solofo ? Tu peux ramener le petit, maintenant. Tu as bien fait d'attendre ici, ces canailles t'auraient déchiqueté si tu avais voulu passer le pont. Andrasana décidera de ce qu'il veut te dire, tu n'as pas de questions à poser. C'est clair ?
- Oui.
- Bien, partez maintenant ! Andrasana, je te contacte, et je compte sur toi. Va !
L'ordre était simple et absolu, il semblait que le capitaine n'aimait guère faire durer une conversation qu'il considérait terminée. Solofo et moi retournions penauds vers nos vélos. En regardant derrière moi, je vis le coq monter sur une vieille branche de bois mouillé, porté par les crabes. Il s'éloignait tel un roi dans son carrosse accompagné de sa cour respectueuse.
- Viens, Solofo, il faut rentrer maintenant. Si j'arrive trop tard, je vais me faire gronder.
- Tout va bien ?
- Oui, tout va bien, je vais te raconter des choses que tu ne croiras probablement pas.
À peine remontés sur nos vélos, je commençai à répéter ce que m'avait dit le coq. Ma décision était prise, je faisais et je continuerais à faire confiance à Solofo. Au fil de mon récit, il semblait perdre la maîtrise de son vélo, et ses yeux ronds sortaient de leurs orbites d'une manière inquiétante.
Nous pédalions sans nous arrêter pour fuir aussi bien physiquement que mentalement ce repaire de pirates fantômes, à plumes et bec ou même cuirassé et à pinces. La fatigue du pédalage nous obligeait à rester concentrés sur notre effort, oubliant de manière momentanée l'existence de La Buse, des crabes et de leur projet encore bien trouble. Nous arrivâmes fourbus à l'hôtel mais finalement en avance. Le retour avait été plus rapide que prévu
Puisque nous avions pris de l'avance sur notre programme, nous avions encore le temps de rester tous les deux. De toute

façon, nous étions réellement seuls, liés par notre secret et nos aventures de la journée : comment pourrions-nous en parler à qui que ce soit ?

Nous étions tous les deux assis sur le sable face à la mer, comme des vieux pêcheurs scrutant l'horizon à la recherche de signes météorologiques favorables à la pêche. Il n'y avait plus d'activité ni de bruit pour fuir ce que nous étions en train de vivre. Notre imaginaire d'enfant nous offrait des images très précises du conte de Levasseur. Nous nous trouvions, bon gré mal gré, au cœur d'une aventure pirate. Je ne connaissais ni mon rôle ni l'histoire, mais j'étais vraiment très excité.
Il fallait absolument organiser une rencontre avec la grand-mère de Solofo le plus rapidement possible. Je me débrouillerais pour ne pas partir en promenade avec mes parents. Solofo, lui, devait vérifier que sa grand-mère voulait bien me recevoir de nouveau. Solofo me quitta, chargé de sa mission. Moi, j'allai rejoindre mes parents qui se baignaient avec Nomena.
- Alors, Malo, cette journée ?
- Très sympa.
- « Très sympa », c'est tout ?
Mes parents se regardèrent d'un œil complice, un sourire aux lèvres. Je ne savais pas vraiment s'ils se moquaient de moi ou s'ils étaient juste heureux. Je crois que l'œil était moqueur et le sourire heureux.
- Allez, viens te baigner, et raconte-nous !
Depuis toujours, je suis comme le labrador, je ne peux pas résister à la joie d'une baignade. Quand c'est l'océan Indien qui fait office de terrain de jeux, je n'essaie même pas de me freiner. Cette récréation aquatique me fit oublier Andrasana et ses angoisses. Pour une bonne heure, Malo, dix ans, jouait sur la plage pendant des vacances merveilleuses en famille.
Plus tard dans la journée, je discutai avec Maman de mon amitié pour Solofo et des nombreux projets que nous avions ensemble pour les jours à venir.
- Que veux-tu me dire exactement, Malo ? Tu veux passer tes

jours de vacances ici avec Solofo, c'est ça ?
- Ben oui, j'aimerais bien. Tu comprends, ça me fait un copain de mon âge. Et puis il m'apprend plein de choses d'ici : la pêche, les baignades et tout ça, tu vois ?
- Oui je vois, mon chéri, je vois très bien, je vois même beaucoup mieux que tu ne le crois. Et je pense que, si tu veux que nous te fassions confiance, Papa et moi, il faudrait que toi aussi tu nous fasses confiance.
- Comment ça ?
- Qu'as-tu fait avec Solofo aujourd'hui ?
Je racontai une belle journée de balade avec des pauses baignade, j'inventai aussi quelques anecdotes très sympas sur la vue d'une baleine au large de notre lieu de baignade, ou encore un rocher qui nous avait servi de plongeoir. Bref, je venais de créer un après-midi de vacances idéal qui valait largement ceux que l'on peut lire dans les livres de bibliothèque.
- Eh bien, quelle belle journée, mon amour, tu dois être fatigué... Et en vérité, tu as fait quoi ?
- Pardon ?
- Malo, tu sais, je ne suis pas idiote, et ton papa non plus. La grand-mère de Solofo est une femme étrange et maline, mais nous aussi on réfléchit. Alors, ou tu nous expliques ce que tu fais avec Solofo, pendant que sa grand-mère couvre vos arrières avec nous en nous faisant une conversation de salon de thé, ou bien on ne te laisse plus partir seul avec ton copain. Et on va aller voir la vieille dame pour lui demander quelques explications.
J'aurais adoré raconter la vérité à mes parents et même leur demander conseil. Mais comment faire ? Tout d'abord, je ne pouvais pas trahir La Buse, à qui j'avais promis la plus grande discrétion. De plus, il fallait bien reconnaître que mon histoire était peu vraisemblable surtout pour des adultes non initiés ; moi-même je n'étais pas sûr d'y croire complètement.
- Le problème est que j'ai fait une promesse, Maman, je n'ai pas le droit de te raconter. C'est un jeu entre Solofo et moi et je dois garder le secret jusqu'à la fin de la partie. Même à Nomena, je n'ai rien dit.

- Très bien, Malo, comme tu veux. Demain tu restes avec nous, on va faire une visite de l'île tous ensemble.
- Mais si Solofo vient me voir, il ne me trouvera pas !
- Non, il ne te trouvera pas en effet, puisque tu seras avec nous. Si tu me fais confiance, je te ferai confiance, je te l'ai déjà dit. Papa arrive dans cinq minutes avec Nomena, après tu iras dîner et te coucher.
- Papa est où ?
- Il est allé au village, je crois qu'il voulait avoir une conversation avec la grand-mère de Solofo, au sujet de vos petites balades ensemble.
- Mais il ne fallait pas l'embêter avec ça ! Après, je ne pourrai plus jouer avec mon copain, moi. J'ai vraiment l'air d'un bébé, si vous allez voir tout le monde comme si j'avais quatre ans !
- Pour l'instant, ça suffit ! Tu n'es pas honnête avec nous, donc tu restes là. Va te doucher.

La dernière phrase avait été dite doucement, avec calme, je m'empressai donc d'obéir. Il faut savoir que plus ma mère est fâchée plus elle est calme. Si elle n'avait pas élevé le ton à cet instant, c'est qu'elle était furieuse contre moi. Il y a des gens comme ça, qui ont les yeux qui parlent. Et ceux de ma mère étaient plus sombres et plus métalliques, et quand la mer prend cette couleur, tout le monde sait qu'il faut rentrer au port avant une grosse tempête.

❖ ❖ ❖

J'aurais pu aussi être attiré par la carte maritime à gauche de la bibliothèque, plutôt que de rester devant cette photo. C'était une carte tout ce qu'il y a de plus classique avec tous ses traits et ses codes maritimes placés un peu partout pour donner la profondeur de l'eau, situer le moindre petit caillou émergent et sûrement donner plein d'autres détails que les marins connaissent. Elle représentait une île allongée et ses alentours, avec un îlot plutôt rond au sud et plusieurs hauts-fonds autour.

Elle avait été annotée au feutre rouge et vert à plusieurs endroits. Des ronds, des flèches, des croix, des tracés qui ressemblaient à des lignes de routes, il y en avait partout ! À croire qu'un enfant s'en était servi de feuille de dessin. Comble de l'absurde, il y avait une baleine dessinée dans ce qui devait être l'emplacement de l'océan, une jolie baleine enfantine avec un grand sourire, et une gerbe d'eau en forme de parasol qui sortait de son dos. Sur l'île, un bonhomme type bonhomme en fil de fer, avec les bras en l'air, et encore à un autre endroit un coq, celui-ci assez mal dessiné, semblait vouloir s'envoler. Bref, une carte maritime coloriée par un enfant, sûrement un fils ou un neveu de mon hôte et que celui-ci devait garder en souvenir d'un bon moment.
Mais rien n'y faisait, je revenais à la photo, hypnotisé par le regard des deux jeunes femmes. Tellement rêveur que je n'avais pas entendu le retour discret de mon hôte dans la pièce, avec la complicité du parquet.
- Elles sont belles, n'est-ce pas ?
J'avais sursauté aussi haut que mes jambes fatiguées purent me projeter.
- Excusez-moi, je vous ai fait peur.
- Non, c'est moi, je n'ai pas fait attention. Je… je regardais en vous attendant.
- Elles sont belles ?
- Magnifiques.
- C'est le jour de mon mariage.
- Ah ? Qui sont-elles, si ce n'est pas trop indiscret ?
- Ma femme et ma sœur, mon cœur et ma reine, peut-être les deux…
- Pardon ?
- Hum… rien. Laissons ça pour l'instant, la quête avant le trésor, vous ne croyez pas ?
Je ne croyais rien, mais j'étais sûr de ne jamais réussir l'interview dans ces conditions, me dis-je. Comment allais-je me sortir de ce cauchemar ?
- Vous m'avez parlé d'un départ, je n'ai pas réellement prévu de déplacement, je pensais que nous nous verrions dans la capitale.

- Oui, je ne vous ai pas prévenu, je suis un peu tête en l'air à vrai dire, et puis cela s'est décidé un peu à la dernière minute. J'avoue préférer me mettre au vert, ici je suis très sollicité, nous n'aurons pas le temps de nous entretenir.
- Justement, à ce sujet, je suis désolé, ça paraît idiot mais nous entretenir sur quoi exactement ?
- Pourquoi êtes-vous là ?
- J'ai reçu votre mail, et votre invitation. J'avoue avoir peu réfléchi, j'ai pris mon billet et je suis venu. Quand quelqu'un comme vous demande à un journaliste comme moi de venir, il vient.
- Ah bon ? Je ne pensais pas avoir demandé la visite d'un journaliste. C'est vous que je voulais voir.
- Moi ? À titre personnel ?
- Je ne sais pas, nous verrons, peut-être pouvons-nous commencer avec le journaliste, après tout ? Rien ne dit qu'Olivier ne sera pas le bienvenu plus tard, si vous me permettez de vous appeler Olivier, bien sûr ? J'aime ce prénom.
- Euh oui, pas de problème. J'avoue être un peu perdu ; sur le mail, vous sembliez vouloir raconter votre parcours. Je pensais donc que vous vouliez le confier à un journaliste. Si ce n'est pas le cas, pourquoi m'avoir fait venir ?
- Je n'ai pas de parcours, Olivier, j'ai eu une vie. Je vais commencer par vous raconter ma vie, vous en ferez peut-être un parcours…

◆ ◆ ◆

Le dîner fut silencieux, je ne pouvais pas leur raconter ce qui m'était arrivé, et mes parents eux ne semblaient pas vouloir me laisser faire ce que je voulais sans explication. Nous étions dans une impasse et l'ambiance allait avec. Seule Nomena faisait l'animation et la conversation. Égale à elle-même depuis le début du séjour, elle paraissait avoir tout compris, et tentait doucement de résoudre les problèmes. Elle nous expliqua qu'elle s'amusait beaucoup sur la plage avec la sœur de Solofo, Tiana.

Et qu'elle aussi n'avait pas particulièrement envie de faire des grandes visites, mais se contenterait volontiers d'expéditions à l'île aux Nattes avec son papa et sa maman.
Là où elle fut encore plus forte, c'est quand elle expliqua, avec un argumentaire digne d'un homme politique, qu'il lui était très agréable pour une fois de profiter de ses parents sans son frère. C'était, d'après elle, une excellente nouvelle que je passe mes journées avec Solofo, comme ça elle pouvait faire tout ce qu'elle voulait.
Je regardai attentivement cette petite fille, dans le coucher de soleil. Elle était là à table, comme un vieux lord anglais, un verre de cherry à la main, avantageusement remplacé par une eau pétillante et sirop de menthe, expliquant ses journées d'aventures et son expérience des colonies. Son visage était sérieux, entouré de boucles noires désorganisées qui volaient dans tous les sens à chaque mouvement de sa petite tête ronde et joufflue. Son nez se retroussait au rythme de ses yeux noirs qui nous observaient les uns après les autres.
Elle jouait, j'en étais sûr maintenant, une grosse partie de poker. Elle bluffait, j'avais une alliée, une alliée très futée. Je l'observais discrètement, le nez dans mon assiette : c'est elle qui avait les clés en main, elle animait le dîner, distillait tranquillement ses idées, proposait des solutions sans les imposer. Pourquoi voulait-elle à ce point m'aider, quel intérêt pour elle de me permettre d'avoir le champ libre ?
La nuit était installée depuis maintenant assez longtemps pour que toute l'île ait pris ses habitudes nocturnes. La température était tombée, le vent frais s'était levé, amenant pendant la nuit des averses régulières. Au moment d'aller nous coucher, une fois de plus les images avaient laissé la place aux bruits et aux odeurs. On n'entendait quasiment que la mer sur la plage, un son régulier, puissant, accompagné de bruissements dans les arbres, le vent peut-être, ou alors quelques animaux qui ne m'avaient pas encore été présentés.
Dans mon lit, alors que mes parents restaient discuter au bar, j'essayais d'imaginer la vie nocturne de tous ces animaux.

- Malo, tu dors ?

J'avais oublié mon avocate de petite sœur.

- Non, et toi ?
- T'es bête, je te parle… Alors, tu as fait quoi avec ton copain ?
- Rien, on s'est baladés et on s'est baignés.
- Tu ne veux pas me raconter pour de vrai ?
- Comment ça ?
- Ben, avec le coq, comment ça s'est passé ?
- Le coq ?

Là, j'avais essayé de prendre ma voix spéciale école, d'élève modèle qui ne comprend pas la question, mais qui sait que ce n'est pas de sa faute, de toute façon.

- Oui, le coq sale, celui de la plage.
- Je n'ai pas vu le coq depuis la dernière fois.
- D'accord, je dois me tromper alors. Ou je suis sûrement trop petite et trop idiote pour comprendre. Bon, alors bonne nuit, Malo, à demain.
- Bonne nuit.

M'endormir, alors que je ne savais pas comment j'allais pouvoir retourner voir la grand-mère de Solofo. Et maintenant j'avais l'énigme de Nomena qui s'ajoutait à mes soucis. Comment savait-elle tant de choses ? Elle avait déjà deviné ma rencontre avec Ingahyman, elle semblait même savoir plus de choses sur Gros Bill, et les animaux en général ; et maintenant je supposais qu'elle avait parlé à quelqu'un au sujet du capitaine.

- Malo ?
- Oui, quoi ?
- C'est embêtant pour ce que tu dois faire de rester avec nous ?
- Mais de quoi tu parles ?

Je parlais de plus en plus doucement, de peur que mes parents entrent dans le bungalow à tout moment. Mais je ne pouvais plus reculer, il fallait que je sache si je pouvais compter sur elle.

- Comment tu sais toutes ces choses ? Tu as parlé au coq ?
- Il parle !?
- Mais ne crie pas, enfin !
- Mais je crie pas, je chuchote fort. Il parle, le coq ?

- Oui.
- Incroyable, elle est comment sa voix ?
- Oublie ça, ce n'est pas grave. Alors, comment tu sais ?
- Moi, je ne te dirai rien. Il n'y a pas de raison. Si tu me racontes je te dis, sinon tu te débrouilles et tant pis pour toi, tu resteras avec Papa et Maman. Moi, je m'en fiche !

Voila, j'étais coincé. C'était quitte ou double : ou elle me suivait ou tout était foutu. D'un autre côté, je sentais bien depuis le dîner qu'elle était prête à m'aider. Et sans aide, je ne pouvais plus m'en sortir.

- Tu promets de garder le secret ?
- Oui.
- C'est un super secret, Nomena, tu dois n'en parler à personne, sinon c'est très grave, pour moi comme pour toi.
- Oui, je te dis.
- Il parle.
- C'est génial, comme Gros Bill, dis, il parle lui aussi, il t'a dit quoi ?
- Non, il parle pas.
- T'es sûr ?
- Il ne m'a pas parlé en tous les cas.
- Ah bon… C'est nul ça.
- À toi maintenant, Gros Bill t'a parlé ? Comment tu sais que j'ai vu le coq aujourd'hui ?
- Je ne sais pas.
- Ce n'est pas juste, je t'ai dit pour le coq moi, tu dois me dire aussi.
- Mais je te le dis, je ne sais pas. En fait, je crois que ce sont les tortues. Quand je joue avec les tortues, je comprends plein de choses et j'apprends plein de trucs. Pourtant, il ne se passe rien de particulier, je suis attirée vers elles, j'ai envie de les rejoindre, et c'est tout. Je joue et elles semblent comprendre ce que je leur raconte. Ensuite, étonnamment, quand je repars, je sais des choses. C'est comme ça que j'ai su que tu avais parlé avec un ancêtre mort. Et pour le coq, c'est pareil. Mais par contre, je ne sais pas pourquoi, toi, tu leur parles, ni ce que tu dois faire avec eux.

- Moi non plus, je ne sais pas. Apparemment, je ne suis pas à Madagascar par hasard. Il y a une drôle d'histoire avec nos ancêtres et un peuple qui nous attendrait. Et en même temps, il y a des pirates aussi, dont le coq fait partie. Et ils ont un plan qui me concerne de près.
- Le coq est un pirate ?
- Oui, un capitaine.
- C'est dingue ! Et toi, tu vas devenir pirate aussi ?
- Mais non, moi je suis là pour les aider, c'est tout ce que je sais. Le problème, c'est qu'il fallait que je puisse revoir le coq et la grand-mère de Solofo. Mais comme Papa et Maman ne veulent plus me laisser partir si je ne leur dis pas tout, eh bien c'est foutu.
- Si tu me promets de me raconter, moi je m'occupe de Maman et Papa pour que tu puisses partir avec Solofo, d'accord ?
- Comment tu vas faire ?
- C'est mon problème, d'accord ?
- D'accord.
- Alors, demain tu restes avec nous et tu verras.

Nous entendîmes les voix de mes parents, à travers la porte en bois, qui s'approchaient. Comme tous les enfants de notre âge, nous nous installâmes vite sous nos couvertures, pour faire semblant de dormir. Et comme tous les enfants de notre âge, la présence rassurante de nos parents, associée à la douceur du lit, nous entraîna vite dans un sommeil profond sans inquiétude ni angoisse.

La même humidité fraîche vint s'installer dans mes narines le matin. Comme à chaque fois, malgré des journées éprouvantes, le réveil était doux, agréable. Je ne savais pas trop quelle attitude prendre avec mes parents. Nous devions partir en promenade dans l'île, je ne verrais pas Solofo et ne pourrais même pas le prévenir. Malgré tout, j'avais plutôt intérêt à faire profil bas. Il me restait la petite Nomena, mais comment allait-elle résoudre ce problème ? D'ailleurs, elle semblait peu préoccupée par mes soucis et dévorait tranquillement une banane qu'elle trempait dans son chocolat, ce qui finissait de me couper l'appétit.

Nous devions quitter rapidement l'hôtel après le petit déjeuner.

Nous attendions Maman qui était partie nous trouver un guide pour découvrir le nord de l'île. L'homme-statut nous attendait, le pique-nique était prêt, et moi j'étais déjà à l'arrière de la voiture verte sous la bâche, regardant ma sœur avec un peu de déception. J'avais cru qu'elle réussirait à trouver une solution. C'était foutu pour aujourd'hui, et pourtant elle souriait, l'air toute contente.
- Tu vas être surpris quand tu vas voir notre guide.
- Pourquoi ?
- On ne dit pas les surprises ! Tu verras.
Maman arrivait par la route derrière nous, elle discutait avec quelqu'un, mais je ne pouvais pas distinguer de qui il s'agissait. Mon angle de vue était bouché par la végétation du bord de route. Soudain, lorsqu'ils passèrent la dernière courbe du chemin, je vis enfin notre guide !
- Solofo !?
- C'est une bonne idée, non ? Comme ils ne veulent pas te laisser aller voir Solofo, je me suis dit qu'il n'avait qu'à, lui, venir avec nous.
- Comment t'as fait ?
- Une balade, c'est mieux avec un guide, et comme Solofo est notre ami et qu'il connaît l'île comme sa poche, j'en ai parlé aux parents. Ils ont trouvé ça évident.
- Génial, mais alors, c'était pour ça que Papa est allé voir la grand-mère hier soir ?
- Oui. Et comme ça, en plus, moi je reste avec Tiana et sa Mama-bé. Elle va nous garder toute la journée.
- Tu ne viens pas ?
- Non, d'ailleurs regarde, elles arrivent derrière Maman. Tu veux que je demande quelque chose à Mama-bé pour toi ?
- Demander quoi ?
- Je ne sais pas, tu voulais pas la voir aussi ?
- Si, enfin non, je ne sais pas...
- Bon, comme tu veux, t'as toujours pas confiance. Allez, amuse-toi bien !
Et la voilà partie, rattrapant sa copine en courant. Toutes les

deux sautillaient sur un pied entre les flaques de la route, tandis que la grand-mère les suivait doucement au son de leurs voix.
- Papa, comment elle va pouvoir les surveiller sans les voir ?
- Tu as dû remarquer, comme nous, que cette vieille dame n'est pas une femme comme les autres, non ? Et puis, qui surveille qui ? Nous avons confiance, et elles vont rester à l'hôtel, ne t'inquiète pas. Allez viens, on y va !

LONG BEN

- Descends, Malo, tu vas adorer !
Je le connaissais ce chemin sableux, sans parler du site que mes parents s'apprêtaient à visiter. Un lieu incontournable du tourisme de l'île.
Retourner au cimetière des pirates m'inquiétait plus qu'autre chose. Pourtant, pas un crabe ne montra le bout d'une pince sur le trajet. Leur présence dans les racines des palétuviers était indétectable, le lieu était exotique, curieux mais plus du tout angoissant. La mer était basse et le gué, avec ses pierres désormais sèches, plus facile à traverser.
- Tu vas voir un endroit incroyable, un cimetière de véritables pirates. Il y a bien longtemps, l'île leur servait de repaire !
J'observais Solofo en tête de file qui remontait maintenant le chemin herbeux menant aux tombes où La Buse m'avait raconté son histoire. Il paraissait sûr de lui, après tout, le site devait faire partie d'une visite touristique, c'était assez logique.
Le terre-plein n'avait pas changé, des pierres tombales étaient placées de manière anarchique un peu partout. Les stèles aux socles grignotés par la végétation et l'humidité regardaient fièrement vers la baie. La vue était imprenable sur cette anse calme et renfoncée. Je laissai le cimetière derrière moi pour admirer à loisir l'île au centre de la baie.
L'îlot des pirates était circulaire de deux cents à trois cents mètres de diamètre. Des berges abruptes, commençait une végétation dense et sauvage depuis des lustres qui protégeait et

cachait le centre de l'île. Celui-ci était en hauteur de dix mètres au-dessus du niveau de la mer. On pouvait apercevoir sur la côte sud qui faisait face au cimetière les ruines d'une sorte d'arche en pierre, prolongée par ce qui avait dû être un ponton, qui avait peut-être servi d'entrée au fort des pirates. C'était un cône rocheux et pointu, couvert d'une armure verte et opaque.

- Il ne se visite pas, c'est *fady*. On raconte que tous ceux qui ont creusé cette terre, dans l'espoir d'y trouver un trésor, sont morts les uns après les autres, aussi bien du paludisme que de mort accidentelle. Certains se sont même noyés dès leur retour, avant d'atteindre la rive. Des histoires disent que les trésors des pirates sont maudits et gardés par les morts.

En me racontant ça, Solofo fixait lui aussi ce petit bout de terre, il avait compris mes pensées et m'expliquait clairement ses objections.

- Viens voir, Malo !

Papa était devant une tombe marquée d'une tête de mort et de deux tibias croisés, sculptés naïvement sur une pierre tombale.

- Tu te rends compte, si l'on en croit ce qui est écrit, le pirate qui a été enterré ici est né en Ardèche, en France, et a fini sa vie sur cette île, à même pas trente ans ! Imagine un peu la vie qu'il a eue. Pourquoi est-il devenu pirate, que fuyait-il de sa campagne natale ? Quelles aventures a-t-il pu vivre avant de mourir là, loin de tout ? C'est fou, un destin pareil, tu n'aimerais pas savoir ?

- Peut-être qu'il était recherché par la police, et qu'il a été obligé de partir ?

- Peut-être... Peut-être qu'il voulait juste découvrir le monde, voir plus loin que sa ligne d'horizon ? Peut-être qu'il voulait juste faire fortune ou changer de vie ?

- Et peut-être qu'il avait une jambe de bois ? Qu'il l'avait perdue à la guerre, alors plus personne ne lui donnait de travail et il est devenu pirate.

- C'est possible, tout est possible. Moi j'aimerais bien pouvoir le découvrir, pas toi ?

- Si...

- C'est pour ça que tu es venu ici hier ?

- Pardon ?
- Hier, tu es venu ici avec Solofo, il nous l'a dit. Pourquoi tu n'as pas voulu nous en parler ?

Solofo me surveillait du coin de l'œil, tout en discutant avec Maman. J'avais les cartes en main pour la suite. Il m'avait donné une possibilité de nous rattraper.

- C'est un secret entre Solofo et moi. Je l'ai déjà dit à Maman.
- Tu ne sais pas pourquoi nous avons commencé nos vacances par Sainte-Marie, n'est-ce pas ?
- Non.
- Eh bien, tu vois, moi aussi j'aime les pirates. Ils m'ont toujours fasciné depuis que je suis tout petit. J'ai lu plein de livres sur eux. Depuis *L'Île au trésor* en passant par le capitaine Némo, des dictionnaires et autres référencements, j'ai découvert la mentalité commune des pirates, leurs aventures peuplées de navires de guerre, de richesses, d'îles inconnues et surtout de liberté absolue. J'ai même découvert que, dans notre famille, il y avait des marins qui ont fait le commerce des esclaves et des épices, d'autres sont partis dans les colonies. Certains ont disparu en mer, et qui sait, ils étaient peut-être devenus des forbans ? L'île Sainte-Marie étant un vrai repaire de flibustiers, j'avais l'espoir de voir notre nom gravé sur une de ces pierres, mais comme tu le vois, il n'y a pas trace de nos ancêtres. Quoi qu'il en soit, je garde mes rêves, je trouve cet endroit extraordinaire, une passerelle entre l'imagination des livres et la réalité. Je trouve magique d'être devant ces pierres tombales, cela nous renvoie dans une réalité historique. Et si tu voulais partager avec moi ton secret, je suis sûr que je pourrais te comprendre et même t'aider.

Il était sincère avec ses yeux brillants d'excitation. Je reconnaissais le garçon que j'avais vu sur ces vieilles photos de classe, l'air espiègle et insolent. Je ne pouvais pas lui parler de La Buse, ni des autres pirates ; mais par contre il comprendrait mon envie de continuer ma quête et je pouvais, sans vraiment mentir, lui en parler en enjolivant un peu la vérité.

- Solofo et moi, on fait une sorte de chasse au trésor.

- Comment ça ?
- Eh bien, Solofo et sa grand-mère savent plein de choses sur l'île. Et on a décidé tous les deux de rechercher des indices qu'ont laissés les pirates. Ils laissaient toujours des indices pour retrouver leurs trésors. Il y a des chances qu'il y ait encore des trésors ici, non ?
- Sûrement, il y a cinq galions rien que dans le fond de cette baie, il y a forcément un trésor ! De très nombreux pirates célèbres y ont passé du temps.
- Exactement, mais on ne veut pas en parler, tu comprends ?
- Je comprends. Écoute-moi bien, je veux bien te laisser dans tes secrets et ta quête au trésor mais tu dois comprendre que nous voulons savoir où tu es, avec Maman. Alors, voilà ce que je te propose : tu n'es pas obligé de me dire comment avance ta recherche, mais nous devons quand même savoir où tu vas et avec qui. Et tu dois être là quand on te le demande. Si je me rends compte que tu mens, ou si tu ne rentres pas comme prévu, c'est terminé les aventures, d'accord ?
- Oui, Papa, promis.
- Allez, viens, on va continuer notre balade, je parlerai avec Maman. J'espère que tu me diras un jour ce qu'est réellement un trésor de pirate.

Ambodifotatra, la capitale de l'île, était l'étape suivante de notre visite. De l'autre coté de la baie des pirates, cette petite commune portuaire est dominée par une église et par un fort. J'appris que les pirates étaient à l'origine du développement de ce port dès le XVIe siècle. Ensuite, les Français s'y installèrent, y construisirent le fort, et firent de Sainte-Marie un port colonial pour la vanille, la girofle et l'esclavage. Cette baie est le centre historique de l'île. Ses particularités géographiques en ont fait un port parfait. Les eaux y sont calmes et protégées. La forme de la baie en arc de cercle est accueillante et pratique pour mettre au mouillage. L'îlot Madame à son entrée stoppe la houle du large, protège des tempêtes et cachait le fond de la baie et l'îlot des Forbans des regards du grand large. Les pirates ne

s'y étaient pas trompés. Enfin, elle est entourée de collines qui permettaient la surveillance et la protection de leur repaire. Ambodifotatra avait naturellement poussé à ses côtés, devenant la plaque commerciale indispensable aux navigateurs comme aux insulaires. J'essayais d'imaginer en me promenant sur les hauteurs de la ville comment celle-ci avait peu à peu évolué. N'étant au départ qu'un petit village de pêcheurs, elle avait dû s'adapter au commerce avec les pirates, créant un marché, au fur et à mesure que des cases se construisaient le long des côtes et sur les hauteurs. Les chefs de tribus devinrent des négociants, sous l'autorité brutale d'équipages de forbans, dont certains s'installèrent définitivement autour de la baie. Aujourd'hui, c'est une petite ville de province, avec un hôpital sur les hauteurs, un marché couvert entouré de toutes ses rues commerçantes près du port. Une grande rue principale le long de la mer avec deux banques, des restaurants et des échoppes en tout genre. Des petites rues trop étroites avec une grande densité de population. Une ville, comme on en voit beaucoup sur les côtes africaines, fourmillante et désorganisée.
Nous continuâmes à nous déplacer vers le nord de l'île pendant le reste de la journée. Les décors étaient magnifiques, et les habitations de plus en plus rares. Encore quelques villages, puis des hameaux et peu à peu des cases isolées. La route elle-même devenait de moins en moins praticable, il semblait que le nord de l'île n'intéressait pas grand monde à part nous.
Mon père, souriant, discutait avec Maman ; tous les deux nous jetaient des regards amusés à Solofo et moi. La journée déclinait doucement et la pointe de l'île était encore loin, nos arrêts multiples empêchant une progression rapide jusqu'au phare, destination finale de notre programme touristique du jour. Finalement, notre pudique petite île nous refusa tous ses charmes en une fois, et nous dûmes rentrer avant la nuit sans voir tout le nord. Je n'étais pas déçu, heureux même, les jours suivants j'allais pouvoir m'isoler avec Solofo, et d'une certaine manière, avec l'accord de mes parents.

◆ ◆ ◆

C'est avec un certain regret que je quittai ce bureau qui ressemblait plus à une chambre d'enfant, avec son désordre et ses multiples trésors. Je commençais à m'habituer à cette atmosphère poussiéreuse de fond de boutique à souvenirs, sentant le bois. L'ambiance y était chaleureuse et calme, tout ce qu'il fallait après un trajet en avion. Et puis, cette pièce me semblait finalement le seul lieu que je connaissais ici, ma forteresse face à l'inconnu où j'étais invité à partir.
Mon hôte marchait vite, enfin il marchait lentement mais avançait vite. Chacune de ses enjambées devait faire un mètre cinquante d'envergure ! Je trottinais presque pour le suivre, tandis que lui traînait nonchalamment ses longs pieds nus silencieusement sur le parquet du palais. J'avais l'impression d'être à la place de ces petits chiens de compagnie aux pattes trop courtes qui semblent toujours courir après leur maître, de peur de finir pendus par leur laisse. Il saluait d'un hochement de tête, ou d'un signe de main, le personnel qu'il croisait dans les couloirs. Le contraste était fort entre cet homme, en tenue de vacancier à la plage, et le reste du personnel du palais, étriqué dans des costumes, comme tout fonctionnaire d'État qui se respecte à travers le monde. Face au « bonjour monsieur » conventionnel, il répondait d'un « salut » laconique et paresseux.
- Nous allons prendre le train. J'aime bien le train, on peut regarder le paysage par la fenêtre.
- Bien, monsieur.
- Bien sûr, nous irions plus vite en avion, mais on profite moins du paysage. Cela vous convient ?
- Je sors de onze heures de vol, le train me changera.
Je me demandais bien ce qu'il dirait si je lui annonçais que je ne voulais pas prendre le train, que j'étais fatigué de ses phrases à double ou triple sens, de son attitude je-m'en-foutiste. Comme si j'avais le choix... Il m'avait appâté avec son mail et j'avais mordu

à l'hameçon ; maintenant, ou je suivais docilement ou je rentrais bredouille.
- Vous avez raison, j'oubliais. Voulez-vous vous doucher ou manger quelque chose avant le départ ?
- J'avoue que j'en serais ravi.
- Hum... ça va être juste pour aller à la gare. J'aime bien aller à la gare à pied, on va moins vite qu'en voiture mais on profite mieux du paysage, non ?
Ces considérations sur les moyens de transport me laissaient perplexe. Ce type était un peu niais ou totalement décalé ; quoi qu'il en soit il venait de me proposer une douche, et je n'y renoncerais pas.
- Si, sûrement, je ne me rends pas compte.
- Ah ? Vous ne marchez pas ?
- Si, si. Mais je n'ai pas vraiment d'opinion sur le sujet.
- Hum... on va quand même y aller à pied, nous verrons bien. Si nous ratons le train, nous attendrons le prochain.
- Bien, monsieur.
- Il y a de quoi vous doucher au palais, je vous amène. Vous mangerez une collation ?
- Non, ça ira, merci.
Arrivant dans le hall d'entrée, je le suivis dans les méandres des couloirs, toujours en trottinant pour ne pas le perdre de vue, pour finir dans un espace décoré avec goût, où il y avait toutes les commodités. Bar, salle de gym, vestiaire et salle de bain, le tout avec une magnifique vue sur la ville.
- Rejoignez-moi dehors quand vous serez prêt.
Une douche chaude peut transformer un homme. Comme dans un hôtel de luxe, il y avait tout ce qu'il fallait : serviettes, savonnettes à la vanille encore emballées, petits flacons de shampoing unidoses, mini tubes de dentifrice avec brosses à dents pliables, rasoirs et mousse à raser de voyage. Je ne suis pas un grand voyageur et ne suis donc pas lassé de ces gadgets. Je n'avais même pas ouvert ma trousse de toilette pour me préparer, consommant avec gourmandise toutes ces petites merveilles.

◆ ◆ ◆

Pas de coq en vue, c'était le quatrième jour depuis notre rencontre au cimetière que le volatile ne donnait plus de nouvelles. Pourtant, de mon côté, les choses avaient bien avancé. J'avais les mains libres. Papa avait tenu sa promesse et je pouvais ouvertement m'échapper des journées entières avec Solofo. Nos relations à tous les deux avaient évolué, ou plutôt s'étaient organisées. Nous n'étions plus seulement deux copains de vacances ; désormais nous étions des associés dans une entreprise commune. Moi, j'étais apparemment l'indispensable élément à la bonne tournure des événements, ce qui me donnait une autorité de principe sur les décisions à prendre. Solofo, lui, était mon fidèle et nécessaire lieutenant, il savait toujours comment trouver la solution à nos problèmes, et l'avait déjà prouvé, dans notre rencontre avec le coq comme dans l'épisode avec mes parents. Il était évident que c'était lui qui était indispensable, mais très gentiment il maintenait cette sorte de hiérarchie. De plus j'avais des conversations très intéressantes avec sa grand-mère et le mystère autour de moi semblait doucement s'éclaircir.
Je me sentais bien, je n'avais pas peur, enfin moins peur, de l'avenir. Je m'étais familiarisé avec l'île, son humidité et son rythme. Peu à peu, je ressentais pour ce petit bout de terre perdu dans l'océan Indien ce que ma tante m'avait expliqué à Antananarivo. Sainte-Marie était comme un paquebot dont j'étais l'un des passagers. Elle me portait, me nourrissait, et moi je sentais tous les jours un peu plus le ronronnement rassurant de son moteur sous mes pieds. C'était devenu une amie, j'avais du respect pour elle, elle ne m'avait pas dévoilé tous ses secrets, mais nos relations devenaient intimes.
L'heure de la sieste était le rendez-vous avec Fanantenana, la grand-mère de Solofo. Elle nous contait l'histoire de cette farouche petite île qui avait subi bien des outrages. Sainte-Marie

devait son nom aux navigateurs portugais qui la découvrirent, semble-t-il, un 15 août. Ce furent les premiers visiteurs non malgaches de l'île. Les pirates, comme me l'avait expliqué le capitaine La Buse, l'utilisèrent ensuite comme repaire pendant de nombreuses années. Puis les Français et les Anglais y passèrent régulièrement, prenant peu à peu le dessus sur les pirates. C'est sûrement à cette époque que le coq fut fait prisonnier et ramené à la Réunion.

C'est vers 1750 que le destin de l'île bascula. L'histoire que m'avait racontée mon ancêtre quelques jours plus tôt dans le caveau familial venait se mêler au passé de cette île. En effet, Ratsimilaho, le roi métis, fils de pirate, qui dirigeait les Betsimisaraka était le souverain de toute cette région. À sa mort, son royaume fut malheureusement redécoupé pour éviter des guerres fratricides, l'île revint à sa fille Betty. La princesse Betty était une jeune femme magnifique qui se languissait sur son île, accueillant sans difficulté les bateaux de la Compagnie des Indes orientales. Un jour, elle reçut la visite d'un élégant caporal français : Jean Onesine Filet dit La Bigorne. Comme dans toutes les histoires de princesses, elle tomba éperdument amoureuse de ce bel aventurier. Un peu comme dans les dessins animés que j'aimais tant regarder, la princesse s'ennuyait dans son palais et, même si elle avait une île merveilleuse, son statut de princesse l'empêchait d'avoir une vie comme les autres. Alors évidemment, quand le bel aventurier arriva, c'est la promesse du changement qui la séduisit. Enfin être aimée pour ce qu'on est et pas ce qu'on représente. Une fois marié, La Bigorne se retrouva de fait souverain, et obtint de sa reine que Sainte-Marie soit offerte à la couronne française. Par amour et naïveté, Betty venait de vendre ses terres à la France.

S'en suivirent des conflits entre les Betsimisaraka et les Français. Betty et La Bigorne durent quitter l'île. D'après la grand-mère, cela arrangeait bien La Bigorne qui, grâce à la vente de Sainte-Marie, s'était racheté un statut en France. Ils partirent s'installer d'abord à La Réunion puis à l'île Maurice. Mais l'île Sainte-Marie ne redevint malgache qu'à l'indépendance, deux siècles plus

tard.
La vieille femme nous racontait tout cela avec tristesse et même rage certains jours. J'appris pendant ces longues conversations qu'elle était une descendante des chefs de tribus de l'île, et que ses ancêtres avaient regardé Betty et les Français signer le traité du 30 juillet 1750 sans s'y opposer. Sa famille regretta bien vite leur erreur, mais le mal était fait et l'île ne leur appartenait plus. Depuis, son clan gardait la mémoire de l'île dans l'espoir un jour de réparer leur bêtise. Elle-même s'appelait Fanantenana, ce qui voulait dire « espoir » en malgache. Pendant tout ce temps, ils protégèrent les secrets de l'île et parmi eux le trésor des pirates ! Elle était la dernière, la responsable de ce passé.
- Oui, Andrasana, tu as bien entendu, ce peuple dont je t'ai déjà parlé n'est autre que nos descendants, ceux qui, les premiers, étaient en contact avec les pirates.
Avec le temps, nous avons créé des liens avec ces forbans, nous avons appris à les connaître. Sous leur apparente brutalité, il y avait des hommes épris de liberté. Certains se sont installés sur l'île, nous ont même aidés à nous protéger. D'autres sont devenus nos maris, nos pères et nos grands-pères. Ici aussi, il y a des Zana-Malata, ils sont comme moi, le lien vivant avec notre passé. Comme toi, ils sont métis, descendants de deux cultures. Qu'êtes-vous d'autre que l'avenir, le progrès, la preuve de l'unité ?
- Quelle unité, Fanantenana ?
- L'unité, Andrasana, l'unité des peuples ; tu comprendras en temps voulu. Pour l'instant, tu as d'autres fruits à ramasser. Tu dois retrouver le coq ; vous avez des choses à accomplir ensemble, lui seul avec ses amis connaissent certains secrets. Eux seuls peuvent révéler leur trésor ; nous, nous n'en n'étions que les gardiens.
- Mais il ne m'a pas dit grand-chose, il dit ne pas tout savoir, il doit rencontrer Long Ben, je crois.
- Ne t'inquiète pas. Même s'il est impétueux, le coq est fiable, crois-moi. Je le connais depuis bien longtemps, tu sais, on peut dire qu'il fait partie de ma famille, après tout. Comme dans toutes les familles, il y a eu des disputes, mais la confiance est là.

Et c'est un volatile en qui on peut avoir confiance, j'en suis sûre.

Voilà où j'en étais ce quatrième jour, traînant avec Solofo au bord de la mer, après avoir discuté avec la vieille et digne Fanantenana. Nous avions obtenu des informations nouvelles, peut-être capitales. Il y avait un lien entre les pirates et les habitants de l'île, je savais maintenant que nous n'étions pas seuls dans l'aventure. Un point me contrariait encore, j'en parlais souvent avec Solofo, je ne savais toujours pas pourquoi moi, Malo, j'étais devenu l'Andrasana. Solofo était un enfant d'ici, sa famille avait vécu toute l'histoire de l'île, ils avaient même des rapports importants avec les pirates. Moi, je venais à Sainte-Marie pour la première fois de ma vie, et je n'avais aucun rapport avec toute cette histoire. J'avais expliqué à mon ami le début de mon séjour sur la grande île, ma rencontre avec mon ancêtre, les messages troubles de mon oncle, le rapport aux animaux avant même la rencontre avec le coq, cette sensation de ne pas être là par hasard. D'après lui, il fallait être patient. Nous étions un équipage sans destination qui, au bord du quai, attendait un ordre d'embarcation, en rêvant du prochain voyage. L'heure chaude était passée, la vie reprenait doucement sur la mer. Les femmes revenues du déjeuner avançaient dans le lagon, de l'eau jusqu'à la taille, pour la pêche au filet. Ce balai quotidien était magnifique : la tête couverte de tissu multicolore, elles se plaçaient en cercle, et se rapprochaient de manière concentrique en battant l'eau de leurs mains, pour jeter enfin le filet au centre. Puis elles recommençaient inlassablement, traquant le poisson du lagon. C'était sublime, ces silhouettes aux couleurs vives sur le fond bleu du lagon, entourées d'une pluie de gouttes salées qui brillaient dans le soleil. Nous restions tous les deux muets, devant ce tableau reposant d'une vie organisée autour des marées.

Seule ombre à cet instant, les cris incessants et rauques d'un coq, qui avait décidé que le réveil de la sieste devait être chanté comme le lever du soleil.

- C'est à croire qu'il le fait exprès, non ?

- Oui, ça me rappelle mon premier réveil ici. Les mêmes cris obstinés, ce son rocailleux et éraillé qui ne cessa qu'à notre sortie du bungalow. Eh bien, tu sais qui était le coupable ? Le capitaine, il hurlait comme un sourd pour faire remarquer sa présence !

Le regard confus de Solofo devait être l'exact miroir du mien. Cela faisait bien dix minutes que nous entendions hurler à la mort ce coq, et nous n'avions pas réagi.

Solofo avait bondi, et me montrait immédiatement du doigt un vieux palmier déraciné qui gisait à l'ombre des cocotiers.

- Il est là, regarde !

Le coq était perché sur une branche cassée, sale et ébouriffé comme à son habitude. Nous nous rapprochâmes rapidement de ce coin discret, à l'ombre du soleil et des regards de passants curieux.

- Eh bien quoi, les nains ? Vous dormez ou alors ça vous amuse de me faire crier comme ça ?

- Non, capitaine, on ne vous avait pas entendu. Enfin, plus exactement, on ne faisait pas attention.

- Pas entendu ! Je hurle depuis je ne sais pas combien de temps. Qui m'a foutu un équipage pareil ? Vous ne faisiez pas attention, hein ? Et c'est comme ça que vous voulez arriver à bon port, bande de mousses ? On se fout dans les récifs avec une attitude de ce genre, c'est au premier coup de sifflet qu'on se présente à son capitaine ! Je m'agite comme un fou depuis la dernière fois que je vous ai vus, et je vous retrouve traînant sur la plage, à digérer votre rhum en vous contemplant les orteils.

- On n'a pas bu de rhum, capitaine !

- Silence, oisifs insolents ! Je ne veux plus un mot. Je disais donc : pendant que vous flâniez, moi j'ai travaillé, avancé sur le projet.

- Nous étions inquiets, capitaine, de ne pas avoir de vos nouvelles, cela fait quatre jours que nous vous attendions. Mais de notre côté aussi, nous avons fait des progrès, comme on a pu.

- J'écoute ton rapport.

- Fanantenana nous a bien expliqué l'histoire de l'île Sainte-Marie. Comment les gens d'ici et les pirates sont devenus amis…

- Amis, hein ?

- Ben, oui.
- Quel culot ! Drôle de notion de l'amitié, si tu veux mon avis. Cette vieille folle ne doute de rien, décidément.
- C'est ma grand-mère !
- Et alors ! Je sais que c'est ta grand-mère, jeune Solofo. J'ai toujours dit ce que j'avais à dire, et je ne tremble devant personne ! Tu crois peut-être m'impressionner ? Veux-tu te battre, petit homme ?

Le coq était plus excité que jamais, et Solofo, lui, ne semblait pas du tout prêt à baisser les yeux. Ses poings étaient serrés, tandis que le coq, ramassé sur lui-même, était prêt à bondir.
- Arrêtez, tous les deux ! Nous sommes comme une équipe, il faut nous entendre.
- Une équipe ? C'est quoi ça, une équipe, je n'entends rien à tes sornettes, Andrasana. Tu veux de l'entente, n'est-ce pas ?
- Oui.
- Toi aussi, Solofo ?
- Oui.
- Alors formons un équipage, signons la chasse-partie et là il y aura de la loyauté !
- La chasse-partie ?
- Le contrat des pirates, voyons ! Ça non plus, vous ne connaissez pas ? Bon, on fait simple parce que sinon on n'avancera jamais, la chasse-partie est notre code et notre règlement. Tout équipage pirate le signe avant de prendre la mer. On y codifie les règles à bord, le partage des richesses et le rôle de chacun. Une fois signé, c'est une promesse, on est obligés de le respecter et de s'aider les uns les autres. Ça vous va ?
- Oui.
- D'accord.
- Bon, le problème reste entier. En tant que coq, il m'est difficile de transporter documents et encre pour les plumes ça passe encore. Je propose en attendant un papier officiel, de promettre au nom de la « grande bleue ».

Et nous promîmes, là, près de ce tronc de palmier. Très solennellement, nous jurâmes de suivre la chasse-partie, dont

le coq nous avait énuméré les principaux articles, et de nous protéger mutuellement jusqu'à la mort. Le moment était grave et le coq prenait cela très au sérieux. Nous avions, faute de signature, dû dire à haute voix chacun notre tour que nous jurions de suivre le règlement de la chasse-partie. Ensuite, il fallut tracer un cercle au sol dans le sable dans lequel nous nous mîmes tous les trois. Enfin, après avoir craché dans nos mains et nos pattes, nous les entrecroisâmes et jurâmes au nom de la « grande bleue » une loyauté sans faille.
- Bien, les petits, vous voilà de vrais hommes libres. Bon, que t'a dit d'autre Fanantenana ?
- Eh bien, que les pirates avaient un trésor, qu'ils l'ont protégé avec l'aide des Saint-Mariens, mais que vous seul pouviez le livrer, avec mon aide. Et aussi elle a dit que vous faisiez partie de sa famille et qu'elle avait confiance en vous.
- …
- Capitaine ?
- Elle a dit ça ?
Pour la première fois, La Buse paraissait hésitant, troublé. Il piquait le sable du bec, mollement, pour se donner une certaine contenance. J'avais presque l'impression de voir un coq, il n'avait plus rien d'un capitaine, juste un vieux volatile miteux et fatigué.
- Vous allez bien, capitaine ?
- Oui, Solofo, merci. C'est juste que ta grand-mère est une vieille sorcière, mais je dois bien dire que c'est une sacrée sorcière, tu dois être fier d'elle.
- En effet, monsieur.
- On a dit quoi au sujet des « monsieur » !?
- Pardon, désolé, capitaine.
Même s'il reprenait un peu de sa superbe, le torse gonflé, notre capitaine gardait encore une certaine vulnérabilité. Surtout au fond de ses yeux. Il nous observait, Solofo et moi, avec tendresse et nostalgie. Ce regard, je le connaissais : mon grand-père posait le même sur ma sœur et moi quand nous faisions les idiots dans son jardin.

- Alors, nous en sommes donc là. Nous ne devons compter que sur notre courage, et une fois encore nous ferons la sale besogne. C'est pour ça d'ailleurs que je suis parti rencontrer nos alliés et camarades pirates, pour nous organiser entre personnes de confiance. Nous sommes les seuls capables d'aller au bout de notre projet, comme l'a dit Fanantenana.
- Vous avez rencontré d'autres pirates ?
- Oui, notre conseil s'est réuni. Je vais te présenter Long Ben. Il doit te parler pour te donner tes instructions et t'initier.
- Et qu'avez-vous décidé ?
- Eh bien, je viens de te le dire, non ? Tu dois rencontrer Long Ben.
- C'est tout ?
- Comment ça, c'est tout ?
- Vous êtes partis quatre jours quand même, je pensais…
- Et alors ? Tu ne connais pas les conseils pirates. C'est un protocole long et compliqué. Tout d'abord, il a fallu réunir tout le monde et en terrain neutre ; le temps que ces vieux boucs se déplacent et s'accordent pour un lieu de rencontre, on peut considérer que nous avons battu un record de rapidité. Ensuite, comprenez que tous ces forbans se considèrent comme de grands hommes. Chacun se doit d'être respectueux de l'autre, sans pour autant montrer la moindre soumission à ses collègues. Étant tous capitaines, il n'y a pas de réelle hiérarchie, juste une certaine déférence d'après l'âge ou l'expérience de quelques-uns. Et puis, comment voulez-vous mettre de l'ordre sans chef, ces réunions sont assommantes, tout le monde parle en même temps et chacun veut avoir le dernier mot, c'est fastidieux.
Enfin bref, c'est très long, aussi bien pour se réunir que pour tenir conseil. Certains d'entres nous n'étaient pas très enthousiastes de ta présence. Il a fallu batailler pour t'imposer. Je dois dire que John, bien qu'anglais, s'est beaucoup démené.
- John ?
- Oui, Long Ben. Il m'a beaucoup aidé, mais je crois bien que, sans me vanter, j'ai sauvé la réunion : un bouseux, dont je te parlerai, a remis en question ta fiabilité. Considérant même que le fait que je te fasse confiance n'était pas un argument suffisant. Moi, La

Buse, je me serais trompé ? J'ai évidemment provoqué en duel cet insolent, pour résoudre définitivement cet outrage. Toute cette bande de vieux ramollis ne m'aurait pas arrêté, qu'on en aurait fini avec Nath le bon : le bouseux. Ce moralisateur d'écoliers, qui se prend pour bien plus qu'il n'est, je te l'aurais pourfendu avec plaisir. En tous les cas, j'ai coupé court à leurs simagrées, John et d'autres croient en toi. Il fallait t'imposer, je l'ai fait. Je me suis porté garant de tes actes, jeune Andrasana. Désormais, je suis ton parrain !
- C'est-à-dire ?
- Si tu nous trahis, si tu te trompes ou si notre projet échoue par ta faute, j'en serai responsable. Je perdrai mon statut de pirate et ils pourront m'exécuter.
- Non ?
- Si. La marque noire, le marronnage, la balle dans le dos et tout le reste, quoi.
- Mais vous avez donc confiance en moi, capitaine ?
- Les grands mots ! Nous venons de pactiser, il faut bien faire des choix dans la vie, voilà tout.
- Merci, Olivier.

Il faisait comme si de rien n'était, mais ce coq venait de mettre sa vie entre les mains d'un enfant de dix ans. Même s'il voulait nous montrer que cette décision ne tenait qu'à lui, je savais qu'il venait sans me le dire de me déclarer une amitié sans limite, jusqu'à la mort. J'étais touché, ému, mais il ne fallait pas le montrer, il l'aurait mal pris.

- Ne me remercie pas. Je ne suis pas un sentimental. Je me suis engagé, et j'ai bien l'intention que tu réussisses, que tu le veuilles ou non. Olivier Levasseur n'échoue pas dans ses missions, c'est un principe ! Nous y arriverons, j'en suis sûr. Et puis, on peut aussi compter sur Solofo maintenant, n'est-ce pas ?
- Oui, monsieur.
- Encore ! Mais ça va se finir à coups de chat à neuf queues au pied du grand mât, jusqu'à ce que tu comprennes !!
- Pardon, désolé !
- Et arrête d'être désolé, nom d'un diable !! On n'est pas désolé

quand on est d'une fière famille ! Assume !
- Oui, capitaine, je ferai attention.
- Nous avons un bel équipage, j'y laisserais un œil sans hésitation ! Ainsi donc, le conseil est prêt à te suivre et je t'aiderai à surmonter les difficultés. C'est mon truc, les difficultés, j'adore ça. J'ai toujours su résoudre rapidement et définitivement les petits problèmes. Mais tu dois avant toute chose rencontrer Long Ben. Il t'attend dans une crique au nord de l'île. Le mieux serait de s'y rendre dès demain, si c'est possible. Bien sûr, je t'accompagne ; l'Anglais est perfide et compliqué, il vaut mieux que je sois avec toi.
- Solofo vient aussi avec nous.
- Je ne sais pas si Long Ben sera d'accord.
- Je m'en fiche ! Vous m'avez dit de décider du rôle de mon ami, j'ai décidé : Solofo m'accompagne, je ne fais rien sans lui. C'est à prendre ou à laisser ! Nous sommes un « bel équipage » ou pas ?
- Fichtre ! Toi, tu commences à t'affirmer, tu finiras capitaine avant seize ans, mon garçon ! Eh bien soit, allons-y tous les trois. Vous me plaisez, et que l'Anglais aille au diable ; s'il n'est pas content, on fera sans lui ! Vous pourrez vous éloigner une journée entière ?
- Normalement, oui, on devrait y arriver.
- Bien. Solofo, nous nous retrouverons au phare Albrand d'accord ?
- Oui, capitaine, je sais où il est.
- Alors, tout est dit !
Sans un mot de plus, notre commandant à plumes nous planta là, disparaissant de sa démarche pressée à travers la végétation opaque.

Voilà, nous étions deux crétins sur la plage, perdus dans nos pensées, avec comme seul objectif notre ordre de mission. Deux petits frères de la côte, tout beaux, tout neufs, lancés dans une aventure qui nous dépassait totalement.
- Tu sais de quel phare il parle ?
- Oui, je m'occupe de trouver le moyen d'aller là-bas, si tu veux ?

C'est trop loin pour les vélos.
- OK, moi je me débrouille pour pouvoir m'absenter. Demain matin devant l'hôtel ?
- Le plus tôt possible, j'y serai.
- À demain !
Après tout, le coq avait raison, quand tout est dit, il ne sert à rien de rester faire la conversation. Je retournai vers l'hôtel sans jeter un coup d'œil à mon ami. Lui non plus n'avait pas besoin d'explications supplémentaires. Je me sentais plus sûr de moi, le capitaine avait raison, je commençais à prendre mon rôle au sérieux. Si vraiment j'étais important pour eux, il faudrait qu'ils se fassent à mes choix. À dix ans, j'étais désormais l'Andrasana, moi seul pouvais décider de mon destin. Il me semblait bien loin, le gentil Malo, insouciant et naïf, que j'avais laissé sur le bord du chemin qui m'amenait à l'île Sainte-Marie. Je rentrai au bungalow, sûr et fier de moi, tel un pirate revenu au port après avoir fait fortune sur les mers du monde entier. À cet instant, sur cette plage, j'étais gonflé d'orgueil, j'étais un chef, mes vacances étaient elles aussi derrière moi. Dorénavant, je m'investirais complètement dans cette drôle d'histoire, où j'étais entraîné bon gré mal gré. Une chose raisonnait plus fort dans ma tête que le reste : je serais capitaine, La Buse l'avait dit !

◆ ◆ ◆

Neuf ! Voila exactement l'adjectif qui me convenait, j'étais neuf. Je ne sais pas d'où vient l'expression qui consiste à dire de quelqu'un qu'il est bête parce qu'il n'a pas inventé l'eau tiède, car il faut bien reconnaître que l'invention est géniale ! Avoir pensé, avant tout le monde, que mélanger l'eau chaude et l'eau froide fournirait une sensation d'intense plaisir sous la douche à des générations et des générations d'individus, c'est tout simplement l'idée la plus épatante de tous les temps. Je me sentais renaître. Terminé l'insupportable odeur de transpiration qui émanait de mon tee-shirt. Celui-ci était parti bouder, en

boule, au fond de mon sac, remplacé avantageusement par une chemise propre au tissu rêche qui sentait encore le parfum synthétique d'une lessive « fraîcheur de quelque chose ». Je m'étais abondamment rincé pour faire disparaître cette sensation collante. Ma peau lavée frissonnait au contact de ce coton immaculé. Une touche de déodorant finit de me mettre de bonne humeur. J'avais poussé le snobisme jusqu'à m'asperger d'eau de toilette.
La brosse à dents de voyage, malgré sa petite taille, était d'une redoutable efficacité, une foreuse de la propreté. Chaque dent avait été lavée, frottée, brossée, récurée, jusqu'à la disparition totale de tout souvenir olfactif du plateau repas, de son agneau au curry et de sa digestion tenace. J'avais désormais une bouche de mannequin américain pour une pub de dentifrice.
Ma barbe urticante, en jachère depuis plus de vingt-quatre heures, avait fini au fond du lavabo, sous la coupe sans merci du rasoir mis à ma disposition. Une belle peau de jeune homme redonnait gaieté et joie de vivre à mon visage.
Je sortis donc du cabinet de toilette plein de motivation et de rêves comme mon premier bal. Malgré l'attitude plus que particulière de mon hôte, j'avais bien l'intention d'obtenir ses confessions et d'écrire le premier et seul article existant sur sa vie. Je sifflotais, encouragé par mon allure pimpante, dans le couloir rejoignant le hall d'entrée, pour aller retrouver le politicien à la carrière la plus longue et impressionnante du XXIe siècle. Évidemment, il n'y était pas ; la charmante jeune femme de l'accueil, toujours là, m'annonça qu'il m'attendait dans la cour. J'y allai un peu déçu de ne pas avoir vu dans les yeux de mon hôtesse la moindre expression face à ma transformation physique.
Une fois de plus, je le retrouvai dans une situation atypique pour un homme comme lui, assis sur un petit banc de bois en conversation avec ce qui devait être le jardinier des lieux. Un homme d'une cinquantaine d'années, sec et noueux, appuyé sur un râteau du même âge. Lui, toujours pieds nus, jouait avec ses orteils dans la poussière de la cour. En me voyant, il resta assis,

avec un grand sourire m'invitant à les rejoindre.
- Olivier, vous êtes prêt ?
- Oui, monsieur.
- Je vous présente Faly.
Je serrai aimablement la main du jardinier, qui semblait bien plus à l'aise que moi.
- Nous allons à la gare à pied, il faut juste que je trouve une paire de chaussures, et nous partons. Mon ami m'expliquait l'art de repiquer l'herbe, pour maintenir la cour du palais la plus accueillante possible. En effet, l'herbe subit ici le passage des visiteurs et les contraintes sont importantes. Le souci, quand l'herbe se meurt, c'est que la poussière revient. Et si la poussière revient, la vie de Faly et la mienne deviennent infernales. Ils rirent tous les deux de bon cœur de cette histoire de poussière, à laquelle je ne comprenais évidemment rien. Ça devenait quand même très frustrant de ne jamais rien comprendre à ce que racontait mon hôte.
- Vous avez vu les parquets à l'intérieur ? Nous subissons, Faly et moi, une pression énorme ! Bref, je n'entends rien au jardinage et suis toujours impressionné par la faculté des hommes comme lui à donner la vie. C'est extraordinaire comme métier de donner la vie. J'aurais aimé être jardinier, je crois, ou sage-femme peut-être… Ce sont les mêmes métiers, d'une certaine manière, n'est-ce pas ?

◆ ◆ ◆

L'accord avec mes parents était clair. J'avais donc dit la vérité : je voulais aller au phare avec Solofo pour notre quête du trésor pirate. Papa n'avait pas renié sa promesse, c'était d'accord mais je devais être rentré avant la nuit, dix-sept heures au plus tard à l'hôtel, sinon, telle Cendrillon, c'en serait fini pour moi des carrosses, des aventures et des rêves devenant réalité. On ne peut pas vraiment dire que mon histoire ressemblait à celle de Cendrillon, mais je compris l'allusion de mon père.

Le ventre rempli d'un petit déjeuner vite avalé, je guettais, sac à dos sur les épaules, l'arrivée de Solofo. Papa, une tasse de café encore à la main, assis sur le bord d'un pot de fleurs, attendait avec moi, regardant vers le village de Solofo.
Une vieille camionnette, anciennement blanche, piquée de rouille, stoppa devant nous. Le bruit assourdissant du moteur s'arrêta dans un nuage de fumée noire, tandis que toute la carrosserie frissonna fébrilement. Je reconnus tout de suite l'homme-statue au volant. Solofo descendit tout sourire par la porte coulissante latérale du véhicule.
- Bonjour !
- Bonjour, Solofo !
- Joro doit aller à la pointe nord de l'île, il veut bien nous amener au phare et nous reprendre à son retour.
- D'accord, tu es sûr que cela ne pose pas de problème ?
- Oui, monsieur, Joro est un ami de la famille, il n'y a aucun souci.
- Très bien, Malo, pas d'imprudence, hein ? Merci, monsieur, de votre gentillesse.
La seule réponse du chauffeur, pour mon père, fut une légère rotation de la tête dans sa direction, accompagnée d'une discrète grimace, que l'on pouvait prendre avec optimisme pour un sourire ou tout au moins un geste amical.
À l'arrière de notre pseudo-taxi, régnait une abominable odeur de poisson. Les bancs de bois, fixés à même la tôle, étaient gras d'une crasse accumulée, sans aucun doute, depuis plusieurs décennies. J'appris que l'homme-statue, quand il ne travaillait pas pour l'hôtel, utilisait cette camionnette pour faire le taxi-brousse. Et parfois, il devenait aussi chauffeur-livreur. Il semblait parfaitement clair qu'il transportait régulièrement la pêche du jour, pour la vendre au grand marché d'Ambodifotatra. Joro, puisqu'il s'appelait ainsi, était un cousin de Solofo. D'après celui-ci il parlait peu, bougeait peu, faisait finalement assez peu tout, mais on pouvait compter sur lui. Solofo m'apprit enfin qu'il avait une force herculéenne, malgré son allure longiligne. Il conduisait calmement, digne et concentré dans sa combinaison verte, qu'il ne semblait jamais avoir quittée, depuis mon arrivée

en tout cas. Je découvris qu'il parlait, d'une belle voix grave, un français très correct et avec peu d'accent.
- Je vous laisse sur la route ?
- Oui, d'accord.
- Je repasserai vers quinze heures, je klaxonnerai.
- Ça va.
- Tu aimes l'île, Andrasana ?
- Oui.
- Elle aussi t'aime bien...

Il ne dit pas un mot de plus de tout le trajet ; comme pour le reste, il parlait mais peu. Nous restâmes à l'arrière, le plus souvent la tête sortie par la porte coulissante pour échapper l'odeur pestilentielle de la camionnette. Le décor maintenant familier de l'île défilait devant moi. Nous refaisions encore une fois le trajet déjà parcouru à vélo jusqu'au cimetière des pirates, pour ensuite passer la digue étroite qui traversait la baie des pirates, *via* l'îlot Madame. Comme je l'avais déjà remarqué avec mes parents, plus nous avancions vers le nord après Ambodifotatra, moins l'île était peuplée. Le phare Albrand, notre destination, était à la pointe de l'île, dans une zone très peu habitée, deux heures après la ville pour une quarantaine de kilomètres maximum. D'après Solofo, le nord de l'île avait toujours été considéré comme *fady* par les habitants du sud.
Ces fameux *fady* qui parsemaient mon trajet depuis le début du voyage sont des tabous, parfois nationaux, mais le plus souvent régionaux. Ils correspondent à des croyances locales souvent créées à la suite de légendes ou d'événements incroyables.
La pointe nord-est, par exemple, est *fady* car un zébu serait sorti des flots à cet endroit précis. Même si les colons français y avaient construit un phare pas loin au début du XXe siècle, le site reste protégé et peu fréquenté. Il était donc parfait pour une rencontre avec Long Ben.
Cela faisait un gros quart d'heure que nous roulions dans un paysage déserté de toute âme, nous avions laissé un village qui était le dernier important puis avions suivi la route qui

retournait de la côte ouest vers le centre de l'île. La camionnette s'arrêta dans un poussif hoquet avec sa fumée noire et son frisson.
- Nous y sommes. À tout à l'heure, faites attention si vous allez au bord de la mer, elle est dangereuse par ici.
- Ne t'inquiète pas, Joro, je connais. À plus tard.
- Hum, vous allez faire quoi ici, il n'y a personne ?
- Rien de spécial, je veux montrer l'île à Andrasana.
- Hum…
L'estafette s'éloigna dans un bruit et une poussière toute moyenâgeuse.
- Viens, c'est par là.
La végétation était plus sèche et austère à cet endroit de l'île. Les alizés balayaient la pointe, rasant toute vie végétale trop entreprenante. Un vent frais et régulier, venant de la mer, semblait vouloir nous convaincre de rebrousser chemin.
- Regarde, le phare !
En haut de la butte qui longeait la route, une grande structure métallique rongée par le temps, posée sur un socle de béton mousseux et envahie d'herbes folles. La vue sur la mer, de la hauteur de cette colline, était majestueuse. Au sud, on voyait, d'un seul regard, toute la côte est de Sainte-Marie et son lagon, se terminant au loin par l'île aux Nattes qu'on pouvait imaginer. L'état du phare, totalement abandonné aux embruns de la mer, ne permettait malheureusement pas de monter profiter du panorama. Il se transformait, sous l'action du sel et de l'humidité générale des climats tropicaux, en dentelle métallique, dégoulinante de rouille. Ce décor un peu lunaire avec son appendice d'acier, la vue panoramique sur l'île et l'océan, et surtout la solitude du lieu, donnait l'impression d'être au bout d'un continent, au bout d'un monde. Ce lieu, sacré pour les Saint-Mariens, avait quelque chose de solennel. J'observais la mer, essayant de deviner d'où une vache avait bien pu arriver de ces fonds bleus.
- Alors, messieurs ! On rêvasse encore ?
La Buse, comme à son habitude, nous avait surveillés, sans

signaler sa présence. Il avait le don de me faire sursauter à chacune de ses apparitions, qu'il faisait toujours de manière très théâtrale. Cette fois, il nous observait tout simplement du haut du phare comme le vigile en haut du mât, qu'il avait dû connaître. Perché au sommet, les plumes et les crêtes secouées par le vent, il portait bien son surnom, une buse à l'allure de faucon, plus qu'un coq.
- J'arrive, mes amis !
Il réapparut derrière le phare en un instant, marchant fièrement de sa démarche saccadée de volatile, rejetant sa crête en arrière.
- Alors, pas de problème pour venir ?
- Non, capitaine, nous nous sommes fait déposer par un ami.
- Joro, oui j'ai vu. J'aurais préféré ne pas le voir traîner par là. Mais bon, je l'ai observé, il est bien reparti.
- C'est un cousin, on peut avoir confiance.
- Non ! On ne peut pas avoir confiance, on ne doit pas avoir confiance, sauf en notre petit équipage. Allons nous approcher de la mer, il nous reste une bonne marche à faire, l'Anglais ne va plus tarder.
- Nous n'avons pas rendez-vous au phare ?
- Non, pas exactement, suivez-moi.
En effet, il nous restait une belle balade à faire à travers champ pour rejoindre la côte.
Sautillant, Olivier nous guidait en prenant plaisir à la promenade.
- Pourquoi se donner rendez-vous au phare s'il faut rejoindre la mer ?
- Pour être tranquilles, et puis je préfère ne pas passer par la route sur la fin du trajet. Il y a toujours des yeux sur les routes. Par ici, nous évitons les villages et les curieux.
Nous finîmes enfin par rejoindre la mer. À cet endroit de Sainte-Marie, il n'y a pas de barrière de corail pour protéger les plages. L'océan Indien arrive directement sur le sable, brutalement, avec beaucoup d'autorité. Le vent soufflait fort et le sable nous fouettait le visage. La Buse nous fit escalader une barre rocheuse noire qui partait en diagonale vers la mer. La houle explosait

dessus, nous étions trempés par les embruns.
- Tu vois, c'est juste après cette barre qui protège un peu la côte que commencent les piscines naturelles vers le nord. C'est là qu'est sorti des eaux le premier zébu de Sainte-Marie, m'expliqua Solofo.
La Buse qui scrutait la mer nous fit remarquer que ce n'était pas le moment de faire du tourisme et de croire à des zébus amphibiens.
- Regardez plutôt ces remous dans l'eau, là-bas, il approche.
- Qui ?
- Long Ben, tiens.
- Il arrive par la mer, sous l'eau ! Il a un sous-marin ?
- Un quoi ?
- Un sous-marin.
- Qu'est-ce encore que cette histoire de sous-marin ? C'est quoi un sous-marin ?
- Un bateau qui va sous l'eau, répondis-je.
- Quelle imagination tu as, toi ! Les seuls navires que je connaisse sous l'eau sont les épaves éventrées par les récifs ou percées par les combats. Nous ne sommes pas dans un conte pour enfants, ici ! À ce sujet, je préfère vous prévenir : Long Ben ne sera pas content de la présence de Solofo et peut-être même de la mienne.
- Je ne reste pas sans vous deux ! Nous sommes un équipage maintenant, et en plus j'ai un peu peur tout seul.
- Ne t'inquiète pas, nous resterons, n'est-ce pas, Solofo ?
- Oui, patron... Enfin, je crois que j'ai peur aussi.
- Ça suffit ! Il n'y a pas à avoir peur d'un Anglais ! Je n'ai pas l'habitude d'avoir un équipage de pleutres. Tenez-vous, le voilà !
Devant nous, une énorme tache noire, ondulante et silencieuse, évoluait lentement sous l'eau dans notre direction. Arrivée à vingt mètres, nous la vîmes bondir hors de l'eau, c'était une gigantesque baleine. Elle sauta gracieusement, et pendant un instant suspendu, elle sembla voler au-dessus des vagues, aussi légère qu'une plume. Elle replongea dans une impressionnante explosion d'écume. Enfin, elle glissa doucement entre deux eaux jusqu'à nous, et vint poser délicatement son énorme tête

luisante sur les pierres à peine immergées.

Je la reconnus immédiatement, avec sa barbe hirsute d'algues et de coraux ; ma baleine, déjà rencontrée au large de l'île, voulait faire plus ample connaissance. Ce regard profond m'avait déjà observé avec la même curiosité gourmande. Son souffle vaporeux nous entoura d'une moiteur humide pendant quelques secondes. Puis se tournant vers La Buse, elle ouvrit lentement la bouche.

- Olivier ? Je ne savais pas que tu serais là.
- Bonjour, Henry, le petit préférait que je l'accompagne.
- Ah bon… ? Bonjour, Andrasana, je suis heureux de te revoir.
- Bonjour, monsieur.
- Qui est ce garçon qui t'accompagne ?
- Solofo, mon ami ! Il m'a beaucoup aidé depuis que je suis ici.
- Ah…
- C'est le petit-fils de Fanantenana, il est fiable.
- Fiable, hein ? Depuis quand le capitaine Levasseur s'entoure de civils malgaches et leur fait confiance ?
- Depuis qu'ils ont signé et juré sur la chasse-partie.
- Tiens donc ! La chasse-partie, un nouvel équipage et tu décides ça, sans nous en parler ?
- La Buse n'a besoin de personne, et surtout pas de l'autorisation d'un Anglais, pour former son équipage !

Le ton était monté d'un cran très rapidement. La baleine, immobile, fixait le coq en soufflant régulièrement son haleine humide. Sa voix était douce, lente ou plutôt traînante, mais on y sentait quand même la contrariété. Levasseur restait lui figé sur ses pattes, la crête au vent, d'un air de défi. La voix de la baleine était, à mesure que le ton montait, encore plus grave et caverneuse avec un gargouillis liquide en fin de phrase de plus en plus audible. Son souffle ponctuait son discours, comme l'inspiration sifflante d'un vieil homme emphysémateux.

- Olivier, tu sais ce que cela veut dire pour ces enfants et pour toi ? Tu es conscient des règles qu'ils devront suivre ?
- Ne t'inquiète pas de ça, je sais prendre mes responsabilités. Et puis, rassure-toi, le conseil ne pourra pas t'accuser de complicité,

tu pourras toujours te cacher derrière mon impétuosité, s'il y a un problème.
- Ne sois pas ingrat avec moi, Olivier ! Un grand mouvement de sa caudale accompagna son injonction. Tu n'en as ni le droit, ni la possibilité. Et les petits ? Ils connaissent les risques ?
- Ils sont forts, beaucoup plus forts qu'on ne le croit !
- Très bien… Vous acceptez donc les conditions ?
- Nous n'acceptons rien, monsieur ! D'abord, parce que je ne vous connais pas. Ensuite, parce qu'il faudrait m'expliquer exactement ce que vous attendez de nous et ce que vous entendez par les conditions. Enfin, je ne suis redevable qu'envers le capitaine Levasseur, qui m'a prouvé son amitié face à vos réticences !
- Tu vois, Long Ben, plus fort qu'on peut l'imaginer !
- Je vois, en effet. Il m'impressionne, je dois admettre que je commence à comprendre tes choix, mon ami. Eh bien, petit homme, s'il faut que nous parlions, parlons ! Si bien entendu le capitaine Levasseur et Solofo nous autorisent à nous entretenir en tête à tête.
- Je n'ai pas de secrets pour mes amis !
- Allons, Andrasana ! Laisse Long Ben te parler, il n'est pas question de secrets. Tu pourras toujours nous raconter après si tu le veux. Parfois, il y a des face-à-face qui sont nécessaires…
- Tu crois ?
- Oui, nous te faisons confiance, tes choix seront les nôtres. Viens avec moi, Solofo, allons faire un tour tous les deux. Toi, John, belliqueux britannique, tiens-toi bien devant notre Andrasana, je ne serai pas loin et tu auras des comptes à rendre.
- Je n'oublierai pas, impétueux mangeur de grenouilles !
Comme deux vieux copains, La Buse et Solofo retournèrent vers la terre ferme en discutant, pendant que je restais avec un monstre de plusieurs tonnes, mangeur de plancton et dégoulinant, à l'odeur écœurante.

- Eh bien, Andrasana, nous voilà réunis pour la première fois. J'étais impatient de te rencontrer. Mais tu as raison, je manque

à tous mes devoirs, je ne me suis pas présenté : capitaine Henry Avery, dit John Avery, dit Long Ben, à ta disposition.
Une baleine qui, à chaque mot, me faisait vibrer du souffle de sa voix, était à ma disposition. Je n'en revenais pas, j'étais excité, impressionné, effrayé mais bizarrement assez calme pour un enfant face à face avec un animal aussi imposant. Son ton calme et paternaliste, sa voix vibrante et lente était apaisante. Elle paraissait sage, impassible, sûre d'elle et de ses jugements. Avec sa grande barbe, elle m'inspirait confiance, comme celle transmise par un vieil homme au coin du feu qui vous raconte ses souvenirs.
- Comme tu l'as compris, mon garçon, nous sommes une poignée de pirates sur cette île et le long de la côte est de Madagascar. Une poignée d'hommes qui se sont attachés à ces terres et à son identité. Certains de nous ont même rêvé d'y créer un monde idéal. Malheureusement, le temps faisant, avec notre disparition, nous n'y sommes pas parvenus, et notre beau rêve s'est doucement étiolé, sans pourtant totalement disparaître. Ce serait mal connaître Madagascar !
Cette île, mon ami, est magique. Ici, personne ne disparaît complètement. L'esprit, l'âme pour d'autres, se nourrit du souvenir laissé aux vivants. Mes amis et moi avons laissé beaucoup de souvenirs derrière nous, nous faisons partie de l'histoire commune. C'est pourquoi, sous différentes formes, nous restons présents. Portés par les *fady* parfois, par la mémoire le plus souvent, nous t'avons attendu, Andrasana.
- Pourquoi moi ?
- Tu es le lien, jeune homme, celui avec qui les choses arrivent. Tu réunis tous les éléments en un seul être. Tu es européen comme nous, et malgache comme l'île. Tu es merina, betsimisaraka et zana-malata : l'union des peuples. Enfin, tu es civil et pirate.
- Comment ça ?
- Étant zana-malata, tu as du sang pirate, qui plus est celui-ci coule aussi dans tes veines par tes origines paternelles.
- Quoi ?
- Je ne suis pas là pour te raconter ton histoire, cherche ce que tu

veux savoir. Comprends bien que tu es le lien entre Madagascar et le monde, entre la piraterie et les États. Tu es celui qui peut nous voir et nous parler, celui qui entend l'île. Et c'est pour cela que nous avons besoin de toi !
- Je ne comprends pas.
- Tu ne comprends pas ? Tu es en train de parler avec une baleine, et c'est un coq qui t'a présenté. Tu crois réellement que cela arrive régulièrement ? Tu crois vraiment que moi ou Olivier sommes habitués à cela ? Tu ne sais surtout pas si tu veux accepter ton rôle. Assieds-toi.
Je restai longtemps assis en tailleur sur mon rocher, bercé par la voix de la baleine, dont le discours était ponctué de plongeons et de souffle brumeux.

John Avery fut l'un des premiers pirates qui accosta à Madagascar, il y était déjà à l'époque de la naissance de La Buse, d'après lui. Moins « va-t-en-guerre » que Levasseur, Long Ben avait fait fortune grâce à la ruse, et non par le combat. Originaire de Plymouth, il fut très tôt destiné à la marine, faisant progressivement ses armes et sa formation sur différents bateaux. Étant plus malin que la moyenne et de bonne éducation, il gravit rapidement les échelons. Après une courte carrière, il fut vite quartier-maître dans la marine marchande. Il comprit qu'il n'y serait jamais capitaine sans être mieux né et que la fortune serait plus vite acquise par des moyens hors la loi. Alors qu'il avait la confiance de l'équipage, il organisa une mutinerie sur le navire corsaire qu'il secondait depuis deux ans. La majorité des marins le suivirent, prêts à tenter leur chance comme pirates, plutôt que de rester des pauvres bougres à la solde de grosses compagnies ou d'États qui ne les rémunéraient pas correctement. Le capitaine et le reste de l'équipage furent abandonnés sur la côte africaine. Commença alors pour Avery l'exode de la piraterie. Après des débuts hasardeux, où l'inexpérience de l'abordage et le manque de techniques guerrières entraînèrent des échecs répétés, il se dirigea vers Madagascar. La flibusterie y semblait moins dangereuse et surtout le trafic maritime s'y multipliait grâce à la Compagnie des Indes orientales. Alors qu'il abordait la côte est de Madagascar, non loin de Fenerive, il tomba sur deux sloops eux aussi venus faire de l'eau douce. La côte nord-est de Madagascar ne dépendant d'aucun grand royaume à cette époque, les pirates y étaient tranquilles et donc assez nombreux. Il s'associa avec eux, espérant profiter de leur technique pour faire de bonnes prises. Sa stratégie fut gagnante ; quelques semaines après, ils firent une énorme saisie : deux bateaux du grand Moghol en route pour la Mecque, contenant des richesses inestimables. Ils encerclèrent le bateau, et Avery laissa les deux sloops aller à l'abordage pendant que lui surveillait la possible arrivée d'une patrouille maritime. Bien entendu, le bateau de Long Ben ne subit aucun dégât, tandis que les deux autres déplorèrent des pertes d'hommes et des avaries. Mais qu'importe, la prise était tout simplement exceptionnelle. Des pierres précieuses, les plus grosses jamais connues, ornaient les meubles des bateaux, alors que dire du contenu des coffres qu'ils transportaient pour les offrir à La Mecque ! Le grand Moghol Aurangzeb, furieux de cette attaque, imposa aux Anglais de retrouver son navire, sous peine d'être chassés des Indes. Avery et ses acolytes avaient, en une prise, réussi à se mettre à dos deux empires : celui des Indes et le britannique ! C'était devenu une affaire politique plus qu'une affaire d'argent.

Ses associés décidèrent de quitter l'océan Indien, étant trop recherchés dans la région et leurs bateaux incapables d'assumer un combat. Long Ben les persuada de lui laisser la majeure partie du trésor, en leur faisant miroiter une possible négociation avec les Anglais, s'ils ne conservaient pas les richesses. De plus, son bateau étant plus sûr, il les suivrait à distance, ramenant sans danger leur trésor durement acquis. Non seulement il avait obtenu de ses compagnons qu'ils fassent les basses besognes, et prennent tous les risques pendant l'abordage du navire, mais en plus il gardait tout le bénéfice de la prise, car il leur faussa compagnie dès la première nuit. John savait qu'il lui fallait disparaître définitivement. Se battre contre l'empire

britannique et indien était sans espoir. Et pour cela, quoi de mieux que d'inventer une nouvelle vie au capitaine Avery. Il confia son navire et un petit pécule pris sur le trésor à un jeune forban, assoiffé d'aventures, l'autorisant à prendre son identité pour garder le prestige du chef. Ce brave garçon fit vivre fièrement les couleurs de Long Ben. Le pseudo-Avery fut repéré aux Amériques, aux Bahamas puis en Nouvelle-Angleterre, où à chaque fois il tentait de négocier la vente de quelques pierres précieuses venant réellement du trésor des bateaux du grand Moghol, pour finir dans son archipel britannique natal, épuisé, ruiné et pourchassé au nom d'un autre toute sa vie.
En fait, John ne quitta jamais Madagascar, protégé par son avatar qui parcourait le monde. Il avait aussi fait croire qu'il avait aimé et enlevé une fille du grand Moghol avec laquelle il vivait. En effet, avoir un otage sous la main fait toujours hésiter les adversaires à attaquer frontalement. Mais il n'y avait jamais eu d'Indienne. Fort de ses richesses, il organisa sa vie dans la baie d'Antongil. Cette côte isolée n'était accessible que par la mer. L'entrée de la baie étranglée et sa forme profonde permettaient facilement d'organiser la défense et la surveillance du site. Sur une île au fond de la baie, Avery était en sécurité. Il y avait l'eau, la nourriture, il y vécut comme un prince, en accord et en harmonie avec les villages voisins, ayant, comme à son habitude, négocié ses amitiés et ses alliances par la ruse et l'argent. Nosy Mangabé, « l'île du roi de Madagascar », comme ses compatriotes l'avaient surnommée, n'aurait pu être prise que par une mission militaire organisée. Une légende née des histoires racontées par ses anciens camarades, capturés et finalement pendus, faisait de lui un homme extrêmement influent, régnant sur un royaume ; un livre fut édité à Londres sur son aventure !
- Ha, ha, ha ! J'ai eu la chance de lire ce livre ! Quelle blague. J'ai aussi été déclaré « ennemi du genre humain » par mes compatriotes. On peut dire que je les ai mis de mauvaise humeur. Organiser de l'esclavage, ça passe ; faire du trafic, ça passe ; mais déranger la diplomatie de Sa Gracieuse Majesté, alors ça, non, ça ne passe pas. Ma vie a été heureuse dans cette baie... Mais

mon royaume n'était qu'un îlot dans une baie, mon trésor était tellement connu qu'il était compliqué de le renégocier. Il m'a permis toutefois de vivre tranquillement et harmonieusement avec des Malgaches dont j'ai beaucoup appris. Oui, ces « sauvages », comme nous disions, étaient bien plus modernes qu'on ne le pensait. D'autres pirates, qui font partie de notre conseil, sont venus s'implanter sur la côte est, autour d'Antongil. North, White ont été de grands capitaines qui ont passé leur dernière année à Madagascar. Peu à peu, nous avons compris, chacun de notre côté, que nous pouvions vivre libres ici, vraiment libres. White a vécu en harmonie avec les Malgaches. North, lui, a fait de l'égalité la base d'une nouvelle société. Nous avons eu une descendance ici et avons édifié progressivement une vie de liberté, d'égalité et de fraternité, bien avant la timide tentative française de quatre-vingt-neuf ! Le roi Ratsimilaho s'est inspiré de certaines de nos idées et systèmes pour asseoir son règne. Il a su unifier son peuple, et avait presque touché au but à sa mort. Malheureusement, l'histoire l'a rattrapé. Il s'est fait trahir par ses héritiers, ou plutôt sa fille s'est fait manipuler par les Français. Mais ce que peu de personnes savent, c'est qu'il existe des documents officiels et datés, qui annulent la souveraineté de la France sur l'île Sainte-Marie à l'époque, puis sur le reste de Madagascar. En effet, la princesse Betty ne pouvait offrir Sainte-Marie aux Français, car elle n'en était pas la propriétaire et n'avait aucun droit ! Ratsimilaho n'était pas un roi comme on l'entend généralement, avec le pouvoir absolu sur son peuple et sur son territoire. Il était plutôt un guide, toutes les décisions se faisaient dans de grandes réunions de l'ensemble des chefs, qui eux-mêmes n'étaient que les porte-paroles de leur peuple.
- Et alors ?
- Comment « et alors » ? Tu sais qui est la princesse Betty ?
- La fille du roi, qui a donné Sainte-Marie aux Français.
- Eh bien, elle ne le pouvait pas, pas sans l'accord de son peuple ! Ce sont ces documents que tu dois récupérer, Andrasana. Toi qui es légitime pour représenter les anciens signataires de ces

accords. Ces textes représentent tout notre combat. Des années d'opposition face aux grandes nations, pour créer un monde libre. Ce monde libre qui devrait exister depuis longtemps et qui reste caché au fond de je ne sais quelle malle, en attendant son heure.
- Où est-il, ce traité ?
- Ici, à Sainte-Marie.
- Pourquoi ne pas l'avoir déjà utilisé ?
- Qui ? Une baleine ? Un coq ou un fils de pêcheur ? Non, le monde ne nous entendrait pas, il nous faut un représentant digne de foi et surtout de confiance. Toi, pour tout ce que je viens de t'expliquer, pour ce que tu représentes, parce que tu es l'Andrasana. La route sera longue, mais tu pourras le faire. Il te faut récupérer ce document, ensuite le conseil avisera.
- Bien, et où dois-je aller le chercher ?
- Je ne sais pas.
- Mais je ne comprends pas ! Vous disiez savoir ?
- Oui, je sais qu'il est ici à Sainte-Marie, mais je ne sais pas où exactement. Vois-tu, Andrasana, je voulais te parler seul à seul justement à ce sujet. Car nous avons un problème. Savais-tu qu'Olivier Levasseur est l'un des derniers pirates de ces régions ?
- Oui, il m'a raconté son histoire. Quel rapport ?
- Le document dont nous parlons a été rédigé et contresigné par North, White et moi-même, et enfin repris par Ratsimilaho avec de très nombreux chefs de la région quand il fut leur roi. Nous avons signé, les pirates, les Zana-Malata et les Malgaches, ce traité au fur et à mesure des générations au nom de notre pseudo-république. Notre « pays » allait de Diego Suarez à Tamatave incluant Sainte-Marie. En y additionnant les Betsimisaraka, il représentait un des plus grands territoires de Madagascar. Olivier n'a pas participé à ce traité, mais en a connu l'existence à son arrivée, bien sûr. Vers la fin de la piraterie, alors que White, North et moi avions déjà disparu depuis bien longtemps, Olivier faisait la navette entre Antongil et Sainte-Marie. Il semble que Ratsimilaho, désormais dernier signataire vivant du traité, ait confié le manuscrit à La Buse pour que celui-

ci ne tombe pas entre de mauvaises mains : il se méfiait de ses héritiers assez cupides. Ratsimilaho aimait beaucoup Levasseur, et comme tu le sais, Olivier est un homme droit et d'une loyauté totale à sa parole. C'est lui qui a vu ce manuscrit en dernier. Il a d'ailleurs avoué au conseil, depuis, qu'il était toujours en sa possession. Mais il n'a jamais voulu nous dire où il était.
- Pourquoi ?
- D'après lui, cela ne nous regarde pas ! Ratsimilaho le lui a confié à lui. Et puis, Olivier ne croit pas à notre cause. Bien qu'il adhère pleinement à nos rêves, je crois même qu'il est le plus utopiste d'entre nous, mais il se fout de sa réalisation.
- Comment ça ?
- Olivier est un être blessé, qui ne croit plus en l'Homme. Je suis d'ailleurs très étonné qu'il t'ait accepté si vite.
- Que voulez-vous dire ?
- Alors que la majorité des pirates ont fui, ou accepté un accord avec les Français, La Buse, trop fier, est resté à Sainte-Marie. Malgré les risques, il a continué sa vie, se moquant des autorités, travaillant comme capitaine jusqu'à son arrestation, comme tu le sais ?
- Oui, je sais, et il a été pendu.
- Pendu, oui… Pour ne pas avoir baissé les yeux quand il le fallait, pendu parce que libre jusqu'au fond de son âme. Quel gâchis ! Comme je te l'ai dit, on ne gagne pas seul face à des empires. Mais il ne t'a pas tout dit. Olivier ne vivait pas loin d'ici, isolé au nord-ouest de Sainte-Marie. Il était le capitaine pirate le plus connu et le plus respecté de ce bout de terre. Mais la cohabitation avec les autres forbans de la baie fut rapidement difficile. Son caractère impétueux, ses relations privilégiées avec le roi Ratsimilaho, son autoritarisme sur toute la communauté déplaisaient aux habitants comme aux flibustiers. Tu le connais un peu, il est irascible et, on peut le dire, asocial. Fort de sa fortune considérable, il préféra s'installer à l'écart des jalousies : il se fit construire un vrai petit palais exotique, loin de tout le monde, au bord d'une crique féerique. Il devint le seigneur de cette partie de l'île. Les villages sous sa protection y trouvaient leur compte

et formaient, avec lui, une vraie petite baronnerie. Encore aujourd'hui, les villages sont organisés autour de son influence. Il ne leur imposait rien, mais attendait la même chose en retour, pas de contraintes ni d'obligations. Progressivement, son statut légitime de leader s'imposa auprès des autres pirates, plus un seul ne jetait l'ancre à Sainte-Marie sans son aval, c'est lui qui négociait les échanges avec les malgaches pour tout le monde. Les chefs de village lui laissaient son indépendance par respect et aussi par crainte. Il épousa une jeune fille venant du village de pêcheurs voisin à son domaine. Je n'ai jamais connu son épouse, on dit qu'elle était la plus belle de l'île, peut-être même de Madagascar, selon certains. Elle n'avait aucune noblesse, juste une fille de pêcheur, mais Olivier l'aimait éperdument et se fichait totalement de son rang social. Il lui offrit tout ce que pouvait espérer une princesse : des étoffes venant des Indes, des bijoux pris sur les bateaux européens, des meubles de bois précieux destinés aux châteaux français. Il semblait intouchable, il se riait des risques, voilà pourquoi il est resté à Sainte-Marie, malgré sa tête mise à prix, avec ses trésors et notre document.
- Eh bien, je ne vois pas le problème ? Pourquoi ne nous confierait-il pas le parchemin ?
- Je te l'ai dit, il ne croit plus à notre projet. Il pense que nous n'obtiendrons rien. Seule la vengeance l'intéresse.
- Parce qu'il a été pendu ?
- Oh ça non, depuis qu'il naviguait sous le drapeau noir, il connaissait sa fin probable. Mais à son arrestation, dans la baie d'Antongil, ses futurs bourreaux l'ont ramené à Sainte-Marie, avant de le juger et le pendre à La Réunion. À leur arrivée à Ambodifotatra, personne n'a levé le petit doigt pour aider Levasseur, laissant libre cours à l'expédition punitive des militaires français.
Olivier a vu tout son domaine incendié, ces gens massacrés sans exception, les petits villages qui le soutenaient réduits à l'esclavage. Le nord de l'île a été sacrifié, à la vengeance punitive des Français, pour que le reste des habitants soit libre.
Il avait eu deux beaux enfants avec sa douce épouse. La dernière

fois qu'il les a vus, c'est pendus tous les trois à la branche d'un flamboyant, à l'entrée de sa propriété. Ils l'ont laissé à genou, entravé devant l'agonie de sa famille, le forçant à les regarder étouffer lentement.
- ...
- Il ne se l'est jamais pardonné. Il n'a jamais compris la lâcheté des Saint-Mariens. Et surtout, il ne négociera jamais plus avec les hommes.
- ...
- Andrasana, il nous faut ce parchemin.
- ...
- Tu dois l'avoir, pour permettre notre rêve.
- Pourquoi ?
- Excuse-moi ?
- Pourquoi je prendrais ce bout de papier à La Buse ? Pourquoi réaliser votre rêve ?
- « Votre » rêve ? Tu te fous de moi ! Notre rêve, oui ! Le rêve de tous les enfants de dix ans, le rêve des pirates, le rêve de Levasseur, comme le tien ou le mien. Le rêve d'établir la justice, de changer le cours des choses, d'être un héros, de vivre des aventures extraordinaires sur des îles du bout du monde, de parler aux plantes, aux animaux ! Ton rêve, Andrasana, celui de côtoyer des forbans, de vivre dans des décors exotiques, étranges et envoûtants. Le rêve que tu faisais déjà la nuit, avant de nous rencontrer. Alors, ne me fais pas le petit homme blasé, qui n'est pas impressionné de discuter avec une baleine. Tu rêves de continuer cette aventure, de découvrir notre trésor.
- ... Je ne peux pas forcer le capitaine.
- Personne n'a jamais forcé Olivier, j'espère juste que tu pourras le convaincre que nous devons aller au bout de notre « rêve ».
- Je ne suis pas sûr de vouloir.
- Tu ne trahis pas Olivier, tu lui donnes juste les moyens d'une vraie vengeance.
- J'essayerai, mais je ne lui mentirai pas.
- Personne ne te le demande. Même si nos relations sont parfois compliquées, j'aime Levasseur. Je le dis sans honte, j'aime sa

force, j'aime son caractère. C'est mon ami à moi aussi. Notre conseil ne le forcera jamais, ce serait contraire à nos règles. Toi, il t'écoutera, il t'écoute déjà. Rejoins La Buse et ton lieutenant. Moi, je vais rejoindre le conseil, Olivier sait me contacter s'il y a des nouvelles à donner.
- Je ne sais pas où ils sont partis.
- Remonte les rochers, après le phare, suis un petit sentier sur ta droite qui t'amènera à une jolie clairière à l'ombre d'un arbre majestueux, Olivier aime cet endroit. Au revoir, Andrasana.
- Au revoir, monsieur.
- Pas « monsieur », pas entre nous. Olivier t'a fait jurer sur la chasse-partie, et il compte te la faire signer, n'oublie pas. J'aimerais passer de baleine à souris pour être là ce jour-là. Tu es un pirate, maintenant, avec les règles et les risques qui vont avec.
- Alors, au revoir, capitaine.
- Bon vent, aspirant !

Une fois arrivé sur la terre ferme, l'eau derrière moi était de nouveau calme et limpide. Toute trace de l'accostage de Long Ben avait disparu. On aurait aussi bien pu imaginer l'arrivée d'un zébu sortant des flots que celle d'une baleine à bosse barbue. Le site avait retrouvé tout son mystère. La seule vraie différence entre mon arrivée et mon départ, c'était moi. Du statut d'enfant, j'étais passé à celui d'Andrasana et maintenant je venais d'apprendre ma promotion d'aspirant pirate ! Pour la première fois, depuis le début de cette aventure, j'avais l'impression d'y voir un peu plus clair dans mon histoire. Il me fallait retrouver mon capitaine à plumes.

LES RICHESSES DU VICTORIEUX

Le terrain alentour un peu surélevé était hérissé de cocotiers naturellement alignés et disciplinés les uns par rapport aux autres. Des noix, parsemées un peu partout dans une herbe rase, avaient fraîchement germé, faisant apparaître les premières feuilles étirées de futurs palmiers. L'ombre de cette végétation rafraîchissait l'air jusqu'ici chaud le long du sentier qui remontait de la mer. Ce n'était pas, ou plus vraiment, une clairière mais plutôt une cocoteraie sauvage.

Au loin, je vis Solofo et le coq assis sous un arbre. Ils étaient exactement là où Long Ben l'avait prévu. « Long Ben est reparti », dis-je en m'approchant d'eux, pour les prévenir de ma présence.

- Bien, mon ami, bien.
- Je ne savais pas que vous aviez vécu dans le nord-ouest de l'île.
- Oui, en effet, je n'ai pas pensé à te le dire.
- Hmmm, Solofo, j'imagine que tu le savais.
- Oui.
- Hmmm, très bien. On a rendez-vous au phare avec Joro ? Dans combien de temps ?
- Je pense qu'il y est déjà et qu'il nous attend.
- Très bien, dépêchons-nous de le rejoindre alors. Car nous allons nous arrêter au retour, là où était votre maison, capitaine.
- Pardon ?

- Oui, vous avez très bien entendu. Vous avez le temps pendant que nous rejoignons le phare de nous expliquer où il faudra nous arrêter.
- Mon garçon...
- Laissez-moi finir ! Vous vous débrouillerez pour vous cacher et profiter de la camionnette ou pour nous rejoindre par vos propres moyens, je m'en fiche. Si cela ne vous convient pas, alors ne venez plus me déranger, ni vous, ni la baleine, ni toi Solofo. Je pars devant, je reconnaîtrai facilement le chemin, tout imbécile que je suis.

Jusqu'à la route et la camionnette, qui nous attendait déjà en effet, je marchai seul devant. Je préférais les laisser tous les deux réfléchir. Ou ils m'intégraient vraiment dans leur « équipage » ou je quittais le navire, en tout cas c'est ce que je voulais leur faire comprendre.

C'est toujours dans le même hoquet fumeux que nous nous arrêtâmes en plein virage en haut d'une côte. Le trajet avait été silencieux, Solofo avait prévenu Joro que nous allions faire une pause sur le chemin du retour car il voulait me montrer un bel endroit. Moi je regardais, par la portière coulissante laissée ouverte, le paysage sans dire un mot. Solofo était resté devant avec Joro, qui lui n'avait pas grand-chose à dire, comme d'habitude.

- Où allez-vous ?
- Je lui montre la belle crique qui est en bas.
- C'est *fady* ici, tu le sais bien. Je n'aime pas vous laisser là.
- Mais ça va, on vient parfois se baigner avec des amis en cachette, t'inquiète pas !
- J'attends au village après la pente, la camionnette sera sur la route, vous me rejoignez.

◆ ◆ ◆

Je le suivai, tirant ma valise sur les pavés des trottoirs d'Antananarivo en observant ses tongs claquer à chaque pas

contre ses talons. Des tongs en plastique bleu ciel avec marqué sur la bretelle « Paradise » en jaune, c'est tout ce qu'il avait trouvé comme chaussures. Avec son tee-shirt vert, on ne voyait que lui, je me demandai comment j'avais pu m'inquiéter de mon allure en arrivant. Les rues assez étroites descendaient en serpentant les collines abruptes de la ville. Tous les trottoirs étaient pavés, c'était esthétiquement aussi réussi que destructeur pour les roues en plastique de ma valise. Il avait toujours cette démarche nonchalante avec une attitude désinvolte évidente.
La ville était magnifique. Les balcons en bois colorés et sculptés maintenaient à l'ombre les maisons en brique rouge qui longeaient ces petites rues étroites. On était bien dans ces rues ombragées, la température y était idéale. Il n'y avait pas un seul bruit de moteur et on était bercés par les cris des vendeurs sur les bords de la route où des enfants couraient un peu partout. Depuis dix ans, il n'y avait plus aucune voiture dans l'agglomération. Des camionnettes électriques sillonnaient la ville, faisant des livraisons aux commerces et aux particuliers, des minibus au toit panneau solaire les croisaient amenant les personnes dans tous les points de la ville et enfin les auto-pousse glissaient partout en silence. L'auto-pousse est LE moyen de transport par excellence ici. Petit, étroit et en libre-service, il y en a partout. Le système électrique à recharge solaire est totalement indépendant et, à moins de faire plus de trente kilomètres de nuit, il est toujours chargé. Il suit exactement les mêmes plans de carrosserie des vieux pousse-pousse en bois traînés par un pauvre homme. Sauf que l'homme a été remplacé par une roue motrice que l'on dirige avec un guidon de vélo, le levier de frein droit est l'accélérateur et le gauche le frein. Il y a deux places de front, un joli toit en toile et, comme sur leur ancêtre, on est trempé s'il pleut malgré le pare-pluie amovible. Même si cela peut paraître incommode, c'est finalement le plus pratique dans les petites rues et puis cela donne tellement de charme à la ville. Comme à l'époque des pousse-pousse traditionnels, ils sont de toutes les couleurs. Unis, bariolés, avec les roues différentes, tout est possible. Sur demande et présentation d'un dossier au

service d'administration, chacun peut avoir la charge de peindre ou repeindre un pousse-pousse. Cela laisse le champ libre à de nombreux artistes en herbe et les résultats sont souvent étonnants. Associés aux balcons, quand on serpente dans ces petites rues, on a la sensation d'être perdu dans un arc-en-ciel.
- C'est beau, n'est-ce pas ?
- Magnifique, monsieur.
- C'est pour cela que j'aime marcher à pied dans la ville, on s'y sent bien. On va prendre un *mofo*, d'accord ?
- Un *mofo* ?
- Vous ne connaissez pas ?
Il faisait une tête d'enfant gourmand qui prépare une surprise. Tous les cinq cents mètres sur les trottoirs, des mini échoppes sur roulettes proposaient des *mofos*. Ils pouvaient être de toutes les formes, carrés, ronds, ovales, et de toutes les tailles. Ils avaient une teinte de cuir et étaient disposés par espèces dans des petites assiettes creuses.
- Ce sont des beignets malgaches, c'est excellent ! Rien de mieux avant de prendre le train. Lesquels voulez-vous ?
- Je ne sais pas vraiment, je ne suis pas sûr d'avoir faim.
- Ah bon ? J'en prends à la banane et à la coco, ce sont les meilleurs. Vous verrez, l'appétit vient en mangeant.
Il acheta une quantité énorme de chaque, je ne voyais pas du tout comment on allait manger tout cela, même si le temps de les payer il en avait déjà englouti deux. Autour de nous, personne ne semblait remarquer sa présence. Nous n'étions accompagnés par aucun garde du corps, nous achetions des beignets au bord de la route et tout le monde s'en moquait. Seuls les enfants semblaient le reconnaître ; tandis que nous continuions à marcher, certains venaient vers lui et lui tapaient dans la main. Repartant le cartable sur le dos, avec un beignet à la banane ou à la coco au choix, ils ne semblaient pas plus étonnés que cela.

❖ ❖ ❖

Du sentier, la vue sur la crique était envoûtante. Il avait fallu traverser une zone végétale extrêmement dense pour en profiter. La crique était cachée des regards par le relief d'une petite colline à la végétation dense et humide. Du haut de celle-ci nous avions une vue d'ensemble, le terrain qui entourait la crique était très pentu, enfermant le site dans un fer à cheval étroit. Dans la partie plate du terrain devant la mer, des cocotiers immenses et fins montaient droit pour aller chercher la lumière du ciel caché par le relief. Un cours d'eau glissait sur la droite à travers la forêt humide, puis se déversait en cascade dans un amas de gros blocs de granite pour finir par rejoindre la mer tranquillement. La plage formait un C majestueux et se terminait de chaque côté par un cap rocheux sur la mer, fermant aux regards venant de l'océan ce petit paradis. C'était une belle anse, cachée de tous, restée dans son mystère et ses secrets.

En descendant vers la plage, faite de gros morceaux de corail blanchi concassés et ramenés par les courants, nous vîmes le coq à droite du cours d'eau regardant la mer. L'arbre sous lequel il était abrité avait un réseau de racines affleurantes qui allaient dans toutes les directions, à califourchon entre la terre et le sable. Il semblait attaché au sol de cette île depuis toujours. Son tronc noueux et épais s'était lentement façonné contre les embruns salés, gardant dans ses fibres les cicatrices des coups de mer. Aucune tempête, aucun cyclone ne l'avait délogé depuis des siècles, tout juste avaient-ils découvert impudiquement certaines de ses racines. Ses branches basses et horizontales longeaient la grève comme voulant s'étirer sur toute la longueur de sable, pour faire la sieste au soleil. À leur extrémité, des rubis végétaux flamboyants scintillaient dans le soleil d'après-midi.

- Voilà, mon garçon. Tu es sur ma propriété, enfin ce qu'il en reste. Ma maison était là, où sont les cocotiers. Nous en avions planté à l'époque, pour la consommation et le commerce. Une bien belle maison, si tu veux mon avis. Je me remémorais justement des souvenirs.

- Il n'y a jamais personne sur cette plage ?
- Si. Parfois des Européens viennent se baigner dans mon petit paradis. Les insulaires eux n'y viennent plus, ils n'ont rien à y faire...
- Je peux m'asseoir ?
- Je t'en prie.

La Buse regardait la mer, il était sombre et nostalgique et ne semblait pas enclin aux confidences. Solofo, silencieux et respectueux, n'osait apparemment pas parler. Au bout de cinq minutes interminables à l'ombre de l'arbre, je ne supportais plus ce silence gênant.
- Vous ne m'aviez pas dit, pour votre maison, votre famille.
- Toujours très bavard l'Anglais, hein ? Tu ne l'avais pas demandé.
- Solofo le savait lui, n'est-ce pas ?
- Solofo connaît l'histoire de sa famille...
- Comment ça ?
- Dis-lui, petit.
- C'est une de mes ancêtres, une tante. Ma famille et La Buse sont liées depuis longtemps maintenant.
- Qui ?
- L'épouse du capitaine. Fanantenana t'a dit qu'il était de sa famille.
- Et toi non plus, tu n'as pas jugé utile de me le dire ?
- On ne se vante pas d'avoir abandonné les siens, de les avoir laissés se faire tuer, lâchement.
- Et il est difficile de faire confiance à un ami ?!

Je préférai me lever et marcher vers la mer, plutôt qu'écouter les réponses de mes deux compères. Je me sentais rejeté, ils avaient des secrets pour moi. C'est toujours blessant de comprendre que vous n'êtes pas intégré à un groupe malgré les efforts, que vous restez l'étranger, le nouveau. J'avais déjà vécu cela une fois à l'école : des remarques sur ma couleur de peau, ma différence, qui engendrait méfiance et inquiétude. J'étais déçu de revivre ça, surtout ici.

Je longeais le sable mouillé par le léger clapot, en réfléchissant aux suites à donner à mes relations avec les autres. Finalement,

personne ne se faisait vraiment confiance. Chacun gardait des secrets, moi le premier. J'avais caché l'histoire de ma famille à Levasseur lorsqu'il s'était confié, au cimetière. Pouvais-je reprocher aux autres ce que je faisais moi-même ? Non, décidément, cela n'allait plus. Faisant demi-tour vers l'arbre, d'un pas pressé, je décidai de ne pas perdre la seule certitude obtenue jusqu'ici : mon amitié pour Solofo et Olivier.
- Eh bien, capitaine ! Je ne vous cache pas que je suis très déçu ! Oui, vexé même, d'avoir appris beaucoup de choses sur vous par John Avery, et non pas directement de votre désagréable voix !
- Pardon ?
- Vous vous dîtes mon ami, mais vous cachez la moitié de vos souvenirs. Ne suis-je pas digne de votre confiance ? J'avoue aussi ne pas vous avoir dit tout ce que vous devriez savoir, il faut mettre les choses au point une bonne fois pour toutes. Alors voilà, jouons à un jeu : chiche ou vérité !
- Qu'est-ce encore que ces pitreries ?
- Un jeu, capitaine ! Je commence pour montrer l'exemple, et je choisis : vérité !
Pour une fois, le coq n'eut même pas le temps de redresser sa crête, je lui avais cloué le bec.
Je lui racontai tout ce que je savais, tout ce que venait de m'apprendre Long Ben. Tout ce que mon oncle et ma tante m'avaient fait comprendre sur la particularité de l'île, toutes les conclusions que j'en tirais.
Je lui parlai de mes ancêtres, la rencontre au tombeau, Ingahyman, Ramasombazaha. Je n'omis rien, ni ma vie en France, ni mes parents, ni même l'extraordinaire compréhension de Nomena et de ses amies les tortues.
- Fichtre ! Mon garçon, tu n'y vas pas par quatre chemins, j'aime ! Alors, chiche ou vérité ?
- Vérité !
- L'île, petit ? Madagascar ?
- Ça, je ne sais pas, c'est l'inconnu pour moi. Sûrement est-elle indispensable, peut-être responsable, j'avoue ne pas comprendre.

- Peut-être est-elle le vrai commandant de bord ?
- …
- Allez, ton jeu me plaît ! À mon tour : vérité !
- Pardonnerez-vous la famille de Solofo ?
- Solofo n'est pas à blâmer, Fanantenana devrait déjà être excusée, je l'avoue. Leurs ancêtres, je ne sais pas. Mes enfants étaient comme toi et ta sœur : vivants, différents, comprenant l'île à leur manière. Des *malatas*, beaux, rieurs, intelligents. Ma femme était ma lumière, calme et réfléchie. Ils étaient mon plus grand trésor. Pardonner, dis-tu ? Personne n'a bougé, ils étaient métis alors finalement ne faisaient pas vraiment partie de leur communauté. On peut laisser mourir des enfants parce qu'ils ne font pas partie de votre race ? Pardonner, me demandes-tu ? Un jour, peut-être…
- Chiche ou vérité ?
- Vérité, imbécile ! Ton chiche ne sert à rien et tu le sais.
- Avez-vous le document dont parle la baleine ?
- Oui.
- Faites-vous confiance à Long Ben et au reste du conseil ?
- En eux, oui. Mais pas en leur jugement. Qu'espèrent-ils obtenir avec ce bout de papier ? Et s'il était détruit, c'est un parchemin bien fragile, tu sais ? S'il venait à disparaître, ma dernière chance de vengeance s'envolerait avec lui. Je n'ai pas l'intention de prendre le moindre risque, c'est la raison pour laquelle je ne l'ai jamais donné pour l'instant.
- À moi vous le donneriez, pour que je m'en occupe ? Je ne m'en servirai qu'avec votre accord.
- Si je dois le confier un jour, oui, c'est à toi que je le donnerai, je pense, puisqu'on t'appelle l'Andrasana. Il faut bien que ce prénom ridicule serve à quelque chose. Mais alors le conseil ne devra pas pouvoir influencer tes choix sur son usage. Tu devras être le seul responsable !
- Je suis d'accord. Me le confierez-vous ?
- Non ! Enfin, pas comme ça. Je veux d'abord que tu signes la chasse-partie, et que celle-ci soit transmise au conseil. Je veux que tu sois reconnu pirate, ils ne pourront plus t'imposer tout

et n'importe quoi. On ne peut trahir un pirate. Alors là, j'aurai confiance en toi, et en eux. Nous serons tous sur le même bateau.
- Très bien, pourquoi pas. Mais j'aimerais que Solofo puisse aussi signer.
- Solofo ?
- Je suis prêt !
- Bien, matelots. D'autres questions ?
- Vous confirmez tout ce que m'a raconté Avery ?
- Oui.
- Alors je ne crois pas avoir d'autres questions pour l'instant. Mais j'aimerais que désormais nous nous fassions totalement confiance tous les trois.
- Nous allons nous occuper de ça ! Signons la chasse-partie, le plus tôt possible, et tout sera clair pour moi. Je dois bien avoir un contrat ou deux qui traîne dans les archives du *Victorieux*. Eh, quoi ? Ne me regardez pas comme ça, avec vos yeux de merlan frit, j'ai beau être un pirate, je reste un capitaine. Comme tel, le travail d'organisation et d'administration me revenait. Il fallait gérer parfois deux cents âmes sur un bateau !
- Mais où sont ces archives ?
- Triées, rangées comme il se doit, dans une malle bien ordonnée, avec mes souvenirs et mon trésor. Le « trésor » d'Olivier Levasseur !
- Le document de Long Ben aussi ?
- Ce n'est pas son document. Mais qui sait, hein ? Vous aimeriez voir le trésor du vieux coq ? C'est l'un des mystères les plus connus du monde, mais aussi l'un des secrets les mieux gardés. Une fortune inestimable, que certains rêvent de découvrir. Au point d'y laisser leur vie...

Ce satané coq, redressé sur ses ergots, se pavanait de joie au souvenir de son trésor. Il n'était plus nostalgique du tout, sautillait de gauche à droite sur le sable avec des yeux brillant d'un nouvel éclat. L'évocation de richesses le rendait comme fou, diabolique. Il était aussi excité que lorsqu'il m'avait raconté ses faits d'armes. Solofo et moi nous nous installâmes confortablement contre le tronc de l'arbre, sachant ce qui

nous attendait : le coq ne s'arrêterait plus tant qu'il n'aurait pas terminé son histoire de trésor. Ils aimaient raconter des histoires.
- Voyez-vous, les petits, nous, les pirates, étions des hommes économes et prévoyants. On nous donne toujours une image de soiffard sans vergogne, mais on peut faire la fête et sa comptabilité. On peut même dire que nous étions épargnants. Dans nos professions, un peu d'argent de côté peut être utile en cas de pépin. Personnellement, je n'ai pas beaucoup puisé dans mon trésor, préférant faire quelques menus larcins quand j'avais des problèmes de trésorerie. De plus, on peut dire que j'ai bien investi : le butin de la *Vierge du Cap* vaut une véritable fortune, dans les cinq milliards d'euros actuels ! Vous avez devant vous le coq le plus riche de la planète !
- Sans rire ?
- Je ne ris pas avec l'argent ! Et comme je te le disais, Andrasana, tu ne peux pas imaginer le nombre de vauriens qui voudraient faire main basse sur mes petites économies, mes contrats de chasse-partie et autres documents ! Ils cherchent partout, aux Seychelles, à La Réunion et ici. Tout le monde voudrait récupérer le trésor pirate d'Olivier Levasseur.
- Pourquoi votre trésor spécialement ?
- Oh, ils en cherchent d'autres. Mais le mien est un lot colossal, je te l'ai dit, une fortune. Et puis j'ai su rendre mon trésor très populaire.
- Je ne comprends pas.
- Simple spéculation, en quelque sorte. Cela fait presque trois siècles qu'on parle de mes richesses. Elles sont peu à peu devenues légendaires, leur cote monte tous les ans un peu plus. Rendez-vous compte, une collection privée de trois siècles, dont on connaît en partie la teneur, mais que personne n'a jamais approchée. Imaginez l'effet sur les collectionneurs, ils sont prêts à tout ! S'il fallait payer le triple, ils le feraient, ils investissent déjà beaucoup dans la recherche.
- Et personne ne l'a trouvée ?
- Bien sûr que non, enfin ! Cela fait partie de ma vengeance. Tu

imagines bien qu'on ne m'a pas pendu seulement pour ce que je représentais, ils voulaient mon trésor. Comme te l'a raconté l'Anglais, ils étaient convaincants. Mais ils ne se sont pas arrêtés à ce qui est arrivé ici. Dans les geôles de Saint-Denis, jour après jour, j'ai subi des interrogatoires. Ma pendaison a été une libération pour moi. Alors, comme je te l'ai déjà dit du fond de mon cachot, j'ai patiemment organisé un plan. Puisqu'ils y tenaient tant, je leur ai donné des indices pour mon trésor : un cryptogramme, dans un alphabet codé, connu des pirates. Et juste avant que le nœud se serre autour de ma nuque, du haut de l'échafaud, je l'ai jeté dans la foule en criant : « Mes trésors à qui comprendra ! » Dans la pure tradition de la piraterie, s'il vous plaît. Depuis, ils s'épuisent sur mon parchemin à tenter de le décoder.
- Encore personne n'a pu le déchiffrer ?
- Non, il faut dire que c'est réellement difficile, ma chasse au trésor est de haut vol. On n'appâte pas des chasseurs de trésors avec un vulgaire plan et une croix rouge.
- C'est-à-dire ?
- Eh bien, pour que les requins s'attaquent au festin, il faut qu'il soit d'importance et méritoire. Pour ce qui est de l'importance, je crois sans me vanter avoir le plus beau trésor pirate jamais découvert, bien que celui de Long Ben soit très correct, reconnaissons-le. Reste la difficulté de l'énigme. Trouver un trésor trop vite lui fait perdre sa valeur symbolique. Si la quête est ardue et périlleuse, là on peut espérer la richesse et en plus la notoriété. Dans toutes les recherches, ce qui compte, c'est la quête, l'aventure, la découverte, le trésor n'est plus que la récompense du travail accompli. Qui dit grande quête dit grand chasseur, et je peux te dire que les plus grands s'y sont cassé les dents. Je suis, d'ici, cette petite compétition d'initiés. Et le résultat est au-delà de toutes mes espérances. Le monde entier s'y est intéressé, des sommes phénoménales ont été investies. Ils ne lâcheront jamais !
- Pourquoi n'arrivent-ils pas à traduire votre message ?
- Oh, mais ils l'ont traduit ! Fort bien d'ailleurs, ce qui m'a

inquiété dans un premier temps. Comme je te l'ai dit, j'ai utilisé un alphabet codé, que nous, gueux de mer, utilisions souvent. Mais pour corser l'affaire, j'y ai régulièrement inséré des erreurs. La traduction n'est donc pas claire. Mais ils s'en sont vite et bien sortis. Par contre, à mon grand soulagement, ils tentent toujours de percer l'énigme du texte, ils n'ont pas compris. C'est une suite d'indications à suivre, une recette de cuisine aberrante qui n'a ni queue ni tête. J'ai imaginé des formules assez poétiques, des métaphores autour de la femme, des repères à prendre en fonction du soleil. C'est réellement très drôle et très réussi, il faut faire les choses dans l'ordre sans que l'ordre soit donné, il faut deviner ceci pour pouvoir découvrir cela. Dommage que je ne puisse vous montrer, vous auriez adoré. Mais le document est au musée aux Seychelles. Si on m'avait dit un jour que je fournirais des pièces de musée ! Enfin, gardez-le pour vous, mais la seule vraie difficulté de ce texte est de lui donner un sens. Car il n'en a aucun...
- Pardon ?
- C'est un leurre, une farce ! Mon fameux cryptogramme ne veut absolument rien dire, et ne recèle le secret d'aucun trésor. Et pourtant, tous ces vautours de pierres précieuses s'acharnent à le comprendre. J'ai eu peur qu'ils pigent devant l'absurdité du texte une fois traduit mais au contraire ils redoublent d'imagination. Plus c'est incompréhensible, plus ils se persuadent de la valeur des informations. Ils arrivent à donner un sens à un texte qui n'en a pas, faut quand même être sacrément tordu. Certains pourtant, se croyant plus malins, ont abandonné de chercher une signification. Ils tentent d'utiliser le texte comme une carte. J'avais prévu une deuxième lecture de ce type : les erreurs du manuscrit ainsi que des points sont placés de manière ordonnée et précise sur la page. Cela forme une espèce de plan quand les éléments sont reliés entre eux. Une carte au trésor apparaît alors, et mon dieu qu'ils sont friands de tout cela. Ils font des comparatifs, des études et des recherches. À une époque, ils ont pensé que j'étais peut-être un descendant des Templiers ! Moi, descendant de curé, curé soldat soit mais

curé quand même ! Des fous, vous dis-je. Mon plan les amènerait apparemment à La Réunion.
- Il est là-bas ?
- Mais non ! Un leurre là aussi… Ah, ce que ça m'amuse ! Des chiens autour d'un terrier vide.
- Mais pourquoi toute cette histoire ?
- La meilleure défense, c'est l'attaque, mon ami ! Ils ont un os à ronger, et ne veulent plus le lâcher. En les laissant courir après une chimère, je suis sûr qu'ils ne trouveront pas le trésor. Sinon ils réfléchiraient cinq minutes, et au revoir le trésor.
- Il est où ?
Le coq fit le tour de l'arbre, sauta sur une branche pour voir de haut l'ensemble de la crique et redescendit vers nous en parlant moins fort.
- Comment ça, « il est où », mais ici, où d'autre ? C'est ici que j'ai vécu mes dernières années, pourquoi diable aller l'enterrer au bout du monde ? Je me demande vraiment parfois ce que les gens ont dans la tête. Vous croyez que l'on peut transporter tout ça dans un sac à voile ?
- On ne peut pas le savoir ! Quand y allons-nous ?
- Tu es bien pressé, Andrasana. C'est pour le trésor, pour le document ou pour la chasse-partie ?
- Mais les trois, mon capitaine.
- Attention, c'est mon trésor, compris ? On ne touche à rien sans mon accord.
- Mais enfin, nous ne voulons pas vous voler !
- Hum… on verra. De toute façon, on ne peut pas y aller aujourd'hui : il y a de la route, c'est trop loin. Je ne l'ai quand même pas enterré ici dans mon jardin. Et puis, je ne m'y suis pas rendu depuis longtemps, je dois vérifier quelques détails avant. Allez, mes amis, remontons vers la route, votre copain Joro va s'inquiéter.
Déjà debout, comme de bons petits soldats, Solofo et moi avions repris le chemin vers l'ombre de la cocoteraie.
La Buse resta en arrière, sous le majestueux arbre aux fleurs rouges. Il sautillait au milieu de l'immense réseau de racines

apparentes qui donnaient l'impression que l'arbre était agrippé jusqu'aux entrailles de l'île. Il semblait interpréter une danse autour du tronc, fébrilement, regardant les branches une à une. Puis, sans raison apparente, il s'immobilisa sous l'une d'elles, droit et rigide, la fixant intensément. Il ne bougeait plus, ni la brise, ni le bruit des vagues ne le faisait ciller. Solofo tenta de l'appeler, mais il ne réagit pas. Au bout d'un instant, gênés et inquiets, nous revînmes vers lui. Même à nos côtés, il ne semblait pas nous voir, plus immobile qu'une des roches de la crique posées sur le sable. En levant les yeux dans la direction de son regard, nous vîmes trois lignes transversales sans écorce, sur une branche patinée par le temps. Les yeux du coq étaient fixes, rouges et des larmes coulaient à la base de son bec.

Je découvris ce jour-là qu'un coq peut pleurer. Les larmes ne sont pas question d'espèce. Un capitaine pirate, comme un enfant, ne retient pas toujours ses émotions. Face à la tristesse et au désespoir de notre ami, nous étions inutiles. Incapables de trouver des mots réconfortants, nous repartîmes discrètement, Solofo et moi, les épaules basses. Quand Levasseur nous rejoignit, plus tard, près de la route, il paraissait las et fatigué.

- J'entends un moteur, la route est proche, il est temps de nous séparer. Nous nous verrons plus tard.
- Bien, capitaine.
- Je... je vous remercie tous les deux. C'est bien d'être venus ici, de m'avoir amené. Je n'y viens jamais. Excusez-moi pour tout à l'heure, j'avais besoin d'être seul...
- Pas de problème, capitaine.
- Je vous aime bien tous les deux...

Long Ben avait raison, c'était un homme blessé. Bien plus que je ne pouvais l'imaginer, je crois. Il y a des sentiments que l'on ne comprend qu'avec l'âge. Je pouvais percevoir le feu qui dévorait La Buse, le feu qui lui avait pris ses enfants et sa femme. Mais je ne compris que plus tard, que cet incendie n'était pas éteint, bien au contraire.

Notre ami repartit avec ses mystères vers sa crique. Il redescendait de nouveau vers la plage, vers son domaine, vers sa famille et ses souvenirs. Nous marchâmes au bord de la route jusqu'à ce que Joro nous sorte de nos songes, d'un caverneux bruit de klaxon. Nous venions de passer devant sa camionnette sans la voir. Le retour et le reste de la journée passèrent comme un rêve. J'avais l'esprit occupé par les révélations de La Buse et de Long Ben. Comment, malgré leur confiance, allais-je pouvoir assumer ce qu'ils attendaient de moi ? Par quel miracle un enfant pouvait-il, avec un vieux document signé par des pirates, changer le destin d'une île, d'un pays tout entier ? Et puis, j'étais surtout très excité par le trésor d'Olivier. Ce secret si convoité, j'allais le voir ! J'essayais d'imaginer ces fabuleuses richesses. Il faudrait sûrement creuser pour déterrer des vieux coffres cadenassés où s'entassaient des pierres précieuses, des pièces d'or gravées par les plus grandes nations, des épées sculptées et des vieux parchemins jaunis par le temps. À quoi pouvait bien ressembler la chasse-partie ? En quoi consistait ce fameux contrat qui allait faire de moi un pirate officiel ? J'avais hâte de revoir le coq, j'avais hâte de retourner à mes aventures. Il nous faudrait sûrement trouver des pelles et des pioches, et aussi les transporter à vélo sans se faire remarquer. J'avais beau me torturer l'esprit, je ne voyais vraiment pas comment faire.

Le matin suivant, j'appris que je passerais la journée à l'île aux Nattes, mais cette fois-ci à la pointe sud, face au grand lagon en forme de coquillage géant. Nous y ferions une journée de plage bien tranquille. Mais sans mes parents, Fanantenana nous invitait Nomena et moi, pour son plaisir avec ses petits-enfants ; Papa et Maman avaient tout de suite accepté. Ils avaient des choses à faire tous les deux. Au moment de partir, j'avais obtenu pour toute réponse de mes parents : « Nous aussi, nous cherchons un trésor ! » Je ne savais pas quoi penser : avaient-ils vraiment des secrets, ou était-ce seulement pour se venger de mon attitude ?

J'y pensais encore face au décor de la plage et son lagon quand Solofo me proposa d'aller nous baigner. L'eau était tiède et transparente. Le sable corallien, d'un blanc immaculé, donnait une visibilité incroyable au lagon. On ne voyait pas plus clairement dans une piscine, et surtout on n'y trouvait pas cette faune de petits poissons regroupés par couleur qui se cachaient à notre passage. Le sable toujours en mouvement, sous l'effet de courants invisibles, semblait cacher des coquillages et autres timides crustacés. Tout en pataugeant dans cette gigantesque baignoire, Solofo et moi faisions des suppositions sur le trésor d'Olivier et sur l'évolution de notre mission. Fanantenana ne nous avait pas questionnés sur notre rencontre avec Long Ben. Elle se disait confiante, et n'avait pas besoin d'être rassurée, elle restait juste, selon elle, à notre disposition si nous avions besoin d'aide. Par contre, elle nous avait incités à partir découvrir le lagon à la nage. Il y avait, d'après elle, des surprises sous le sable de l'île. Alors l'un comme l'autre, nous observions le fond du lagon, curieux de tout relief particulier et de toutes algues originales. Au bout de trente minutes d'exploration sous-marine, nous étions quasiment collés à la barrière de corail, limite de notre terrain de jeu avec l'océan. Solofo tomba sur une petite colonie de langoustes. Ces chars d'assaut sous-marins nous fixaient fébrilement en pointant leurs antennes agressives. Elles étaient particulières, elles avaient troqué leur habituelle couleur rosée pour un bleu verdâtre. De retour sur la plage, nous expliquâmes notre découverte à Fanantenana. Elle était très intéressée par ce phénomène : d'après elle, les langoustes bleues étaient signe de richesses.

- Ne parlez pas de votre découverte, les enfants. Là où il y a des langoustes bleues, il y a un trésor. Je vous l'ai dit, l'île cache en son sein des richesses. Beaucoup plus qu'on ne peut le croire ; la présence de ces animaux en est une preuve de plus. À une époque, les langoustes de la baie des pirates étaient toutes bleues, cela leur donnait une grande valeur marchande. Or la baie contient de nombreuses épaves de bateaux. Des scientifiques y ont identifié les vestiges de bateaux légendaires qu'on croyait disparus, tel le *Adventure Galley* du capitaine William Kidd. Peut-être que, dans ce lagon aussi, il y a des épaves cachées sous le sable. De nombreux trésors n'ont pas encore été découverts, et peut-être vaut-il mieux qu'ils ne le soient jamais pour certains… Alors, gardez le silence, des oreilles écoutent et des yeux épient pour dévaliser les reliques de notre histoire. Le coq ne se méfie pas inutilement, il sait très bien à quoi s'en tenir. Dans de mauvaises mains, certains trésors sont perdus. Allez jouer avec les petites maintenant, j'ai besoin de rester au calme, cela faisait longtemps que je n'étais pas venue dans ce coin de l'île. Nous avons toutes les deux beaucoup de choses à nous dire. Je ne me formalisais plus des énigmes de Fanantenana et nous la laissâmes malaxer le sable avec ses mains et ses pieds, son regard blanc face à la mer en psalmodiant doucement. J'aurais aimé comprendre et savoir ce qu'une bande de terre isolée avait à raconter à une vieille aveugle. Armés de notre kit de plongeur amateur, nous retournâmes vers les langoustes bleues, curieux de découvrir ce qu'elles pouvaient annoncer. À force de secouer le fond, la visibilité diminuait, les langoustes avaient fui, outrées de notre attitude. Une heure de plus, la tête dans l'eau à respirer dans nos tubas, eut raison de notre détermination. Il n'y avait rien dans le sable, rien de repérable pour nous, en tous les cas. Échoués sur le sable, le dos et les mollets cuits par le soleil, nous rejoignîmes Nomena et sa copine qui jouaient dans les vagues avec des écorces de noix de coco.

Et qui dit vague dit surf. Nomena, accrochée à mon cou comme sur le dos d'un dauphin, hurlait dans la houle, tandis que Solofo et sa sœur essayaient de surfer les vagues à nos côtés. Nos maillots s'alourdissaient de sable et d'algues à chaque nouvel échouage sur la plage. J'avais le cou lacéré par les petits ongles de ma sœur, mais rien ne m'aurait fait arrêter. Le monde n'existe plus quand votre imaginaire a pris le dessus. J'étais enfermé dans mon jeu de rôle, et dauphin est un rôle que l'on rêve de jouer une fois dans sa carrière. Il aurait fallu une tempête ou la nuit pour nous stopper, et pourtant ce sont trois touristes en short, aux jambes blanchies de crème solaire, qui nous ramenèrent sur terre.

- Bonjour, les enfants ! Vous habitez ici ?
- Non, au fond de l'océan, nous sommes des sirènes et des

dauphins !

Nomena a toujours eu l'art et la manière de se débarrasser des opportuns. Mais ceux-là ne semblaient pas très réactifs au caractère aiguisé de ma petite chipie.

- Ah, c'est amusant. On vous a vus tout à l'heure, dans le lagon, chercher quelque chose. Qu'avez-vous trouvé ?
- Rien, on jouait, c'est tout.
- Ils jouaient avec des langoustes !
- Nomena ! S'il te plaît, ne parle pas aux gens que tu ne connais pas.
- Des langoustes, dans le lagon ? Elles étaient belles ?
- Comme des langoustes, pourquoi ?
- Vous n'en avez pas rapporté ?
- Non, on jouait, on ne pêchait pas.

L'homme qui nous parlait était massif : un mètre quatre-vingt-dix pour cent vingt bons kilos. Sa peau, d'une blancheur accentuée par la crème, était piquée de multiples points rouges boursouflés. Les *mokafohy*, petits moustiques de sable très agressifs dans la région, paraissaient particulièrement friands de cette grande carcasse. Il transpirait abondamment, marquant sa chemise d'auréoles, et la lumière du soleil sur le lagon lui irritait les yeux. Avec son nez en lambeaux, brûlé par le sel marin et les UV, il ne semblait vraiment pas adapté au climat de l'île. Son regard rougi et larmoyant était perçant, sans aucune sympathie. Mes réponses ne lui convenaient pas et il avait du mal à maîtriser son impatience. Fanantenana qui avait senti, par je ne sais quelle magie, une présence hostile, vint nous chercher, le visage fermé et autoritaire.

- Il est tard, les *zazas*, nous rentrons. Solofo, Andrasana, allez devant nous trouver une pirogue pour traverser. Les filles, donnez-moi la main, nous y allons.

L'homme observait sans complaisance la vieille Malgache, contrarié de voir Solofo et moi partir en courant sur la plage.

- Excusez-nous, madame, nous ne voulions pas vous déranger.
- Hum...
- Je voulais des renseignements sur le lagon.

- À cinq cents mètres sur la plage, il y a un hôtel avec un club de plongée. Tu n'as pas à déranger mes enfants, *vazaha-bé* !
- Il y a un problème, madame ?
Il s'était campé sur ses larges jambes, face à Fanantenana, voulant la dominer. La grand-mère, de quarante bons centimètres inférieurs, paraissait encore plus frêle que d'habitude. Elle lui tint tête, le fixant de ses yeux morts et glacials.
- Toi ! Tes yeux sont rouges, ta peau malade, tu sens la fièvre. L'île ne t'aime pas, *vazaha-bé*, tu devrais partir.
Accompagnée de ses deux petits guides, le visage fermé, elle nous rejoignit à la pirogue. Elle ne desserra pas les dents du retour, nous devions être plus discrets et surveiller désormais ces trois inconnus. À l'hôtel, elle décrivit nos touristes au personnel et particulièrement à Joro, inventant même chez eux une attitude malsaine vis-à-vis des enfants. Les pauvres bougres avaient maintenant une réputation abominable qui allait se diffuser dans l'île plus vite qu'une brise de mer.

Après le dîner et l'averse quotidienne de dix-neuf heures, je traînai comme à mon habitude devant le bungalow. L'obscurité et la pluie faisaient ressortir les odeurs et les bruits de l'île comme chaque soir.
- Psst ! Andrasana.
- Oui ?
- Bouge pas, reste où tu es, l'air de rien. C'est moi, Olivier. Demain, viens avec Solofo, prenez la route à vélo, vers la baie des pirates. Je serai sur le chemin.
- Où allons-nous ?
- Tu ne voulais pas voir mon trésor ?
Des bruits de pas, venant vers nous, coupèrent court à notre conversation. Au bruit de feuillages étouffés, je devinai que le coq s'était déjà volatilisé. Mes parents, bras dessus bras dessous, approchaient tout sourire et tout bronzés.
- Alors, toujours dans tes rêves ?
- Oui, oui. Vous ne m'avez toujours rien dit de votre journée.

- Notre recherche, hein ? Allez, viens te coucher, il fait déjà nuit. Notre trésor, nous l'avons déjà, ta sœur et toi ! Nous avons juste profité de ce paradis en amoureux, rien de plus. Et toi, tes histoires avec Solofo ?
- On ne peut rien dire, mais ça avance bien.
- Nous avons hâte d'en savoir plus...

Fraîche et vaporeuse, cette matinée, comme toujours sur l'île, laissait le temps au soleil de finir de s'éveiller pendant notre petit déjeuner. La route était encore mouillée quand nous partîmes de l'hôtel. Au fur et à mesure de notre trajet, les ombres rétrécissaient, tandis que la terre rouge de la route séchait dans une vapeur tiède. Les nuages disparaissaient progressivement, laissant la place à la chaleur et au bleu de la journée. Pédaler devenait pénible, lorsque nous vîmes le coq sur le bord de la route, entouré de quelques poules et d'une multitude de poussins.
- Bonjour, capitaine, c'est votre famille ?
- Attention, l'insolence est condamnable au sein d'un équipage ! Suivez-moi tant qu'il n'y a personne qui nous observe au lieu de rire bêtement.

Marchant en poussant nos vélos, nous suivîmes le coq et son harem dans les herbes. Nous traversions le champ où je m'étais arrêté avec Solofo. Ce fameux terrain interdit aux adultes. Nous allions droit vers le sentier qui disparaissait à travers la végétation à son extrémité. Se frayer un passage dans ces herbes hautes était épuisant.
- Solofo m'a dit que ce champ était *fady*, sauf pour les enfants. Vous le saviez ?
- Oui.
- Vous savez pourquoi ?
- C'est un charnier.
- Pardon ?
- Une fosse commune, un cimetière. Tu marches sur les cadavres de Saint-Mariens libres et courageux. Comment crois-tu que l'herbe soit si grasse et la terre si riche ?

- Vous rigolez ?
- Je n'ai encore jamais vu un coq rire. Activez-vous un peu, il ne faut pas traîner ici et je ne veux pas qu'on nous voie.
- Mais l'herbe est plus haute que nous, c'est un enfer, et qui nous verrait ?
- Ceux qui veulent voir… Ce passage est pratique, personne n'ose venir ici, mais c'est risqué, faut pas mollir pour pas traîner là.
- Pourquoi, que s'est-il passé ?
- Garde ton souffle, plus tard.

Il est vrai que la progression était difficile. Nos vélos s'emmêlaient dans les herbes, il fallait les tirer. Les tiges s'accrochaient au cadre et aux roues, même à nos chevilles, voulant nous retenir. Plus nous avancions, plus c'était dur. Solofo avait les traits tirés de quelqu'un qui a peur. Moi-même peu enclin aux superstitions, j'avais l'impression qu'une force voulait nous garder au cœur de cette parcelle. Nos chevilles et mollets étaient irrités, lacérés, rougis par l'herbe tranchante, je ne voyais pas à deux mètres et sans le coq je n'aurais pas su m'orienter dans cet amas verdoyant.

Arrivés enfin au sentier, l'herbe laissait la place à des fougères arborescentes et à des palmiers. La marche était plus facile, mais le terrain montait à pic maintenant. Laissant les vélos à l'abri des arbres, nous continuâmes notre randonnée.

- Suffit, les poules, laissez-nous ! Nous les récupérerons plus tard, au retour. Le champ est accessible aux animaux, plus il y en a, moins c'est dangereux.
- Comment ça ?
- On dit qu'il y a eu des disparitions. Des sables mouvants, des marécages, des gaz venant du sol, personne ne sait trop. Mais les animaux et les enfants en ressortent toujours, eux. Je me suis dit que nous serions mieux accompagnés. Je sais qu'il n'y a pas de marécages, ni d'autres phénomènes : c'est l'herbe, elle vous attrape, vous retient puis elle vous noie et vous fait disparaître dans ses racines gourmandes pour vous dévorer. Mais pas notre petite colonie innocente : ce qui compte n'est pas l'âge, c'est l'innocence ; moi seul je ne suis pas sûr de passer, malgré mon

statut de coq. Pour vous, l'allée était sans danger, le retour sera plus difficile, vous saurez.
- Mais nous pourrons passer ?
- Faites confiance à La Buse !
L'ascension continua laborieusement, le sentier n'était plus qu'un passage dans la végétation humide. Nous serpentions entre les arbres dont les racines créaient des marches sur le sentier, glissant sur la terre collante et poisseuse, obligés de nous hisser grâce aux branches. La récompense fut proportionnelle à nos efforts. Arrivés au sommet, sur une arête granitique, nous avions une vue à couper le souffle. Au loin à l'ouest, on voyait Madagascar, sa côte et dans l'horizon ses massifs verdoyants. À l'est, l'étendue infinie de l'océan Indien. Sous nos pieds, en un coup d'œil, nous pouvions faire le tour de Sainte-Marie, on distinguait tous les détails de l'île : l'immense lagon de l'île aux Nattes et le bras de mer qui la sépare de Sainte-Marie semblaient encore plus clairs d'ici, la côte ouest rythmée par ses anses régulières et ses eaux calmes, la pointe nord où l'on imaginait le phare Albrand veiller sur les piscines sacrées. Et je pouvais découvrir la côte est que je ne connaissais que très peu. Elle était bien plus rectiligne, protégée de la forte houle de l'océan par une barrière de corail où se cassaient régulièrement les vagues, créant une frontière blanche entre les eaux sombres de la mer et celles émeraude des lagons. De grandes forêts denses la longeaient sur toute la moitié nord, finissant par la profonde baie d'Ampanihy parallèle à la mer. Enfin, la moitié sud avec un large lagon rejoignait l'île aux Nattes. Et dans la mer, à quelques kilomètres de la côte, des bancs de sable affleuraient comme une plage oubliée à marée haute.
L'île était une longue langue verte entourée de sa collerette d'eau claire.
- Voilà mon domaine, les enfants. C'est pas mal comme petit pied-à-terre, non ? Mais revenons à nos problèmes au lieu de rêvasser ! Vous vous demandiez ce qui était arrivé dans le champ en contrebas ? Asseyez-vous, je vous raconte. Quand la princesse Betty a offert l'île aux Français, se faisant construire un palais,

dont on voit la bâtisse sur l'îlot Madame, tous les Saint-Mariens n'étaient pas d'accord. Il y a eu une jolie pagaille, une révolte assez musclée, peut-on dire. Les Français se sont pris une belle avoinée, mais ils sont revenus, plus nombreux et bien armés. La revanche a été sans merci. C'est dans ce champ que s'est joué le dernier acte de la domination française : pendant que des chefs de village acceptaient et signaient leur rémission, des centaines de Saint-Mariens ont été exécutés, leurs cadavres laissés là sans sépulture, à pourrir dans l'herbe. Depuis, plus personne ne marche ici, on ne piétine pas l'âme de ses ancêtres. C'est pourquoi seuls ceux qui ne savent pas peuvent fouler cette terre, les autres sont punis de leur sacrilège.
- Mais maintenant que nous savons, nous ne passerons plus !
- Je crois que si. L'île et les esprits savent pourquoi vous êtes là, ils vous laisseront. Et puis, nous serons en compagnie des poules. Qu'y a-t-il de plus bête et innocent qu'une poule ?
- J'espère que vous avez raison, capitaine… Mais pourquoi nous avez-vous amenés ici ?
- Pour la vue ! La plus belle vue de l'île, on voit tout d'ici. Tenez, de l'autre côté de la baie des pirates, sur la crête, voyez le fort d'Ambodifototra, symbole de l'ancienne puissance française. Oui, on voit tout d'ici… Ne vouliez-vous pas découvrir mon trésor ?
- Sur cette crête ?
- Monter mon trésor, ici ? Tu es fou, Andrasana, non, encore une fois, nous sommes là pour le plaisir, la contemplation. J'ai toujours apprécié le calme et la beauté du lieu. D'ici, je vais vous expliquer où et comment j'ai caché mon trésor. Calant confortablement nos fesses au sol, les jambes en tailleur, après un discret regard complice, nous étions prêts à écouter le capitaine Levasseur nous conter ses magnifiques aventures. Ce coq était réellement un excellent narrateur.

Dès qu'il mit les pieds à Sainte-Marie, le capitaine Levasseur sut qu'il s'installerait ici : l'île lui plaisait, et avait même un certain pouvoir d'attraction sur lui. C'est pour cela qu'il revint

avec les butins de la *Vierge du Cap*. Dans les premiers mois, une grande partie de l'équipage mourut des fièvres endémiques dans la région. De fait, la part de butin augmentait considérablement pour chaque survivant, le partage ne se faisant plus que sur un tiers des pirates présents au départ. Un autre problème apparut avec la sédentarité : le *Victorieux* avait besoin de travaux, sa coque était rongée par les eaux chaudes de la baie des pirates et dépérissait rapidement. Sa fière silhouette, avec son histoire et ses victoires, était malheureusement un désavantage car trop connue des bateaux marchands et militaires dans l'océan Indien ; il devenait dangereux de l'utiliser.
Par sécurité, le butin était resté jusqu'ici à bord, où il était facilement surveillé et protégé.
- Nous avons finalement décidé avec l'équipage de débarquer nos richesses dans un lieu sûr et de faire disparaître le navire, étant tous d'accord de prendre nos distances avec la flibusterie. Quand on est riche, la retraite vous sourit, c'est bien connu. Discrètement, à la nuit tombée, nous avons largué les amarres, pour rejoindre une planque discrète de la côte est de l'île. Il fallait larguer sans bruit et sans lumière pour ne pas réveiller les curieux. Nous avons abandonné l'ancre plutôt que la hisser, sorti la misaine et avons glissé silencieusement hors de la baie. Nous n'allions pas sortir les cabestans et border les huniers, que diable, pourquoi pas frapper la cloche de quart aussi !! La règle était le silence, les hommes d'équipage pieds nus se déplaçaient sans bruit, chuchotant, précis et rapides dans leurs gestes. C'est dans ces moments-là qu'on est admiratif de son équipage.
La lune, ce soir-là, était restée discrète et la mer aussi noire que la côte ne scintillait d'aucun reflet argenté. Il ne restait aux pirates que le bruit du ressac pour se guider le long de l'île. Sur le bateau, aucune lanterne n'avait été allumée, l'équipage, réduit au minimum, manœuvrait sans aucun bruit. Le galion, ne contenant plus que les coffres pleins de leurs richesses, glissait, fantomatique, au large de Sainte-Marie. Après un cap plein sud, le capitaine fit signe de mettre la barre à bâbord pour doubler l'île aux Nattes. L'obscurité totale et la brise endormie empêchaient

une navigation régulière. De part et d'autre de la proue, des marins s'abîmaient les yeux pour distinguer les côtes à travers l'horizon, noir comme un fond de cale, qui les entourait.
À minuit, le ciel se déchira doucement, laissant la lune éclairer de ses pâles rayons l'océan. À la stupéfaction de l'équipage, l'eau s'illumina de milles reflets, les flots étaient soudains clairs comme en plein jour, il n'y avait pas de fond !!
- Nous étions dans le lagon de l'île aux Nattes, beaucoup trop proches de la côte. La marée était haute. Les cales, vides des stocks habituellement nécessaires à une longue croisière, avaient relevé très haut la ligne de flottaison, le *Victorieux* avait passé la barrière de corail sans toucher. Mais nous allions nous échouer d'un moment à l'autre ! Trois costauds ont inversé la gouverne, forçant le *Victorieux* à virer, pendant que les autres mettaient en panne la voilure. Le bateau a tourné doucement, sans bruit, nous nous éloignions de la berge, dans l'angoisse du moindre signe du navire. Hélas, nos pieds nus ont senti une vibration sourde : l'étrave du *Victorieux* venait de s'enfoncer dans les fonds sableux du lagon.
Le bateau était échoué, allongé dans le sable blanc. Il fallait réagir vite. Sans perdre un instant, La Buse siffla des ordres à ses hommes. Toute la voilure possible fut hissée – tant pis pour le bruit cette fois-ci. Huniers, perroquets, grand-voile et cacatois furent étarqués en un temps record ; une chaloupe mise à la mer avec les plus vigoureux rameurs pour tracter. Les efforts des marins tirant sur leurs rames à s'en faire exploser les bras, la toile gonflée par la brise n'y faisaient rien. Le *Victorieux* restait paresseusement vautré dans le lagon. Il fallait pourtant sortir, le plus discrètement possible ; le reste de l'équipage libre s'attela à treuiller les canons du deuxième pont. Après des heures d'un travail épuisant, l'immense carcasse de chêne fut allégée de plusieurs tonnes. La fierté du navire, ses massifs canons de fonte qui avaient fait trembler la Compagnie des Indes orientales gisaient au fond de l'eau. Le *Victorieux*, sans défense, put s'extirper doucement de son piège et reprendre sa route.
- Ce n'était plus qu'une caisse de bois vide et vermoulue. Un

navire sans ses canons n'est plus vraiment un navire. Nous avons donc chargé les chaloupes de nos richesses et laissé s'éloigner notre bateau vide, toutes voiles dehors, la barre fixée cap sud-est. La mèche à combustion lente, que j'avais laissée, a dû mettre deux heures pour rejoindre la soute à poudre. Nous n'avons pas entendu l'explosion, voilà une épave qui ne sera jamais retrouvée.

Ils repartirent à la rame vers l'est silencieusement et endeuillés. Levasseur avait repéré où cacher son trésor. Malgré la nuit et la fatigue, les chaloupes finirent par accoster l'îlot au sable : ces bancs coralliens au large de la côte sud-est. Sous le commandement agressif du capitaine, les hommes, à peine débarqués, munis de leurs sabres, rames ou toutes sortes d'objets, sondèrent le sol. Olivier avait observé une cache possible dans une faille rocheuse, sous l'épaisse couverture minérale. Tel un banc de mouette, les pirates piquèrent la plage, puis ils creusèrent, avec leurs mains pour certains, dégageant la crevasse enfouie sous des tonnes de sable mouillé. Les efforts avaient duré des heures, la nuit s'étalait encore pour quelque temps.

Attaché par la taille à une aussière, La Buse descendit dans l'étroit passage enfin dégagé. Sur trois mètres, le goulet de granit s'élargissait progressivement, puis donnait sur un abysse obscur. Olivier embrasa et lâcha une lampe à suif dans ce vide. À la lueur vacillante de la mèche, encore allumée malgré sa chute, apparut une grotte de quatre mètres de hauteur sur dix de diamètre. Un plafond en rotonde dominait un sol pierreux parfaitement sec, malgré l'océan au-dessus.

Rejoints par deux hommes de confiance, ils amoncelèrent leur trésor que le reste de l'équipage leur descendait patiemment par la crevasse à l'aide de cordes.

- Notre grotte ressemblait à une riche cathédrale, brillante d'or et de diamants. Quand tout a été caché et répertorié, le premier de mes compagnons s'est hissé pour remonter. Arrivé à l'entrée du passage, la corde a cédé. Il est allé s'écraser parmi les coffres, la nuque brisée. L'aussière était coupée net, mon équipage avait

décidé de restreindre le partage, nous laissant pourrir dans ce trou. Moi, La Buse, avec mon maître coq, coincés comme des rats ! Nous avions encore de la lumière pour une heure peut-être, après ce serait le noir complet. J'entendais déjà les traîtres à la surface reboucher l'entrée de la grotte, scellant notre tombeau. C'est toujours le risque d'être à terre. La chasse-partie est un contrat exclusivement maritime. Hors du bateau, il n'est plus applicable, il n'y a plus la même solidarité. Alors quand en plus il n'y a plus de navire, il n'y a pas de mal à enterrer le capitaine.
Il fallait réagir vite : à la faible lueur de la lampe, nous avons commencé à tâtonner la cloison arrondie de la grotte. Le maître coq a découvert un petit éboulement d'où l'on percevait un léger courant d'air qui faisait danser la flamme de notre lampe. Les mains en sang, après avoir fébrilement dégagé les pierres, grattant comme des bêtes, nous avons découvert un boyau d'un mètre de diamètre qui s'enfonçait plein ouest. J'ai eu tout juste le temps de jeter un dernier regard à notre caverne scintillante et la petite flamme jaune et odorante a disparu définitivement.
Pendant deux heures, nous avons remonté ce tunnel. D'abord en rampant, nous avions le dos, les genoux et les coudes arrachés par la pierre, nous ne pouvions plus reculer. Puis le passage est devenu plus confortable, nous pouvions évoluer à quatre pattes, mais toujours dans une obscurité totale ; nos crânes rencontraient violemment la pierre dense et anguleuse du tunnel. La première heure passée, nous n'étions plus que plaies et souffrances. Au moins, le passage avait encore augmenté de diamètre, nous marchions désormais quasiment debout, les mains tendues en avant comme des aveugles. Je n'étais plus capable de me rappeler la lumière, mes mains me faisaient souffrir, ma tête tambourinait comme une casserole dans la houle et je commençais à avoir des troubles de l'équilibre. Enfin, il m'a semblé distinguer les parois qui m'entouraient. À chaque nouveau mètre parcouru, l'espace se définissait un peu plus, une pâle lueur combattait l'obscurité. Oui, la lumière était là, au loin, dans l'ombre frémissante d'une végétation dense. Nous marchions maintenant distinctement dans une profonde

grotte comblée, en partie, de pierres enchevêtrées de racines. À quelques encablures, par ce puits de lumière, nous pouvions voir et sentir l'océan !

Après deux heures à nous battre, nous sommes sortis enfin éblouis par l'aube, exténués, blessés mais vivants, des entrailles de l'île. Nous sommes restés assis, à l'entrée de cette grotte face à l'îlot au sable, que nous apercevions devant nous, allongés sur la grève comme deux naufragés, devant un des plus beaux levers de soleil dont j'ai le souvenir.

La Buse et son acolyte furent recueillis par des pêcheurs de la côte est. Ils restèrent discrets, le temps de se soigner et de reprendre des forces. Ils apprirent que leurs anciens camarades avaient fini de s'entretuer sur l'îlot au sable la nuit même. Un équipage sans navire, ni capitaine, autour d'un trésor est comme une meute de hyènes autour d'une charogne. Des pêcheurs avaient retrouvé des corps gisant sur le sable, taillés à l'épée, ou troués de balles. Certains corps avaient disparu ; tombés à la mer, ils avaient nourri les langoustes. Beaucoup de questions se posèrent sur cette tuerie, sur le bateau disparu, mais aucune sur le trésor, et pour cause.

Les deux seuls survivants revinrent donc et La Buse s'installa à ce moment au nord de l'île.

- Mon cher maître coq est mort des fièvres des années plus tard, dans ma maison, me laissant le secret du trésor et de la grotte. Voilà, mes jeunes amis, comment le capitaine Levasseur s'est retrouvé seul propriétaire d'une fortune colossale.

- Et depuis, vous n'êtes jamais retourné à la grotte ?

- Bien sur que si ! Tout d'abord, pour récupérer un peu de liquidités et bâtir ma maison et pour me relancer dans les affaires. Je te rappelle que je n'avais plus de bateau. Puis aussi, patiemment avec mon maître coq, nous avons protégé les accès de nos richesses. La faille sous le sable n'existe plus aujourd'hui. Nous avons obstrué ce puits à l'aide de quelques charges de poudre noire bien positionnées. Après une tuerie, les Malgaches ont entendu des explosions sur les îlots ; désormais ils y vont pour pêcher, et encore, pas tous les jours. Des courants

favorables ont de plus élevé le niveau de sable sur l'îlot donc nous étions tranquilles. Pour la grotte, c'était une autre histoire, il fallait cacher le passage mais garder un accès vers nos capitaux. Nous ne pouvions demander de l'aide à personne et surtout il fallait rester discrets dans nos activités : les pirates de passage comme les habitants de l'île étaient mercantiles. Il nous a fallu presque une année pour terminer notre projet. Toutes les nuits ou presque, nous partions tous les deux vers la grotte. Nous avons creusé le tunnel pour le rendre praticable. À l'aide de petites charges d'explosifs, priant de ne pas voir s'effondrer l'ensemble de l'ossature granitique, nous avons élargi l'accès. Comme des mineurs, il fallait piocher, gratter, porter les gravats. Avec nous avons construit un mur dans la grotte, bloquant l'entrée de notre précieux secret. Je crois bien que nous resterons les deux seuls écumeurs de mer bâtisseurs de l'histoire. D'habitude, les forbans se contentent de creuser un trou ou d'utiliser une particularité géologique pour cacher leur magot. Nous nous sommes construit un temple digne des plus étranges civilisations antiques. La grotte en est la nef, le tunnel le chœur et la caverne l'autel où repose mon saint graal ! Le mur, lui, est si parfaitement scellé qu'avec la végétation qui a repoussé on jurerait être face aux fondations de l'île. Enfin, cerise sur le gâteau, nous avons créé un nouveau *fady*, dont les insulaires sont si friands. Là, il faut bien reconnaître le génie de mon maître coq : tous les jours jusqu'à sa mort, mon dernier compagnon a apporté des fruits au pied de notre mur. Rapidement, les lémuriens se sont habitués à venir chercher leur gâterie. Ils s'y sont sédentarisés, au point de ne plus trop apprécier la présence des humains dans leur nouveau repaire. Une nouvelle légende saint-marienne était née : la grotte des singes. Encore aujourd'hui, l'endroit est respecté, seuls des *vazahas* ridicules en tongs vont parfois y jeter un coup d'œil.
- Mais alors, le trésor n'est plus accessible ?
- Bien sûr que si ! Comment fait-on pour traverser un mur ?
- …
- Un indice, si vous voulez : il faut être malin comme un singe.

- ...
- Solofo, quelle est la particularité du lémurien ?
- Je ne sais pas.
- Comment, tu ne sais pas ! Le lémurien reste sur les branches, il ne touche que rarement le sol. Et quelle est la particularité de l'homme ?
- Il parle ?
- Il est terre à terre, il regarde où il marche et ne voit pas plus loin que son nez, comme toi !
- Je ne comprends pas.
- J'espère bien ! Sinon mon trésor ne serait plus là depuis longtemps. Je vous laisse y réfléchir tranquillement, mais attention, je compte sur vous : silence !
- Bien sûr, capitaine. Quand irons-nous à la grotte ?
- « Quand irons-nous à la grotte » !! Doucement, mon bonhomme. J'ai à faire. On se contacte plus tard. Reprenez le chemin en sens inverse, vous retrouverez vos vélos. Moi je glisse à l'est, j'ai du boulot.
- Mais... seuls, et le champ ?
- Quoi le champ ?
- Les herbes.
- Ah, vous passerez avec les poules, elles sont restées près des bicyclettes, elles ne me lâchent pas... De toute façon, il faut bien savoir si l'île adhère à notre projet, alors maintenant ou plus tard...
- Mais si nous sommes coincés par les plantes ?
- Eh bien, fin de l'aventure, et voilà tout. Allez, moussaillons, courage et bonne chance ! On se recontacte, comme vous dites aujourd'hui.
Il partit, virevoltant dans les broussailles, nous abandonnant à nos peurs.

Nous ne faisions pas les malins sur le chemin du retour. Comme Olivier nous l'avait dit, nos vélos étaient là où nous les avions laissés, entourés des poules qui picoraient tranquillement.
- Que fait-on ?

- Je ne sais pas. Tu crois qu'on peut passer ?
- On peut essayer de contourner le champ ?
- Avec les vélos, on n'y arrivera jamais !
- OK, alors on y va. Le capitaine ne nous y enverrait pas s'il pensait qu'il y avait réellement un danger ?
- Peut-être... Et puis, je suis un enfant de l'île, quand même.
- Tu as raison, on se lance !

Courageusement, Solofo se mit devant, et sans hésiter, il s'engagea dans les herbes. Les poules suivirent, disciplinées, tandis que je fermais la marche de notre petite colonne. La présence des poules était étonnamment rassurante, elles ne semblaient pas du tout inquiètes, grattant des pattes et picorant à droite et à gauche au fil de notre progression.

Nous nous étions enfoncés de quelques mètres et, comme redressées derrière notre passage, les hautes herbes nous coupaient toute retraite. Devant Solofo, le mur végétal était dense ; je voyais qu'il avait de plus en plus de mal à avancer.

- Ça va ? Tu veux que je prenne ton vélo ?
- Non merci, il m'aide au contraire à faire un passage, mais je n'arrive presque plus à coucher les herbes, elles sont dures.

Notre progression avait dû être d'une vingtaine de mètres maximum et Solofo était épuisé, je pris sa place en tête de fil. À l'aide de mon vélo qui me servait de rouleau compresseur, j'essayais de coucher les herbes qui en effet semblaient plus dures que du bambou. Encore cinq mètres et mon vélo se retrouva coincé ! La roue avant complètement emmêlée, il était impossible de le faire avancer ou reculer. La végétation nous maintenait dans un petit cercle créé par les poules. Celles-ci continuaient à picorer mais beaucoup plus fébrilement, en tournant autour de nous comme dans une danse. La farandole des gallinacés accélérait progressivement, elles battaient des ailes et claquetaient à ne plus s'entendre. Je sentais les herbes se resserrer malgré leur effort et me grimper sur les chevilles.

- On est coincés, ça marche pas !!
- Mais les poules ?
- Ça marche pas, je te dis, on va mourir.

- Mais non, je veux pas mourir dans un champ, je suis en vacances. J'ai rien fait.
- Moi non plus, j'ai rien fait ! Je t'accompagne, et voilà !
- C'est pas ma faute, Solofo, c'est pas ma faute !
- Non, tu as raison, donne-moi les mains, on se tient et on se lâche pas.
- Allez, les poules, courage !
- Tu as raison, dansons et chantons avec les poules. Rappelle-toi ce qu'a dit le coq, on passera avec les poules, ça veut peut-être dire grâce aux poules !

Et nous rejoignîmes la farandole ; les mains bien serrées, nous tournions avec les volatiles comme des fous en chantant. Les pieds et les chevilles griffés par les herbes qui tentaient de nous attraper, je ne sais pas combien de temps nous tournâmes avant de nous laisser tomber en pleurant dans les bras l'un de l'autre, emmaillotés dans nos liens végétaux. Je hurlai, en pleurs.

- Laissez-le, c'est son île aussi, c'est un enfant ! Il a rien fait ! C'est pas juste !!
- Je m'en fiche, je reste avec toi, de toute façon. Lui aussi, il a rien fait, il a rien demandé à personne, c'est pas sa faute, C'EST PAS SA FAUTE !!!

Au cri de Solofo, les poules s'arrêtèrent, se posant toute d'un coup comme pour pondre. Progressivement, l'herbe s'allongea paresseusement autour de nous, laissant tomber les vélos qu'elle retenait jusque-là. Tous les deux allongés, nous n'osions pas bouger, au moins le temps de reprendre nos esprits et de voir l'herbe relâcher son étreinte.

- Elle t'a entendu, enfin je crois.
- Je ne sais pas, Andrasana, je ne sais pas. Mais partons !

Les poules, comme des gendarmes à moto dans un convoi, formaient un V inversé devant nous, elles marchaient toutes au même rythme, les yeux aux aguets, sans picorer cette fois-ci. Elles aussi semblaient vouloir partir. À leur passage, l'herbe se couchait comme écrasée par des pieds de géant. Sans plus aucune difficulté, nous marchions sur cet épais tapis vert, qui se redressait rapidement derrière notre passage.

Arrivés sur le bord de la route, il n'y avait plus aucune trace de notre passage dans le champ. Les poules se dispersèrent très vite pour nous laisser tous les deux immobiles sur nos jambes flageolantes. L'idée même de devoir pédaler m'épuisait mais d'un autre coté je n'avais pas l'intention de rester ici.
- Je ne retournerai jamais dans ce champ !
- Moi non plus, et je me demande encore pourquoi La Buse nous a fait venir, nous n'avions pas du tout besoin de nous rencontrer ici.
- Tu as raison, pourquoi il a fait ça ?
- Je ne sais pas mais il faudra qu'il nous l'explique au lieu de parler de lui et de ses aventures.

LA CHASSE-PARTIE

Il fallut cinq jours pour que mes blessures aux jambes s'améliorent. Cinq jours pendant lesquels le sel de la mer me brûlait horriblement à chaque contact. Quand je rentrai ce soir-là, j'expliquai que je m'étais blessé en jouant dans un champ de hautes herbes. Je n'étais pas trop loin de la vérité, et maintenais tant bien que mal mon accord avec mes parents. Mais mes blessures avaient plus les caractéristiques de brûlures que de griffures. Cela créa une ambiance suspicieuse assez contraignante avec mes parents que j'aurais préféré éviter. Malgré mes propositions de phénomènes allergiques possibles, mon père me prodiguait ses soins adaptés aux brûlures, en bougonnant que l'herbe ne faisait pas cela. Solofo de son côté, en rentrant chez lui ce soir-là, n'avait pas montré ses jambes et avait préféré ne rien dire du tout, allant se coucher directement sous le prétexte de la fatigue et d'un mal de tête. Le matin, il avait trente-neuf de fièvre et les jambes horriblement gonflées, comme certaines vieilles dames qui ont les chevilles qui ressortent de leurs petits souliers trop serrés. Nous avions eu des nouvelles par Fanantenana qui, découvrant les jambes de son petit-fils, voulait savoir si j'allais bien. Elle et mon père échangèrent leur avis médical à ce sujet. Il proposa des antibiotiques si les jambes de Solofo s'étaient infectées, mais la grand-mère n'était pas très inquiète et lui avait fait des cataplasmes. Il fallait, d'après elle, traiter les blessures faites par l'île avec des plantes de l'île. Elle proposa donc une décoction pour moi à boire le matin à jeun

pendant six jours. Mon père eut toutes les difficultés du monde à refuser sans être malpoli. Heureusement, Fanantenana plissa ses yeux blancs dans un chaos de rides avec un petit sourire et fit semblant de bien le prendre. Chacun rentra chez lui, persuadé que l'autre était un imbécile de ne pas l'avoir écouté. Les adultes ont cette fâcheuse manie, dès qu'ils ont quelques connaissances dans un domaine, d'en devenir de fait les plus grands spécialistes.
Pendant notre convalescence, nous n'eûmes aucune nouvelle du coq. Peu à peu, allant de mieux en mieux, Solofo et moi nous nous rejoignions dans la journée. Sans vraiment nous en rendre compte, nous avions intégré ma sœur à nos conversations. Comme de toute façon elle devinait absolument tout, grâce aux tortues, il était plus simple de la garder près de nous et de l'informer directement. Et puis, reconnaissons-le, elle avait l'âme d'un chef, alors quand vous avez désormais peur des herbes hautes, c'est rassurant d'avoir un chef près de soi.
Souvent assis sur le ponton de l'hôtel, la baignade étant encore difficile, nous parlions de nos aventures.
Un jour, nous parlâmes de la grotte du capitaine dont nous avions révélé l'existence à Nomena. Nous savions qu'elle était en face des îlots au sable, sur la côte est, et Solofo nous avait confirmé l'existence d'une grotte sur cette partie de la côte très peu habitée. Dans ce coin, il n'y avait que de la pierre abrupte qui descendait sur la mer. Seule une végétation faite principalement de lianes entremêlées et d'arbres aux racines agrippées aux blocs de pierre s'accrochait là. Il n'y avait ni routes, ni exploitations, juste quelques petits sentiers faits par des Malgaches qui allaient à la cueillette de fruits à pain ou chercher du bois pour le feu. Enfin, Solofo nous confirma que la grotte, que plus personne n'avait approchée depuis des décennies, était bien *fady*. Dans cette zone, un projet de parc naturel était même en cours car il y avait une importante colonie de lémuriens qui s'étaient sédentarisés. Bref, cela correspondait à un site idéal pour un trésor. Nous nous imaginions monter une expédition pour rejoindre la grotte, mais La Buse ne nous avait peut-être pas tout

dit encore une fois.
- Normalement, il doit y avoir des pièges.
- Comment ça « normalement », comme si c'était habituel, on ne peut pas savoir.
- Ben si, on peut savoir, les trésors sont toujours protégés par des pièges horribles ! C'est comme ça que les Incas ont protégé tout leur trésor des conquistadors jusqu'à aujourd'hui !
- Mais tu dis n'importe quoi, Nomena, de toute façon on parle de pirates.
- Mais c'est pareil ! Tu crois que ton coq il a tout inventé, il a jamais pris exemple sur quelqu'un d'autre ? Dans Tintin aussi, les gens ne se méfiaient pas, et dans *Les Sept Boules de cristal*, on voit bien le résultat : sortilèges et pièges.
- Dans Tintin, non mais tu t'entends ? C'est ça ta référence ?
- Oui.
Elle n'allait pas lâcher, ses yeux étaient plus noirs que jamais. Solofo le comprit aussi.
- Mais Nomena n'a pas tort, il peut y avoir des pièges, regarde le champ.
- Oui, c'est possible, mais ça n'a rien à voir avec Tintin !
- J'ai pas dit qu'il fallait se méfier de Rascar Capac non plus, j'ai dit que les trésors étaient entourés d'horribles pièges, il faudra se méfier.
- Oui, déjà sur le trajet, il a sûrement prévu des trucs.
- Il doit y avoir des fosses creusées très profond avec des pieux taillés en pointe en bas, camouflés par des feuilles mortes. Tu tombes dedans et paf !
- Ou des mécanismes qui s'enclenchent à ton passage et libèrent des herses sur ta tête.
- Un animal ultra-féroce peut aussi vivre dans la grotte, et seul le coq peut en approcher ?
Nous élaborions des stratégies en fonction de chaque piège imaginé. Alors qu'une fois de plus nos rêves nous avaient portés du ponton à la grotte, les grincements de celui-ci souffrant sous une surcharge inhabituelle nous ramenèrent à la réalité. Debout derrière nous, le gros touriste de la plage accompagné de ses

camarades nous observait, bloquant au passage le retour du ponton vers la plage.
- De quelle grotte parlez-vous, vous n'êtes plus à la recherche de langoustes ?
- Si si, des langoustes de ponton, mais c'est difficile quand il y a trop de monde.
Le *vazaha-bé* était planté sur ses grosses jambes, les mains sur les hanches. Un peu en retrait, ses deux hommes de main semblaient extrêmement chétifs face à sa masse imposante. Ils étaient plus petits mais surtout filiformes. L'un des deux avait un fort accent allemand, un bouc parfaitement taillé, digne des vieux films des années cinquante, et un chapeau en raphia tressé beaucoup trop grand pour sa petite tête. Il semblait avoir une peur bleue du soleil. Il avait une chemise à manches longues fermée jusqu'au dernier bouton et même des chaussettes. Son visage déjà blafard était d'une pâleur cadavérique à cause de la crème solaire étalée en épaisse couche. Le dernier, sombre et brun, avait toutes les caractéristiques du tueur dans les séries télévisées. Plus athlétique que les deux autres, il était aussi beaucoup plus élégant. Dans un large et souple pantalon en toile, avec un tee-shirt crème en lin, il semblait plus habitué au climat de l'île. Ses yeux n'arrêtaient pas d'aller de droite à gauche et de gauche à droite, toujours aux aguets. Ses cheveux denses, noirs et mi-longs avec la raie au milieu, étaient ramenés en arrière par une quantité de gomina industrielle.
Le gros ne semblait pas particulièrement apprécier le ton insolent de Nomena.
- Charmante, la petite, et drôle. Vous êtes étonnants tous les deux. D'abord vous faites de la plongée, ensuite on vous voit partir dans des champs plutôt abandonnés, et maintenant vous parlez d'une grotte mystérieuse.
- Vous nous suivez ?
- Non, pourquoi donc le ferais-je ? J'observe, je suis un curieux. Je pose des questions un peu à tout le monde. Voyez-vous, je suis un collectionneur. J'aime les objets. Il se peut que cette île recèle des vieux objets qui pourraient m'intéresser. Des vestiges de

l'histoire, des restes des épaves ou pourquoi pas des témoignages du passé.
- Il y a des épaves au large et même dans la baie des Forbans.
- Oui je sais, ça, tout le monde le sait. Je préfère trouver les choses qui ne sont pas encore répertoriées. Ces découvertes ont toujours plus de valeur. Peut-être pourriez vous m'aider, vous qui semblez être des petits malins qui se baladent partout et connaissent même des grottes secrètes… Par exemple, ces langoustes vues dans le lagon, elles étaient comment ?
- Comme des langoustes, tiens.
- Suffit, maintenant ! Les langoustes ne sont pas dans les lagons d'habitude et tu le sais. Alors ?
Son ton, jusqu'ici mielleux et faux, avait changé du tout au tout pour passer à dur et autoritaire. Nos trois compères s'étaient écartés les uns des autres, formant un demi-cercle qui coupait toute possibilité de fuite.
- Je vais être honnête avec toi, petit. Je ne suis pas vraiment patient. Alors tu me réponds ou je vais me fâcher.
Sur un signe de tête, le petit brun attrapa Solofo en un éclair et lui fit une clé de bras. Celui au bouc surveillait le ponton et la plage. Ma sœur bondit et se mit devant le gros, les mains serrées, prête à attaquer.
- Mais lâchez-le !
- Calme ta petite sœur avant que je me fâche vraiment, et parle, ou ton ami va avoir très mal au bras.
Solofo grimaçait de douleur, le sale type lui tordait un peu plus le bras toutes les secondes.
- Bleues, vertes, enfin un peu entre les deux ! Voilà comment elles étaient.
- Lâche, le négro, c'est bon. Voilà, c'est bien. Et se retournant vers les deux autres : il va falloir s'organiser pour sonder le lagon, elles doivent avoir des abris en métal pour avoir pris cette couleur. Écoutez-moi bien, les petits : je vous tiens à l'œil et j'ai bien l'intention de faire le tour de vos petits secrets. Alors on va s'éloigner tranquillement et on va boire un verre avant de partir, pas un mot sur les langoustes, ni sur notre sympathique

conversation d'aujourd'hui. Tout ira bien si vous tenez votre langue. Je reviendrai vous voir quand j'aurai besoin d'autres informations.

Solofo était près de moi un peu en retrait ; Nomena, elle, n'avait pas bougé et était toujours debout poings serrés entre le gros et moi. Alors qu'ils se retournaient, elle les apostropha : « Monsieur ! » Le *vazaha-bé* tourna doucement la tête avec un petit sourire.

- Vous êtes fier de vous ? Un gros monsieur qui fait peur à des enfants, vous croyez que c'est bien, j'imagine. Mais nous ne sommes pas des « petits malins », et ce que vous venez de faire, je ne vous le pardonnerai pas. La vieille dame vous a dit de partir pourtant, que l'île ne vous aimait pas, vous auriez dû l'écouter.
- Tu me menaces, petite ?
- Menacer, c'est faire peur à quelqu'un ; moi je ne vous fais pas peur. Je vous préviens que je ne pardonnerai pas ce que vous faites et je vous le ferai payer !
  - Attention, petite.
  - Nomena, arrête.

Il reprit son chemin en nous tournant le dos, Nomena ne bougeait pas, l'homme à l'accent allemand se retournait régulièrement vers ma petite sœur ; je crois qu'il en avait peur.

Dès qu'ils furent enfin partis, alors que j'allais parler à Nomena, elle fit volte-face vers moi, les yeux pleins de larmes. Ce n'étaient pas des larmes de tristesse ou de peur, non pas du tout, c'étaient des larmes de frustration et de colère. Elle me dit, la voix vibrante.

- Non, ne dis rien, tu n'as rien à me dire. Je ne pardonne pas ! Fais ce que tu as à faire avec Solofo, vous me tiendrez au courant. Et elle partit d'un pas décidé vers le bungalow.

Les jours avançaient, La Buse ne réapparaissait toujours pas, et notre convalescence était terminée. Nous avions toujours les cicatrices qui traçaient sur nos chevilles des filaments s'entrecroisant, mais Papa m'avait dit que cela finirait par partir. Plus rien ne nous retenait à l'hôtel, à part la peur et

notre inactivité qui finirait par étonner mes parents. Nomena ne boudait pas, mais était toujours renfrognée depuis notre confrontation sur le ponton avec les trois touristes. Grâce au réseau de Solofo, nous savions que ceux-ci avaient loué un bateau avec du matériel de plongée et qu'ils passaient leur temps à la pointe sud du lagon de l'île aux Nattes, là où nous avions vu des langoustes. Personne ne parlait d'un trésor qu'ils auraient remonté ou vu, or ici tout se sait très très vite. Il fallait avancer, car nous ne pouvions pas rester coincés comme cela en attendant la réapparition d'Olivier. Sous l'insistance de Nomena, il fut décidé que je devais parler de cela à Fanantenana, seule adulte apte à connaître certains de nos secrets ; évidemment rien ne serait dévoilé du trésor.
Pour le goûter, je partis donc avec Solofo et la bénédiction de mes parents en poche, qui voyaient comme la preuve de notre bonne santé retrouvée la reprise de nos activités.
La petite place terreuse entourée de ses cabanons en bois souple était toujours baignée dans sa lumière ombragée. L'ambiance sereine qui enveloppait ce lieu avait quelque chose de magique. Il flottait dans l'air juste ce qu'il fallait de poussière pour que les rayons du soleil filtrant à travers les branches éclairent des multitudes de particules d'or et de paillettes. Une petite brise passait au-dessus des toits et faisait danser langoureusement les cocotiers, qui jouaient avec leur ombre sur la place. Un gros giroflier, aux racines dénudées par les averses, maintenait une douce fraîcheur odorante. Les poules, un chien miteux avec sa ribambelle de petits chiots et quelques enfants créaient l'agitation nécessaire pour occuper l'attention des mères qui s'affairaient devant leurs cases. À chacune de mes arrivées dans ce hameau, j'avais la sensation d'intégrer une bulle, un petit microcosme indépendant, une sphère imperméable de *mora mora* brute protégée du monde par magie.
Fanantenana était assise sur la branche basse d'un manguier, en conversation avec une autre vieille dame au regard perçant et avec une étonnante structure de nattes sur la tête. À elles deux, elles devaient avoir quasiment le même âge que le manguier qui

les accueillait.
- Bonjour, madame. *Azafady* Fanantenana, pourrions-nous vous parler ?
- Bien sûr que tu peux parler, Andrasana, la question est plutôt : nous voudrions vous parler seuls, non ?
- Oui
- Hmmm, Andrasana, ta tête est dure comme la noix du cocotier, et comme elle, tu as la force et la vie sous ta carapace. Que dois-je dire à mon amie ? Va-t'en, un jeune Zana-Malata me convoque à une importante réunion. Est-ce ainsi que les enfants se comportent avec les vieilles dames dans ton monde civilisé ?
- Non, ce n'est pas ce que je voulais dire. Mais c'est juste que c'est un secret.
- Un secret, hein… ? Le secret ne peut pas attendre ? Nous avons bien attendu, nous. Plusieurs générations ont attendu que cet arbre pousse, et moi et mon amie nous avons attendu d'avoir l'âge de s'approprier cette confortable branche, après y avoir vu nos mères. Et toi, Andrasana, tu ne peux pas attendre que deux vieilles femmes, aux bouches séchées par la déception quotidienne, se content les quelques satisfactions qu'elles ont connues ? Moi je crois que tu vas aller t'asseoir sur ce tronc de l'autre coté de la place. Tu y seras bien à l'ombre. Observe les poules en attendant que je te fasse signe.
- Mais…
- Sur le tronc, Andrasana, maintenant.
Observer des poules, alors que nous avions un gros problème. Fanantenana était peut-être une vieille femme pleine de sagesse, comme elle aimait le répéter, mais franchement elle n'avait pas toujours le sens des priorités. Après quinze interminables minutes d'observation scientifique du quotidien trépidant de la poule malgache, je vis enfin la grand-mère aveugle m'adresser un signe de la main, avec la précision de ceux qui voient.
- Alors, l'impétueux ?
- Je voulais vous parler d'un souci que nous avons eu avec Solofo et ma sœur.
- Et les poules ?

- Quoi, les poules ?
- Tu n'as pas observé les poules ?
- Si, si. Donc quand nous étions au ponton…
- Les poules ?
- Mais quoi, les poules ?
- Que font les poules ?
- Elles font comme toutes les poules, je sais pas moi, elles picorent.
- Elles picorent, et quoi d'autre ? Pourquoi ? Quel est le but de la poule ?
- Pardon ?
- Tu as observé, je crois, je voudrais ton avis.
- S'il vous plaît Fanantenana, c'est vraiment important, là.
- J'entends, j'entends. Finissons vite avec les poules dans ce cas-là.
- Pffff… Eh bien, je sais pas trop. Elles marchent dans toutes les directions sans but précis. Elles picorent par-ci par-là, je ne suis même pas sûr qu'elles aient vraiment faim. Elles surveillent les autres, se chamaillent, se jalousent. Peut-être que chez les poules il faut se rendre intéressant, paraître plus fort que l'autre, mais dans quel but ? Quand l'une d'elle part dans une direction, toutes les autres suivent sans réfléchir. Bref, je crois qu'elles ne sont pas très intelligentes, et dans le doute de faire des erreurs, elles préfèrent faire comme les autres, mais en se valorisant.
- Fine observation, je suis assez d'accord avec toi. Mais tu oublies un point important : la poule pond des œufs. Nous nous fichons de la vie de la poule, car nous n'avons pas besoin de la dresser pour qu'elle soit utile. La poule, malgré son apparente bêtise, est capable de nous nourrir. Est-elle vraiment bête, ou fait-elle exprès pour que nous ne lui confiions pas de tâche plus dure ? J'ai souvent entendu chez vous, les *vazahas*, cette question : qui est arrivé le premier, l'œuf ou la poule ? Quelle drôle de question, encore une question sur le temps. Le temps passe et un jour la poule fait un œuf. Le temps passe et le jour suivant l'œuf fait une poule. C'est le temps qui passe, nous, nous sommes immobiles à l'observer. Le futur, derrière nous, nous rattrape, tandis que

devant le passé s'éloigne. Oui, Andrasana, ici le passé est devant et le futur derrière. C'est une autre manière de voir le temps. L'ordre a peu d'importance, la vraie question est plutôt : qui de la poule ou de nous a le plus besoin de l'autre ? Faut-il juger la manière de vivre des autres ou plutôt essayer de vivre en s'adaptant à l'autre ?
- J'ai juste observé ce qu'elle faisait.
- Et tu as raison, je voulais juste te faire comprendre ce que tu as vu. Et pourquoi tu as attendu. Alors, dis-moi, de quoi voulais-tu me parler ?
- Vous vous rappelez les trois hommes sur la plage, à l'île aux Nattes ?
- Le *vazaha-bé* ?
- Oui, lui avec ses deux compagnons.
- Il avait des compagnons ?
- Oui.
- Étrange.
- Pourquoi ?
- Un homme comme lui ne peut pas avoir des « compagnons ». Ce sont des employés, je pense. On n'a pas d'amis quand on vit pour soi.
- Euh, oui, peut-être. En tous les cas, nous les avons revus quand nous traînions au ponton. Nous discutions et on ne les a pas vus venir.
- Vous parliez de quoi ?
- Ça c'est un autre secret dont je ne vous parlerai pas.
- Hummm...
Il faut parfois savoir tenir tête à un adulte au risque de ne pas obtenir ce que l'on veut. J'avais fait une promesse à Olivier. Le temps s'était suspendu, Fanantenana me regardait de son regard de porcelaine jugeant ma détermination.
- Et je peux t'aider sans tout savoir ?
- Oui, j'espère.
- Continue, je t'écoute.
- Ils voulaient connaître la couleur des langoustes que nous avons vues dans le lagon.

- Bleu-vert. C'est signe de richesse, ils ont dû être contents. C'est pour cela qu'on les voit fouiller dans le lagon alors.
- Ils ont dit qu'elles vivaient dans le fer.
- Ils cherchent des épaves abandonnées à la mer. Ils font les poissons pour ramener des pièces qui ne sont plus d'usage. Cela coûte cher dans ton pays, l'argent qui n'a plus de valeur. Je ne comprends pas pourquoi, mais si cela les occupe…
- Ils ont tordu le bras de Solofo. Et ils ont dit qu'ils nous surveillaient.
- Ils ont touché Solofo ?
- Oui.
- Hum… Ils vous surveillent à cause de vos projets avec le coq ?
- Je ne sais pas ce qu'ils savent, mais ils ont compris des choses, c'est sûr.
- Solofo, comment va ton bras ?
- Ça va, il m'a juste menacé.
- Le *vazaha-bé* ne devrait pas être là. Pourquoi menacer des enfants juste pour la couleur des langoustes ? Celui qui veut des informations sur les crustacés demande aux pêcheurs, pas aux enfants. Je pense qu'il suit Andrasana et qu'il est là pour lui. Il ne cherche pas que des pièces.
- Il a pourtant dit qu'il était collectionneur.
- Oui, il cherche des « témoignages du passé », mais je ne sais pas trop ce que cela veut dire.
- Cela veut dire, Solofo, qu'il ne vous dit pas ce qu'il cherche. Il vous prend pour des idiots et fait des grandes phrases, pour vous impressionner et vous troubler. On ne vient pas par hasard à Sainte-Marie avec deux employés. Il sait très bien ce qu'il cherche. Le *vazaha*, quand il a un projet, pense dominer l'avenir. Celui-là est venu trouver son trésor, alors, entre aujourd'hui et la découverte finale de son trésor, il suit son plan. Il croit savoir ce qu'il fera et ce qu'il sera demain, il plonge et vous surveille. Il va sûrement aller voir le champ où vous avez blessé vos jambes. Il croit que tout est clair, comme si nous n'étions pas là, ni l'île, ni la pluie, ni le présent.
- En plus, j'ai peur pour Nomena.

- Nomena, pourquoi ?
- Elle a menacé le *vazaha* quand il nous a questionnés.
- C'est-à-dire ?
- Elle a dit qu'elle ne pardonnait pas et qu'elle le ferait payer. Il l'a regardée très méchamment.
- Elle a dit ça ? Eh bien, je crois qu'il faut plutôt s'inquiéter du gros *vazaha*.
- Je ne rigole pas.
- Moi non plus, je parlerai à ta sœur, rassure-toi. Tu vas rentrer chez toi, pendant qu'on va s'occuper de ces trois étrangers. L'avenir n'est pas écrit, l'avenir ne se modèle pas juste avec les envies. Seul le passé est certain, le présent se vit, qu'on soit *gasy* ou *vazaha*.

◆ ◆ ◆

Au bout de l'avenue de l'Indépendance, trône la gare centrale avec son grand parvis, même si désormais trois autres gares ultra-modernes desservent les régions Nord-Ouest, Ouest et Grand Sud. La vieille gare de Soarano s'est gardé la responsabilité de l'Est. Dans un style industriel classique du début du XXe siècle, elle est majestueuse avec sa grande horloge sur son fronton. Le grand parvis est encombré d'auto-pousses alignées, devant des parterres de fleurs multicolores. Si on tourne le dos à la gare, la perspective sur l'avenue de l'Indépendance et les collines d'Antananarivo est idéale. Cette ville était décidément envoûtante. Sous les arches de la gare, la fraîcheur était au rendez-vous. Il n'y avait que trois quais, du monde mais pas de bousculade. Dans le hall d'entrée, des automates permettaient de prendre ses billets, et quelques vieux guichets à l'ancienne avaient été maintenus pour renseigner les voyageurs. Nous avions pris deux billets pour Soanierana en omnibus. D'après mon hôte, les omnibus étaient pratiques car fréquents, on y voyait plein de monde et le train était bien plus agréable que les express. De toute façon, si j'avais compris une chose, c'est bien qu'il n'était jamais pressé.

Sur le quai, nous rejoignîmes un train magnifique, en fait ce n'était pas un train mais une reproduction électrique des très anciennes michelines qui avaient parcouru ces mêmes voies pendant presque tout le XXe siècle, arrivant avec la colonisation de l'île. Toujours blanches et rutilantes aux allures de camion sur rail, elles avaient la particularité d'être sur des pneus. Je crois que seule Madagascar avait réhabilité ce moyen de transport, disparu partout ailleurs. Les wagons étaient assez petits et dans un style totalement rétro. L'ensemble de cet autorail faisait penser à une pièce de musée, les banquettes deux places étaient en osier tressé finement et le sol en parquet de palissandre. J'avais la sensation de faire un voyage dans le temps.

- J'adore prendre ce train ; quand j'étais petit, le week-end, nous l'utilisions avec mes parents pour quitter la capitale. Déjà à l'époque, on avait l'impression de prendre un très vieux train de collection. C'était d'ailleurs bien plus vrai et nous tombions souvent en panne. Parfois on arrivait à destination, parfois on devait rester au bord des voies pendant des heures, on est même rentrés à pied par les voies, une fois. Les gens n'aiment pas trop ces contrariétés, alors maintenant ce sont des machines électriques parfaitement entretenues qui ne tombent jamais en panne, on arrive toujours à la destination prévue malheureusement. C'est un peu dommage, d'après moi. Où voulez-vous vous asseoir ?

- Peu m'importe.

- Mettons-nous à droite, c'est plus joli à droite, puis sur la fin du trajet vous verrez la mer. Prenez la place côté fenêtre pour profiter pleinement.

- Merci beaucoup. Puis-je vous demander où nous allons ? Je ne sais pas du tout si j'ai ce qu'il faut avec moi.

- Nous allons chez moi, nous y serons au calme pour quelques jours. Et puis je voudrais vous montrer quelque chose. Vous n'avez pas besoin de grand-chose, je suis sûr que ce que vous avez prévu fera l'affaire.

Le train s'ébranla doucement et commença sans aucun bruit le

long trajet jusqu'à la côte. La ligne traversait la ville comme un tramway sur les premiers kilomètres. Progressivement, l'agglomération laissait place à la campagne. Beaucoup de rizières entouraient la capitale, et le paysage vert vif de ces champs liquides était magnifique. Il y régnait une activité perpétuelle, entre le repiquage, l'entretien des canalisations, le labourage. La micheline, extraordinairement silencieuse, pouvait nous donner l'illusion d'être sur un tapis volant, glissant lentement sur la campagne.
- On ne se lasse pas, vous savez.
- Ça ne m'étonne pas, vous avez un pays magnifique.
- Oui, il est magnifique et tellement curieux.
- Me direz-vous enfin ce que je fais là ?
- Olivier, j'aimerais que vous oubliiez un petit peu mon statut. Je vous sens extrêmement impressionné, anxieux même. Il ne faut pas vous mettre la pression, n'est-ce pas ? Je n'ai pas d'attente particulière, vous n'avez ni à me plaire ni à me décevoir. Je voulais vous rencontrer et vous raconter une histoire, tout simplement. Comme vous avez l'air très impatient, je peux profiter du trajet pour la commencer ?
- Avec plaisir, mais pourquoi vouloir me rencontrer moi, monsieur ?
- Laissez-moi vous raconter l'histoire, Olivier, vous allez voir. On finit toujours par se faire rattraper par les histoires. Elle va vous plaire, je vous le promets. Comme je vous l'ai dit, c'est un peu mon histoire. Vous êtes un garçon de talent, je suis ce que vous faites depuis quelque temps déjà. Alors si, comme vous dites, vous voulez prendre des notes sur mon « parcours », c'est avec plaisir. Je dirais même que je voudrais que ça soit vous, et vous seulement, qui écriviez cette histoire. Moi je préfère raconter, j'écris mal.
- Vous êtes en train de me demander d'écrire votre biographie ?
- Ha, ha, ha... les biographies sont les vies des gens célèbres ! Là, je vous parle de la mienne, mais oui, je vous demande d'écrire mon histoire.
- Pourquoi ?

- Je crois que les gens doivent la connaître.
- Je veux dire pourquoi moi, monsieur ?
- Encore ! Eh bien, parce qu'elle vous concerne un peu, d'une certaine manière. Quand je l'aurai finie, vous saurez. Il faut toujours garder un peu de mystère, vous ne trouvez pas ?
Et il commença à raconter. Tranquillement, en finissant de manger ses *mofos*, que je me décidai à goûter et qui étaient réellement excellents. Il ponctuait son histoire d'anecdotes sur les régions que nous traversions en train. Il descendait à chaque arrêt dans une gare pour acheter la friandise locale, spécialité d'un artisanat dont il était le plus grand représentant. Pendant cinq heures, il me parla de lui, de tout ce que nous ne savions pas à son sujet, tout ce qu'il n'avait jamais raconté, son enfance, son intimité, au rythme de ce train. Je me rappelle encore aujourd'hui comment il entama son histoire, assis sur cette banquette en osier.
- Avant de commencer, Olivier, je voudrais juste mettre quelque chose au point. Pourriez-vous m'appeler Malo ? Je n'aime pas trop « monsieur », on m'a expliqué il y a longtemps qu'un « monsieur » est un homme qui n'est pas allé au bout de ses rêves.

❖ ❖ ❖

Il y avait beaucoup d'agitation sur l'île. La découverte de deux canons de marine dans le sable du lagon avait réveillé la curiosité de tout le monde. La fièvre des richesses sous-marines, la quête du trésor perdu, les vieilles histoires oubliées, les légendes de l'île, chacun avait une anecdote à raconter, connaissait un détail que les autres ne savaient pas. Les plongées de nos trois bandits avaient malheureusement payé. À force de recherche, ils avaient mis au jour deux canons qui dormaient sous une cinquantaine de centimètres de sable seulement. Pour l'instant, ils n'avaient pas pu les extraire de l'eau avec les moyens existants. Ces deux monstres métalliques de plus de deux mètres cinquante de longueur pour presque deux tonnes, bien installés sur leur lit de sable, n'avaient pas du tout envie de sortir de leur retraite. La pointe de l'île aux Nattes n'était presque plus accessible ainsi que le lagon car ils avaient payé une sorte de service de sécurité privé qui surveillait les alentours. Tous ces changements n'étaient pas au goût de tout le monde et de nombreux Malgaches qui vivaient sur l'île étaient très mécontents qu'on leur bloque l'accès au lagon et donc à la pêche. De plus, nombreux étaient ceux qui voulaient aller plonger autour pour tenter de trouver d'autres vestiges et faire fortune, qui sait ! La mer est à tout le monde et ce territoire n'appartenait pas aux Européens. Ça devenait une vraie affaire d'État, les chefs de village, le maire, le député, tout le monde donnait des instructions et des avis différents en fonction de ses accords avec les villageois ou les trois pilleurs d'épaves.

Nomena, depuis l'altercation, avait changé. Je ne peux pas dire qu'elle était fuyante ou boudeuse envers moi, non, elle était simplement plus distante, elle semblait plus adulte. Elle quittait l'enfance à toute vitesse tandis que moi je m'y cramponnais des deux mains. Elle voyait Fanantenana tous les matins, elle la rejoignait pour la pêche au filet dans le lagon devant l'hôtel. Chaque jour c'était le même rituel : après le petit déjeuner, tandis que les parents traînaient devant leurs cafés, elle partait enfiler un maillot et mettait un *lamba* sur sa tête comme les autres pêcheuses. Puis elle courait sur la plage rejoindre le groupe de femmes qui arrivait avec les filets. J'observais depuis le bungalow leur attitude, les femmes la saluaient avec révérence, elle leur rendait leur salut en serrant des mains avec respect. Une fois dans l'eau, le ballet immuable et répétitif des femmes occupées à regrouper le poisson se mettait en œuvre/en route. En grand cercle, elles se rapprochaient concentriquement en frappant la surface tout en chantonnant pour ramener les poissons vers le filet qu'elles refermaient progressivement. Puis chacune repartait pour reformer un cercle et recommencer. C'était magnifique à regarder, elles formaient des touches de couleurs qui se déplaçaient sur le bleu du lagon dans des milliers de gouttelettes qui brillaient au soleil. Je pense que cette scène doit faire partie des photos les plus prises sur l'île. Malgré l'attention qu'elles portaient toutes à la pêche, je voyais bien de loin qu'elles en profitaient pour discuter sans être dérangées et que les femmes donnaient leur avis. Ce groupe conspirait, je le savais, mais Nomena me tenait à l'écart. Je restais à digérer mon petit déjeuner en les observant, espérant lire sur leurs lèvres quelques informations.

« Elle est solide. » Toujours aussi théâtral, La Buse comme à son habitude m'avait fait sursauter. Arrivé de nulle part, perché sur le bac à fleurs en forme de pirogue qui séparait l'herbe devant le bungalow de la plage.

- Mais enfin, où étiez-vous ?
- Je préparais notre chasse-partie, grand dieu.
- On vous a attendu pendant je sais pas combien de temps.
- Et alors ? Il faut bien que quelqu'un s'occupe de la chasse-partie, non ? J'ai vraiment l'impression parfois que je suis le seul à maintenir un minimum de protocole. À ce rythme, ça va être l'anarchie.
- « L'anarchie », c'est quoi encore cette histoire ? Mais enfin, on a d'autres problèmes ! Ils ont trouvé vos canons !!
- J'ai appris cela, « ils » ont trouvé « des » canons pour l'instant. Bien malin de prouver que ce sont les miens, si tu veux mon avis. Mais qui sont ces trois lascars ?
- Je ne sais pas.
- Pourtant, il semble que tu les aies rencontrés.
- Oui, ils nous ont posé plein de questions.
- À quel sujet ?
- Nous avions vu des langoustes dans le lagon, qui apparemment prouvaient l'existence d'épaves. C'est de notre faute s'ils ont trouvé vos canons. Maintenant, tout le monde va comprendre que votre bateau est passé par là.
- Mais non, ne t'inquiète pas, les chasseurs d'épaves et de trésor, ça me connaît, ça fait deux cent cinquante ans qu'ils me courent après. C'est parfait, comme je te l'ai dit : donne un os à ronger aux chiens et tu auras la paix. Vous avez pas parlé de la grotte ?
- Non ! Mais ils nous ont écoutés, alors je sais pas trop.

- Bref, il est où Solofo, il dort ou quoi ?
- Il est pas encore arrivé.
- Jamais là celui-là…
- Non mais quel culot !!! Il était là sur le ponton et s'est fait tordre le bras. Et il a comme moi des cicatrices plein les jambes d'avoir écouté un volatile, qui disparaît quand ça lui chante.
- Houlà, mon petit bonhomme, que les choses soient bien claires, je chante en effet quand je veux et comme un coq ! Je ne vais pas prendre le risque de me justifier ici et maintenant avec toutes les oreilles qui traînent. Une chasse-partie ne se signe pas n'importe comment et cela a demandé du temps et de l'organisation pour préparer la cérémonie. Celle-ci aura lieu près du lac noir et donc loin de tout. Préviens Solofo, je vous veux là-bas après-demain ; j'ai pu obtenir que ça se fasse en pleine journée au lieu du crépuscule habituel, pour vous, c'est déjà pas si mal. Si j'avais pu être là, ces trois corsaires ne seraient plus de ce monde pour trouver des canons. Je ne laisse jamais mon équipage ! Mais je ne pouvais pas faire autrement !
- Ah oui, et le champ ? Vous ne pouviez pas faire autrement que de nous y laisser tout seuls ?
- Tu vois ! Tu remets en question ma loyauté ! Je pourrais te tuer d'insinuer cela ! Voilà pourquoi nous devons signer la chasse-partie ! Une fois signée, la loyauté est absolue, sinon c'est la mort. On ne peut pas continuer comme ça. Vous venez tous les deux, et je veux pas voir ta sœur.
- Pourquoi pas ?
- Elle ne fait pas partie de l'équipage, et ça serait trop compliqué.
- Elle va vouloir savoir.
- Elle prend de l'importance, c'est sûr, elle est très solide. Elle est dure et peut-être impitoyable, j'aime ça mais c'est justement pour ça qu'elle ne peut pas venir. T'inquiète pas pour elle, va, laisse-la avec la vieille, elles ont leurs histoires de filles. Je dois partir, maintenant, ça n'a pas été facile mais j'ai fait recopier la chasse-partie prévue, que tu puisses la lire avec Solofo avant de la signer ; elle est sous les fleurs, prends-la quand je serai parti.
- Capitaine, nous devons d'abord parler du champ.

- Nous en parlerons dans deux jours, j'y vais.
- Je ne signerai pas sans en avoir parlé !!
- Rendez-vous dans deux jours, moussaillon.

À peine fini sa phrase, il se sauva à toute vitesse, comme s'il avait des chasseurs aux fesses. Toujours la même méthode, disparaître plutôt que s'expliquer. Solofo arriva au moment où je récupérais dans le bac à fleurs une feuille à petits carreaux déchirée de son cahier original.

- *Akory*, je viens de voir le coq traverser la rue à toute vitesse ! J'ai cru qu'il allait se faire renverser par une moto !
- Il part d'ici et vient de nous laisser le texte de la chasse-partie.

Je lui expliquai notre conversation et notre rendez-vous dans deux jours. Solofo avait une solution pour aller là-bas, il nous faudrait nos vélos.

- Je me demande bien qui a écrit cela pour Olivier ?
- Peut-être qu'il écrit en plus de parler ?
- Ha, ha ! Et vu son âge, tu crois qu'il a des petites lunettes ?
- T'es bête ! Bon, essayons de déchiffrer cette écriture patte de mouche, maintenant.

Le texte, écrit d'une main malhabile et hésitante, était à l'encre bleu pâle et de mauvaise qualité. Sur ce papier gris et poreux, la présentation était vraiment déplorable, moi qui m'attendais à un parchemin.

Contrat de chasse-partie

Ce contrat et ses articles impliquent les signataires au respect du code d'honneur des pirates, ainsi qu'aux règles définies ci-après. Toute transgression au règlement pourra être punie de la peine de mort en fonction de sa gravité et du choix du reste de l'équipage.

Art I : Le capitaine sera élu par l'ensemble de l'équipage signataire de la chasse-partie. Le maintien du poste dépendra des résultats de campagne.
Art II : L'équipage étant sans bateau, le règlement est valable à terre.
Art III : L'équipage doit obéissance au capitaine.
Art IV : Chacun pourra donner sa voix dans les affaires d'importance.
Art V : Les jeux d'argent et de hasard sont interdits à bord.
Art VI : Par respect de tous, les croyances et faits religieux sont interdits. À chacun de quitter la confrérie et de s'isoler si nécessaire.
Art VII : Les butins récoltés seront partagés équitablement. Le capitaine, le chirurgien et le quartier-maître auront une part et demie, le reste de l'équipage une part.
Art VIII : Si un homme vole un autre, on lui coupera le nez et les oreilles avant de le marronner.
Art IX : Chacun doit entretenir et garder avec lui son fusil et son sabre.
Art X : Les querelles sont interdites au sein de l'équipage, et se résoudront sur terrain neutre au premier sang versé.
Art XI : Quiconque déserte son poste en combat sera puni de peine de mort ou de marronnage.
Art XII : La présence d'enfant est exceptionnellement acceptée, mais ni femmes ni lapins.
Art XIII : Nul ne pourra changer de vie sans

finir la campagne en cours.
Art XIV : Tout écart à la loyauté envers l'équipage ou trahison avérée sera puni de la pendaison par les pieds ou du supplice de la cale, au choix de l'équipage, jusqu'à ce que mort s'en suive.
Art XV : Celui qui devient infirme ou perd un œil ou un membre en service touchera une somme proportionnelle à la gravité de la blessure.
Art XVI : Quiconque sera surpris à tuer ou manger un gallinacé sera puni de la peine de mort.

Nous n'avions pas beaucoup de comparatif, alors il était difficile pour nous de savoir si ce contrat était correct. Certains articles nous paraissaient totalement inutiles, voire stupides, mais nous connaissions notre coq, il valait mieux le laisser décider du contenu. Pour nous, le plus important était d'être pris au sérieux par La Buse mais aussi par Long Ben. Par contre, il faut bien admettre que toutes les histoires de peine de mort dans des souffrances atroces n'étaient pas vraiment rassurantes.
De toute façon, comme je l'avais expliqué à Solofo, il devrait d'abord rendre des comptes au sujet du champ avant qu'on signe quoi que ce soit.
Le rendez-vous était fixé devant un très bel hôtel, pas très loin du nôtre. Un copain du papa de Solofo accepta de nous charger avec nos vélos pour nous conduire vers le nord-est de l'île, il faisait des excursions et devait amener des touristes dans ce coin ; il voulait bien nous ajouter au groupe pour nous rendre service. Nous attendions timidement avec nos vélos sur le parking, en observant un groupe de quatre personnes avec leurs sacs de plage ; ils n'avaient pas trente ans et transpiraient l'enthousiasme du bon groupe de copains.
Une vieille Toyota jaune et noire arriva, toussant comme les vieux qui fument trop le matin. Les portières avaient été

découpées et redessinées à la disqueuse, le châssis arrière était surélevé. Le toit lui aussi avait eu droit à des modifications et la partie avant était remplacée par un toit bâche, ce qui permettait d'avoir un demi-cabriolet les jours ensoleillés comme aujourd'hui.
Le pilote, un petit homme sec, musclé et souriant, sauta de son vaisseau sous le sourire ébahi des touristes. Alors qu'il expliquait le programme de la journée au groupe qui avait l'air définitivement de bonne humeur, il leur demanda si cela ne les dérangeait pas de nous accueillir pendant le début du trajet.
Les vélos calés sur la galerie du toit (enfin sur ce qui en restait), nous nous étions placés quant à nous dans le coffre avec les sacs. Arrivés à la ville juste après la digue, nous avions bifurqué sur la droite pour partir vers l'est. Dans cette partie de l'île, la route était extrêmement chaotique, pour la plus grande joie de nos touristes qui s'émerveillaient de tout ce qui les entourait en riant. Ils étaient venus pour les vacances. Et comme beaucoup après avoir visité les grandes terres, ils finissaient leur séjour sur les plages paradisiaques de l'île Sainte-Marie. Les deux filles nous faisaient la conversation, s'étonnant de nous voir partir seuls si loin à nos âges. Heureusement, le pilote sans s'en rendre compte, en faisant la promotion de l'île, nous donnait tous les alibis nécessaires. En effet, il expliqua que l'île était un magnifique terrain pour le VTT et comme il n'y avait aucun danger dans la région tout le monde aurait dû en profiter davantage. Il pouvait d'ailleurs leur organiser une excursion à vélo dans un autre coin s'ils voulaient. Nous n'avions plus qu'à dodeliner de la tête en prenant un air un peu plus malin que les autres, comme savent le faire ceux qui connaissent.
Juste à l'entrée d'un petit village en bas d'une descente sableuse, nous nous séparâmes de nos nouveaux amis. Ils allaient quitter la route pour visiter la mangrove. Le rendez-vous était fixé vers seize heures dans la gargote du village où ils finiraient leur excursion.
La route n'en portait plus que le nom, elle avait désormais tous les artifices d'une piste étroite et sableuse. Le tracé n'était pas

l'œuvre de géomètres précis et mathématiques, il semble qu'on avait plutôt fait le choix d'élargir un chemin à zébu. Nous avions encore une dizaine de kilomètres à parcourir. La progression était difficile, dans cette partie de l'île. Le sol se composait d'un sable très blanc et fin, d'une souplesse diabolique sous les roues des vélos. La végétation était pauvre et sèche. Des épineux noueux et torturés se battaient entre un sol aride et les embruns de la mer qui fouettaient leurs sommets. Des bruyères revêches montaient comme de gros arbustes le long du sentier protégeant la nature environnante des visiteurs. Quelques villages parsemaient timidement notre trajet. Ici, plus de place aux constructions en béton, il n'y avait que des cases en bois dans ces villages qui semblaient bien loin de mon monde habituel. La pauvreté y était bien plus criante que sur la côte touristique de l'île, cette route n'amenait que trop rarement des riches ou des visites. Après à peu près sept kilomètres laborieusement effectués, nous traversâmes le dernier village avant notre destination. Il n'y avait plus rien autour de nous. Le chemin montrait encore moins de signes d'utilisation, on avait vraiment l'impression d'être les premiers depuis des années à passer par là. La végétation était toujours aussi éparse. Une nouvelle épreuve se dressa devant nous : juste après un virage sur la droite, la route était coupée par une rivière, et le tas de bois qui servait de pont ne semblait pas à son avantage. Cette construction, faite de traverses, avait sûrement été stable à une époque mais aujourd'hui elle ressemblait à un jeu de patatras. L'une des traverses principales s'était effondrée, entraînant la structure dans une vrille plongeante. La deuxième traverse tenait courageusement l'ensemble disloqué, tout en restant le seul passage utilisable. Je comprenais mieux pourquoi il n'y avait, depuis le dernier virage, aucune trace, même ancienne, de voiture, puisque seuls les piétons courageux pouvaient emprunter cette passerelle. Solofo passa devant avec son vélo sur l'épaule. Considérant que je n'étais ni plus lourd, ni plus bête, et que le pont ayant accepté Solofo serait sûrement ravi et flatté d'accueillir un touriste sur son dos, je me lançai aussi. Passé la rivière, la végétation changeait, devenait plus verte, plus dense, comme si cette frontière liquide avait transformé le climat. Le chemin toujours aussi sableux et compliqué à vélo était maintenant entouré d'une forêt assez épaisse où l'on commençait à retrouver une végétation plus habituelle, avec des cocotiers et autres palmiers en plus des épineux et bruyères. Cette forêt nous accompagna pendant les deux derniers kilomètres qu'ils nous restaient à parcourir. Encore une bifurcation à droite et nous arrivâmes dans une gigantesque clairière d'herbes rases parsemée de cocotiers. On se serait crus dans un jardin parfaitement tondu. Le vent de la mer s'engouffrait, nous quittions les odeurs boisées du chemin creux pour retrouver l'agressivité salée de la mer. Une dune couverte d'herbe rampante nous coupait l'horizon mais la mer était là, nous l'entendions déjà rouler sur le sable.

- Messieurs, je vous attendais avec impatience.
- Bonjour, patron.
- Bonjour, capitaine.
- Eh bien, pile à l'heure ! Nous allons pouvoir commencer. Vous avez jeté un coup d'œil au contrat ? Rien à redire ?
- Je voulais juste connaître le « supplice de la cale ».
- Le supplice de la cale, mon petit Solofo, est au départ une invention des militaires…
- Nous ne signerons pas, capitaine.
- Quoi ? Que me chantes-tu là ?
- Je veux des réponses au sujet du champ, sinon nous ne signerons rien.
- Attention, petit, il y a du monde pour la signature, on ne peut pas faire ce qu'on veut comme un enfant gâté ! Il est un peu tard pour ces comédies !
- Je vous ai prévenu pourtant. Pourquoi nous avoir abandonnés dans ce piège, nous avons failli mourir !
- Mais vous n'êtes pas morts, que diable ! Et puis quoi, je ne sais pas tout, moi ! Il n'y a aucun piège là-dedans, je pensais qu'avec les poules vous passeriez sans risque. Vous êtes des enfants, les enfants peuvent passer. Alors je vous ai laissés sans

surveillance, c'est vrai, mais nous avions fait l'aller ensemble et tout s'était bien passé. Allez, petit, sans rancune ? Je te promets il n'y avait aucune mauvaise intention dans tout cela, je voulais juste vous laisser vous débrouiller seuls car vous êtes des grands maintenant. Et finalement, mon test est positif, vous êtes parfaitement capables de vous tirer d'affaire. Si tu veux, nous en parlerons plus en détail plus tard, mais là, nous devons y aller ! On nous attend. S'il te plaît ?
- Allons-y, capitaine, mais je ne suis pas convaincu, sachez-le.
- Merci. Suivez-moi !
- Qui nous attend ?
- Une chasse-partie se signe devant témoins. Nous ne sommes que trois, il fallait bien des témoins extérieurs. J'ai demandé à Long Ben et à quelques autres d'être là. Ne soyez pas timides, tout va bien se passer.
Sautant du tronc de cocotier d'où il nous avait apostrophé, il nous précéda de sa démarche nerveuse sans attendre notre consentement, comme à son habitude. Il ne nous restait que quelques mètres à gravir pour atteindre le sommet de cette dune herbeuse et voir la mer. Du haut de cette arête, le spectacle était grandiose. Le vent de la mer nous fouettait violemment. Notre dune stoppait net, rongée par les eaux noires d'un lac en contrebas. Il longeait la plage maintenue entre le sable emmagasiné par des dizaines d'années de vagues d'un côté et par notre dune de l'autre. Sa rive, abrupte de notre côté, était au contraire douce et affleurante côté mer. Sa forme ressemblait à une grosse virgule ; large à notre emplacement, il se rétrécissait en partant vers le sud, pour finir de la taille d'un petit ruisseau. Sans lagon, cette partie de la côte était extrêmement sauvage et brutale. La houle de l'océan Indien venait frapper la plage derrière le lac, sans interruption, dans une brume mélangée d'écume et de sable. La plage était vide à perte de vue, quelques souches et branches, arrachées à des côtes inconnues pendant des tempêtes, étaient venues s'échouer et finissaient de blanchir là. Dans sa partie la plus large, le lac rejoignait presque la mer, séparé par deux mètres de sable maximum. C'est là que la

baleine, le corps dans les vagues et le bout de la tête posé sur la berge du lac, attendait immobile malgré la houle. À ses côtés, il y avait une énorme tortue de terre et un lémurien. Tous les trois nous attendaient solennellement.
Nous devions longer la rive par la gauche pour aller les rejoindre. On ne faisait pas les fiers avec Solofo et nous sentions leur regard sur nous à chaque pas.
Nous n'étions plus qu'à quelques mètres d'eux, quand le coq nous siffla à l'oreille : « Le singe est pas méchant mais c'est un suiveur. Avec lui, le dernier qui parle a raison. La tortue a du caractère et de l'expérience, je m'en méfie. » C'est Long Ben de sa voix caverneuse qui rompit le silence.
- Bonjour, Andrasana, je vois que tu ne quittes plus ton ami, désormais. Laisse-moi, si tu le veux bien, te présenter à nos camarades ; voici Thomas et Nathanaël.
À l'annonce de leurs noms, les deux animaux nous saluèrent, enfin je crois. La tortue, extrêmement massive, se redressa sur ses pattes en sortant loin sa tête de sa grotte d'écaille. Il fallait sûrement une force herculéenne pour mouvoir une masse pareille. Elle devait faire quatre-vingts centimètres de diamètre pour cinquante de hauteur. J'imagine qu'elle devait peser une tonne. Sa carapace était bosselée et ses écailles bicolores formaient sur chaque bosse une étoile. Des rayures, des marques et des coups parsemaient ce tank vivant. Au bout de son long cou, ses petits yeux sévères nous transperçaient. Sur sa face sans nez, ni sourire, une affreuse cicatrice rosâtre qui descendait jusqu'à la base du cou la rendait encore plus inquiétante qu'elle ne l'était déjà. C'était un roc inamovible et sûr, qui avait déjà essuyé bien des aventures.
Le lémurien, quant à lui, dodelina de la tête dans notre direction avec un regard curieux mais sans *a priori*. Ses yeux ronds et d'un orange brillant éclairaient son visage sombre. Il avait un magnifique pelage noir et blanc. Les oreilles et le cou blanc formaient une belle barbe en collerette autour de son museau sombre et pointu. Le corps était noir d'un pelage laineux et épais, et les membres étaient tous les quatre blancs. Il se tenait bien

droit sur ses jambes arquées. Je ne voyais pas son pied droit que je pensais enfoncé dans le sable, mais je m'aperçus quand il fit un pas en avant qu'il lui manquait et qu'il marchait sur un moignon. Dépassant les autres, il nous rejoignit, tendant ses pattes chaleureusement pour nous serrer les mains. « Bonjour, Andrasana, très heureux de te rencontrer ! » Le contact de cette main, dont le pouce disproportionné était presque le double du mien, était chaud et doux. Malgré son handicap, il boitait à peine et semblait très vif et fort.
- Andrasana, c'est le bouseux dont je t'ai parlé l'autre jour.
- Bonjour, monsieur.
- Tu peux m'appeler Nathanaël, bonjour à toi aussi, Olivier. Toujours aussi aimable, à ce que je vois.
- Tu as quelque chose à redire, le singe ?
- Non bien sûr, je ne vais pas répondre au grand Levasseur, dois-je m'incliner devant le grand marin ?
- C'est toujours mieux que de faire pousser des tomates.
- Sans mes choix, tu n'existes pas, petit moineau.
- Prends garde !
- Ça suffit !!
Avançant d'un pas décidé tout en soupirant, l'énorme tortue vint s'interposer entre le coq et le lémurien au moment même où ces deux-là allaient s'étriper. Sa voix chevrotante était claire et autoritaire.
- Vous me faites honte ! Nous n'avons pas le temps pour ces querelles ridicules qui durent depuis la nuit des temps. Nous sommes ici pour témoigner d'une chasse-partie, alors allons-y ! Car nous avons à parler ensuite. Long Ben ?
- Thomas a raison, cela suffit. Olivier, si tout est prêt, je pense que nous devrions passer à la signature. Nathanaël, s'il te plaît.
Le lémurien s'éloigna, après un dernier regard de feu pour le coq, vers un bosquet d'anacardier et revint les mains chargées d'un grand plateau d'osier. Dans celui-ci, il y avait un bol, du gingembre, une petite bouteille de plastique, un couteau, de la poudre, une plume et un rouleau de papier. L'animal très adroitement s'affairait à organiser sa dînette. Il plaça le bol dans

le sable devant la baleine. Avec l'aide de Solofo, il roula la tortue sur le dos juste à côté et déroula le rouleau de papier sur son ventre offert en bureau avec la plume. C'était notre contrat de chasse-partie, rédigé d'une belle écriture cette fois, sur un papier très épais qui ressemblait un peu à du papier buvard.
- Bien, Andrasana et Solofo, je vais vous expliquer comment se passe la signature. Nous avons ici de la poudre qui symbolise la piraterie, le rhum et le gingembre indispensables chez les Malgaches pour sceller un pacte avec les esprits. Nathanaël va les mélanger ensemble dans le bol et avec ce couteau vous allez donner un peu de votre sang à tous les trois pour l'additionner au mélange. Chacun votre tour, en commençant par le capitaine, vous tremperez la plume, boirez une goutte et signerez la chasse-partie. Ce contrat est définitif, est-ce bien clair ?
La gorge de Solofo devait être aussi sèche que la mienne car comme moi il fit un signe de tête au lieu de parler.
- Après cela, vous serez des pirates, des gueux de mer. Des hommes qui ne suivent que leurs règles et leurs désirs. Vous serez libres !! Alors ne baissez pas les yeux devant nous et répondez ! C'est clair ? Vous signez de votre plein gré ?
- Oui.
- Oui, capitaine.
Nathanaël tendit le couteau à La Buse qui se tourna alors vers moi pour parler.
- Mon équipage a émis des doutes avant la signature de la chasse-partie. C'est pourquoi je demanderai à Andrasana lui-même de m'inciser et de prendre de mon sang s'il me juge digne de confiance. Il pense que je l'ai trompé en les laissant seuls pour traverser le champ du massacre.
- Qu'as-tu fait ? gronda la tortue en se retournant brusquement, renversant papier et plume, tandis que la baleine fit un immense souffle humide et que les yeux du lémurien devinrent encore plus ronds.
- Je les ai laissés traverser seuls le champ, enfin seuls, il y avait quelques poules quand même.
- Tu es complètement malade décidément, que cherches-tu à

toujours dépasser les bornes ?
- Attends, Thomas, laisse Olivier s'expliquer. Tu peux nous dire pourquoi avoir pris ce risque ?
- Hé quoi ? Vous vouliez confier nos secrets à ce gosse ? Comme ça ? Sans rien savoir, sans vérifier ? Hypocrites que vous êtes ! Mais regardez vos têtes, vous avez le cul serré depuis son arrivée. Vous ne savez pas trop quoi faire, mais comme la vieille a l'air d'accord et qu'on n'a pas d'autre choix, vous faites contre mauvaise fortune bon cœur, c'est ça ? Mais pas moi, non sûrement pas !! Ma confiance se mérite. Or aujourd'hui je vous demande de témoigner d'une chasse-partie, et voyez l'indigne accueil que vous faites à mes jeunes recrues ! Pas d'embrassades, rien à boire, un pauvre bonjour du bout des lèvres. Car vous n'avez aucune confiance en eux, bande de lâches ! Ces deux-là ont plus de courage que vous trois réunis, pourtant ! Moi, je le sais, car je leur ai fait traverser le champ ! Moi, je veux signer une chasse-partie avec eux car ils sont ressortis de ce champ ! Oui, ils sont ressortis de ce champ et avec seulement quelques égratignures. Et malgré cela, ils sont ici aujourd'hui ! Je suis le seul à leur faire confiance car je les ai envoyés dans le champ !
S'interposant devant la tortue qui allait parler, c'est le lémurien qui étonnamment prit la défense d'Olivier.
- Non, Thomas, tais-toi ! Il a raison. C'est une tête brulée mais il a raison. La méthode est dangereuse mais sûre. Et nous ne pouvons plus douter d'eux. L'île est avec eux, l'île est avec nous. Je n'ai jamais fait d'autres choix que celui d'être en harmonie avec l'île, car j'ai toujours pensé, vous le savez, que rien n'est possible sans elle. Merci, Olivier, tu as fait ce que nous aurions dû avoir le courage de faire. Les garçons, n'en voulez pas à cet insupportable volatile. « Qui aime bien châtie bien » est sa devise préférée ! Il ne l'a que trop bien dit, il vous veut dans son équipage, ça veut tout dire.
- Alors, tout est dit ? Je suis bon qu'à servir de bureau, mon avis n'importe pas ?
- Parle, Thomas, nous t'en prions.
- Merci, Long Ben. Je dois le reconnaître, cette épreuve me

rassure… Et c'est pourquoi j'aimerais, si Olivier et son équipage sont d'accord, que nous signions tous cette chasse-partie !! Une si belle troupe ne pourrait se passer d'une tortue, d'un affreux primate et d'une baleine échouée.
- Alors dans ce cas, buvons le rhum, par sang bleu ! Le mélange s'en passera !
Le rhum me brûla la gorge, mais me donna du courage pour m'entailler le pouce. Nous avions remis la tortue sur le dos et signâmes tous notre chasse-partie.
« Bienvenue parmi nous ! » crièrent-ils tous ensemble.
- Nous allons devoir nous quitter, car malheureusement notre époque ne nous laisse pas le temps de la fête et du banquet que vous méritez pourtant tous les deux ! Mais avant de partir, nous devons aborder un sujet, dont j'ai déjà discuté avec toi, Olivier, ainsi qu'avec tous les membres du groupe. Nous avons besoin des documents. Tu dois les confier à l'Andrasana. Sans eux, notre quête est impossible et sans but.
- Vous connaissez mon opinion ! Vous êtes des doux rêveurs. Mais je viens de signer une chasse-partie, je le reconnais. Ainsi, je suis prêt à remettre les documents à Andrasana, mais il faudra d'abord que soit levée la promesse que j'ai faite à Ratsi.
- Mais enfin, comment veux-tu ?
Se tournant vers le lémurien et la tortue, avant de partir comme toujours mettant fin au débat quand cela l'arrangeait, il leur dit :
- Mais vous connaissez Ratsimilaho encore mieux que moi, non ? Demandez-lui pourquoi alors c'est à moi, et pas à son père ou son meilleur allié, qu'il a confié l'avenir de son pays.
Et voilà, d'un battement d'aile maladroit, il s'éloigna. Il fut décidé de reprendre contact le plus vite possible, dès qu'il y aurait des nouvelles pour les documents.
C'était très émouvant de les voir repartir après la signature qui nous liait définitivement les uns aux autres, mais nous devions nous séparer et rentrer. Le secret primait sur le reste. La baleine s'enfonça dans les eaux, tandis que la tortue et le lémurien s'éloignaient sur la plage. Nous rejoignîmes nos vélos pour retrouver la voiture jaune et noir au point de rendez-vous,

comme des enfants en vacances que nous n'étions plus.

C'est sur une île tropicale perdue dans l'océan au large de Madagascar que ma vie bascula.

C'est à dix ans, en présence de mon ami Solofo, d'une baleine, d'un lémurien, d'une tortue et d'un coq extravagant que je signai de mon sang le contrat le plus important de ma vie.

C'est sur la berge du lac noir, le long de l'océan Indien, que je devins pirate.

Printed in Poland
by Amazon Fulfillment
Poland Sp. z o.o., Wrocław